CYBERIADA

机器人大师

STANISŁAW

LEM

[波兰] 斯坦尼斯瓦夫 · 莱姆　著

毛蕊　译

㊤

浙江文艺出版社
Zhejiang Literature & Art Publishing House

目 录

果麦文化 出品

如何拯救世界

机器建造师特鲁勒做出了一台机器，这台机器可以制造一切以字母 n 开头的东西。当机器准备就绪时，特鲁勒试着要求它制造丝线，然后要求它制造顶针，机器毫不费力地完工后，又把这些东西纷纷投入了一个被喷头、控制箱和溶液所包围的洞里。[1]机器准确地完成了每一项要求后，特鲁勒还是无法确定它能否万无一失地执行指令，所以又要求它制造光环、耳环、中子、水流、鼻子、林中仙女[2]和钠。机器告诉特鲁勒，它无法制造最后一个“钠”。特鲁勒听了以后，忧心忡忡地询问机器不能满足最后一项要求的原因。

“我不知道这是什么，我也从来没听说过‘钠’这个东西。”机器解释道。

“怎么可能呢？钠是一种化学元素，你怎么可能没听说过？”

“钠在波兰语里以字母 s 开头，可我只能制造以字母 n 开头的东西。”

“拉丁语的钠就以字母 n 开头！”

1　丝线（nić）、顶针（naparstek）、喷头（natrysk）、控制台（nastawnia）、溶液（napar）、洞（nora）：这些词均以字母 n 开头。

2　光环（nimb）、耳环（nausznica）、中子（neutron）、水流（nurt）、鼻子（nos）、仙女（nimfa）：这些词均以字母 n 开头。

“我的大师先生，如果我可以制造任何一门语言中以字母 n 开头的东西，那我不就成了无所不能的制造机？因为任何一种东西都有可能在某一门语言中以字母 n 开头。世上哪有那么多好事呢？我也没有你想象的那么万能，肯定制造不出钠！”

“好吧。”特鲁勒只能放弃制造钠，转而要求机器制造天空。[1]机器马上制造了一小片蔚蓝的天空。特鲁勒看到后很满意，邀请了另一位机器建造师克拉帕乌丘斯前来欣赏自己的杰作。特鲁勒由衷地赞美自己发明的机器有多么伟大。见到他那得意扬扬的样子，克拉帕乌丘斯不禁暗暗生气，提议让自己试试这台机器的功能，看看它是不是真的可以完成指令。

特鲁勒自信地说：“当然可以，但是你要求它做的东西一定要以字母 n 开头。”

“好，既然要以字母 n 开头，那就让它制造个科学[2]试试吧。”

机器发出一阵轰鸣后，特鲁勒门前的院子里就站满了科学家，他们大打出手，争先恐后地在厚厚的著作中写上一笔；另一批科学家则冲过去，夺走那些著作并撕得粉碎；远处还能清晰地看到，科学的殉道者被扔进熊熊燃烧的火堆中，被炙烤得滋滋作响；火堆旁随即发出一声巨响，一朵朵奇怪的蘑菇云腾空而起。人头攒动，所有科学家都在同时进行宣讲，可是他们说出的每个词都让人摸不着头脑。他们时不时地整理着一沓沓备忘录、传票和其他文件。然而，在这些大吵大闹的科学家脚边，却坐着几个孤零零的老人，他们在撕碎的纸片上疯狂地写着什么。

特鲁勒得意扬扬地说：“怎么样，不错吧？你自己说，这是不

---

1 天空（niebo）：该词以字母 n 开头。

2 科学（nauka）：该词以字母 n 开头。

是和科学毫无二致？”

克拉帕乌丘斯却一点也不满意：“什么？这熙熙攘攘的人群就是科学？科学绝不是这样的！”

“那你说说你想要什么，我的机器马上就能制造出来。”特鲁勒也有点不高兴了。

克拉帕乌丘斯一时间不知道该说什么，但是他想了想，提出一个方案：如果特鲁勒的机器能够制造他接下来所说的两样东西，他就承认那是一台伟大的机器。特鲁勒欣然同意，于是克拉帕乌丘斯提出了第一个命题——反面。[1]

“什么？反面？”特鲁勒尖叫道，“有人听说过这是什么东西吗？”

“怎么没听说过？一个东西，有正面，就有反面。”克拉帕乌丘斯淡定地说，“我们常说，把什么东西反过来或者翻过来，别告诉我你不知道这是什么意思！好了，机器，开工吧！”

机器其实已经运转好一会儿了。它先是造出了反质子，再造出反电子、反中微子和反中子，接着又马不停蹄地造出了反物质。随后，从反物质中竟然慢慢地形成了一个反世界，仿佛由一朵朵闪着诡异光亮的云构成的天空。

克拉帕乌丘斯略带不屑地哼了一声，说：“这就是你创造的反面？就算是吧，我们以和为贵，我姑且承认你造出来了。机器，你听好了，下一个——制造虚无。”[2]

机器听到指令，很长时间都没有启动。克拉帕乌丘斯觉得它一定是被难住了，于是兴奋地搓了搓手。特鲁勒可不乐意了：“你什么意思？是你要它制造虚无，而虚无就是什么都没有，所以它

1 反面（nice）：该词在古波兰语中指反面或背面，以字母 n 开头。

2 虚无（nic）：该词以字母 n 开头。

什么也没做。”

“这就不对了，我让它制造虚无，并没有让它什么都不做呀！”

“在我看来，做出一个‘什么都没有’和‘什么都没有做出来’就是一回事！”

“谁说的？我要求你的机器制造虚无，可是它一动都没动，何来制造呢？所以，认输吧，我的小老弟，别再自作聪明了！你以为虚无是懒惰和不作为的产物吗？错！虚无是正面而积极的工作所带来的结果，可以说是一种‘非存在’的状态，而这种状态才是存在于真正不存在的人中的独一无二、无所不能的状态！”

特鲁勒气急败坏地喊道：“我看你就是在胡搅蛮缠！”

话音刚落，一个带有金属质感的声音忽然说：“你们别再吵了！我当然知道‘虚无’和‘非存在’以及你们说的‘什么都没有’是什么意思，因为这三个词都是以字母 n 开头的，我都会制造出来！所以，我劝你们还是好好看看这个世界吧，因为再过一会儿它就要消失了。”

两位机器建造师僵住了，一个字也说不出来，而机器却不管不顾地开始制造虚无：它一点点地去除世间万物，那些东西开始慢慢消失，甚至好像从来没有存在过一样。一眨眼的工夫，它已经去除了黏土三耳罐、努力灌洒器、南方潜水罩、难为他人仪、难以穿上的袜子和难事扩大器。一瞬间甚至让人觉得，机器并没有在减少、清除、取消或抛弃什么，而是在增加和扩大，因为它紧接着消灭了怪味、不平凡、无信仰、不满足、不知足和无能。然而，这一切都被消灭后，两位建造师身边就显得空荡荡的了。

“我的天哪，希望别出什么大乱子。”特鲁勒有些害怕了。

克拉帕乌丘斯却说：“没事！你看看这台机器，它根本就做不出什么虚无，只是投机取巧，让一切以字母 n 开头的东西都变得不存在而已。它也就这么点本事，成不了什么大气候！”

机器却并不认同：“你才是自以为是吧！的确，我是从这些以字母 n 开头的东西开始的，但是它们之所以先消失，是因为它们对我来说是最熟悉的。制造一样东西和消除一样东西可是两码事。我的确只能够制造以字母 n 开头的东西，但是对我来说，让所有东西都不复存在可是小菜一碟，因为‘不复存在’这个词就是以字母 n 开头的。过一会儿你们就会一无所有，所以我警告你，克拉帕乌丘斯，你最好快点承认，我是可以准确执行指令的伟大机器，不然你会后悔的。”

克拉帕乌丘斯害怕得语无伦次：“可是……”因为他发现，不仅那些以字母 n 开头的东西不见了，那些常伴他左右的光彩夺目的小可爱也都不见了，比如宇宙飞船厨房专用围裙、微型压力星人、敲击拍打器、雷姆恩德、潦草写字笔、拍打地毯清洁器和普氏飞蛾。

“停！停下来！我收回刚才说的话！别再制造虚无了！”克拉帕乌丘斯惊恐万分地吼道，但是在机器停下来之前，他的豌豆机、吐丝臭虫、花盆形高脚杯和清空静音器也都不见了。这时机器才停止了工作，整个世界看起来可怕极了，特别是饱受摧残的天空，依稀还能看见星星留下来的寥寥无几的暗淡光点，璀璨的繁星和灿烂的星河都消失得无影无踪。

“伟大的苍穹怎么变成了这样？”克拉帕乌丘斯哭喊道，“我在飞船上专用的围裙呢？我最可爱的普氏飞蛾去哪儿了？”

“它们都消失了，也不会再出现了。”机器冷冰冰地回答，“我只是按照你提的要求完成任务而已。”

“我只是让你制造虚无啊，可是你看看你，你到底在干什么？”

“克拉帕乌丘斯，你要么是真傻，要么是装傻。”机器仍旧冷冰冰地说，“如果我一下子就制造了虚无，那么，特鲁勒、天空、宇宙甚至你我都会消失。到时候又有谁来评定我到底有没有完成你的要求呢？又有谁能证明我是不是一台可以准确执行指令的机器呢？如果没有人能够给出这样的结论，我又如何能够证明自己，从而获得成就感呢？”

“好吧，好吧，我们别再聊这个话题了，好吗？”克拉帕乌丘斯哀求道，“我不奢求能够从你那儿得到什么，但是，伟大的机器，你能不能把我的小可爱们还给我？没有它们，我的生活真的了无生趣。”

“你的小可爱们可不是以字母 n 开头的，所以我不会这么做。”机器回答，“但是你要是想要怪味、无知、无良、无能、言而无信和无疾而终这些以字母 n 开头的东西，倒是可以任意选择。”

“我只想要我的小可爱们！”克拉帕乌丘斯哭喊道。

“你的小可爱们再也不会回来了。”机器继续说，“你看看这千疮百孔的世界，处处都是巨大的黑洞，处处也都是虚无。虚无在星辰之间铺满了无底洞，世间万物都被它笼罩，而它也埋伏在世间万物看不见的地方。这一切都是你的杰作，是你的嫉妒心带来了这一切！我可不觉得后人会因为你的所作所为而感恩戴德！”

“他们也许猜不到，我……他们没准看不到……”克拉帕乌丘斯结结巴巴地说着，难以置信地望了望空洞黑暗的苍穹。他没脸直视朋友的眼睛，只能一声不吭地抛下特鲁勒和他那台能够制造一切以字母 n 开头的东西的机器，灰溜溜地回了家。直到今天，我们所拥有的还是这样一个充斥着虚无的千疮百孔的世界，也就是当时克拉帕乌丘斯要求停止制造虚无时的模样，后来也没有人能够做出可以制造一切以其他字母开头的东西的机器。所以，我们恐怕再也见不到曾经陪伴在克拉帕乌丘斯身边的那些世间最完美的存在了吧？确切地说，是永远都见不到了。

特鲁勒的机器

机器建造师特鲁勒做出了一台八层智能机器。当他完成最重要部分的工作以后，他将机器均匀地涂上白色的油漆，再用藕荷色的油漆勾勒出边角线，接着他退后几步，将机器上上下下打量一番，又在机器正面添加了一条线，并在看起来像是机器额头的部分画上了橘黄色的圆圈。望着自己的杰作，特鲁勒情不自禁地吹了一声口哨，如同以往完成一项工作后那样，他郑重其事地提出了一个问题："二加二等于几？"

机器开始运转，显示灯亮了起来，机器的周身都被照亮了，电流声如同瀑布般倾泻而下，所有的电感元件也都运转起来，电磁线圈变得通红，发出震耳欲聋的巨响。特鲁勒甚至开始考虑是不是要给这台机器加一个特殊的消音器来减小这过大的噪声。而此时的机器却一秒不停歇地运转着，仿佛在解一道全宇宙最难的题目。脚下的大地在颤抖，沙粒也因此纷纷从脚下滑走，阀门就像是香槟酒瓶的软木塞，似乎随时会飞射而出，而在这巨大力量的拉扯下，继电器仿佛随时会断开。就在特鲁勒已经明显表露出自己对这台机器所发出的噪声的不满和不耐烦时，运转中的机器戛然而止，大声喊道："等于七！"

"亲爱的，这不对。"特鲁勒不开心地说，"怎么可能等于七呢？明明等于四。你再好好想想，这次不要算错了！二加二等于几？”

“七！”机器不假思索地回答。特鲁勒无奈地叹了一口气，又穿上了刚刚脱下的工作服，高高卷起袖子，打开机器的底盖，一下子钻了进去。过了很长时间都不见特鲁勒出来，只听到他用锤子敲敲打打，好像拧开了什么，又把什么焊接在了一起，然后传来了他咚咚的脚步声，好像他跑到了更高的地方，一会儿在六楼，一会儿在八楼，一会儿又飞跑回楼下。随后他接通了电源，机器里面甚至发出了火光，紫色的胡须闪着火花。就这样，特鲁勒在里面鼓捣了两个小时，当他从机器中走出来时，他满头大汗，脸上却带着满意的神情。他把所有工具都收了起来，脱下工作服扔在地上。把脸和手都擦干净以后，他信心满满地问：“你说，二加二等于几？”

“七！”机器依然这样回答。

特鲁勒狠狠地咒骂了一句，可是他别无选择，只能又对着机器这儿敲敲、那儿捅捅，线路搭上又拆开、拆开再焊上。尽管他调整来调整去，到了第三次他还是得到了同样的答案——二加二等于七。特鲁勒一屁股坐在机器最下面一层，愁眉不展、垂头丧气，克拉帕乌丘斯走进来的时候都没看见特鲁勒，还差点踩到他。克拉帕乌丘斯赶忙问特鲁勒发生了什么事情，因为他看起来仿佛刚刚从葬礼回来一般悲伤。特鲁勒就把自己与机器难以解决的问题和克拉帕乌丘斯说了一遍。听完，克拉帕乌丘斯自己也钻进机器里几次，在里面修修补补、敲敲打打，然后再问二加一等于几，机器说等于六，而一加一在机器看来等于零。克拉帕乌丘斯挠挠头，清了清嗓子，大声对特鲁勒说：“我的朋友，我们必须直面这个事实，你造了一台和你想要的不一样的机器。但是凡事都有两面性，因祸得福嘛！”

“我倒是真想知道这福在哪儿！”特鲁勒嘟囔了一句，又踢了一脚自己坐着的机器底座。

“别踢我！”机器忽然说。

“哦，你看，这台机器多敏感！我想说什么来着？哦，对，这台机器肯定是一台笨机器，但是又傻得不寻常，绝对不是平庸的蠢货！在我看来，你是知道的——我……我可是顶尖专家！这台机器绝对是全世界最笨的智能机器！这真是非同小可！想要刻意制造出这样一台机器可不是一件容易的事，而且恰恰相反，这可不是谁都能做得到的大事！因为这台机器不仅仅笨，而且倔得像头驴，也就是说，它是有个性的！它的个性就跟个白痴一样，因为白痴都特别倔！”

“我要这么个破玩意儿有什么用？”特鲁勒说着又踢了机器一脚。

机器又说话了：“我警告你啊，不要踢我！”

“你够了，这次可是郑重警告了。”克拉帕乌丘斯冷冷地说，“你看看，这台机器不仅敏感、蠢笨、倔强，而且还特别爱生气。这么丰富的个性融合在一起，我跟你说，老伙计，你可真是成就非凡啊！”

“行了，行了，我到底能用它干吗？”特鲁勒问。

“这可不好说！你可以为它办一个展览，而且是买票才能参观的那种展览。每一个想要看看世界上最愚蠢的机器是什么样的人都可以来看。你刚才说它有多少层来着？八层是吧？你想想，到目前为止，这世界上有谁见过这么大个儿的白痴？你这个展览带给你的肯定不只是经济效益，而且……”

“你别气我了！我才不会办什么展览！”特鲁勒生气地站起来，忍不住又踹了机器一脚。

“我对你提出第三次严重警告。”机器说。

“不然你能把我怎么样？”特鲁勒被机器的傲慢态度气得暴跳如雷，“你这个……你……”气得说不出话的特鲁勒又狠狠地踢了机器几脚，喊道，“你就活该被踢，知道吗？”

“你侮辱了我第四次、第五次、第六次和第八次，”机器说，“我也不会再往下数了。我拒绝再对你提出的任何数学领域的问题进行回答。”

“它还拒绝了！你看看它！”特鲁勒被气得忍无可忍，勃然大怒，“它数完六就直接蹦到八了！克拉帕乌丘斯，你听见了吗？没有七就到八了！它还有脸说要拒绝完成所有数学领域的问题！我就踢你，踢你，你怎么着吧？！是不是还得再多踢你几脚？”

机器忽然剧烈地颤抖起来，一言不发地开始用尽全身力气想要把自己从底座中拔出来。因为底座太深太结实了，机器力量大到把钢筋都折弯了，才把自己拔了出来，底座周围只剩下一堆碎水泥块和支棱着的钢筋。机器就像一座巨大的移动堡垒那样朝着克拉帕乌丘斯和特鲁勒一步步逼近。特鲁勒完全被眼前的情景吓傻了，呆若木鸡，在这个明显是要将他碾成肉酱的机器面前，竟然连躲都不会躲了。好在克拉帕乌丘斯还算清醒，一把拽住了特鲁勒的手，拼命拉着他往前逃。两个人在跑出很长一段距离后才回头看，发现机器就仿佛是一座摇摇欲坠的高塔，迈着沉重的步伐缓慢前行。每走一步，最底下一层几乎都会陷入沙石里。但是机器丝毫没有放弃的意思，顽强地又从沙石中拔地而起，继续向着他们两人径直走来。

“这可真是闻所未闻、见所未见啊！”刚刚回过神来的特鲁勒喃喃地说，“机器起义了！现在怎么办呢？”

“只能等一等，再观察观察。”相比之下，克拉帕乌丘斯冷静多了，“也许一切都会慢慢明朗起来的。”

但是暂时好像什么都不明朗。机器在行驶到更坚硬的土地后，走得更快了。远远地就可以听到它肚子里发出了一阵阵哨声和轰鸣声，并且还在哐当哐当地响着。

“这台机器没一会儿就会把我之前设置好的程序都搞崩溃，”特鲁勒嘟囔道，“它没一会儿就会散架，变成……”

“不可能。”克拉帕乌丘斯打断了他，“这可是非同寻常的机器啊！它这么蠢，就算全部理智都停止也对它没什么影响！你得小心，它……快跑啊！”

机器明显在加速前行，就为了要追上他们，摧毁他们。听着背后传来的那一声声沉重却有韵律的脚步声，他们吓得大气都不敢喘，只顾得上一心拼了命地往前跑。除了跑他们还能做什么呢？他们非常想回到自己的家乡，可是这台机器已经让这个梦想破灭了。机器在后面步步紧逼，断了他们的后路，逼他们只能走上眼前这条通往荒漠的绝路。慢慢地，从地面的滚滚浓雾中崛起了一座座连绵起伏、有棱有角的山峰。特鲁勒上气不接下气地冲克拉帕乌丘斯喊道：“听着，我们就往那道狭长的山谷里跑吧，那台倒霉的机器肯定钻不进去，你说呢？”

“别废话了，我们就往前跑吧。”克拉帕乌丘斯也喘着粗气回答，“前面有个小城镇，我也不记得叫什么了，反正我们就往那儿跑吧！那儿肯定能找到……哎哟……找到地方躲。”

他们头也不敢回，一路狂奔，很快就看到眼前出现了一些房屋。这时天色已晚，街上空荡荡的，他们又跑了很长一段距离，却连个人影也没看到。突然，他们听到城边上传来了一声可怕的巨响，就好像山崩地裂一般，他们知道，一直追在他们身后的机器马上就要追上他们了。

特鲁勒回头看了看，吓得说话都结巴了：“我的老天爷啊，你看看，克拉帕乌丘斯，它在拆房子呢！”机器仍对他们穷追不舍，就像一座钢铁般坚固的大山推倒了一座座房屋，它所走过的地方，身后只剩下一堆一堆的碎红砖块和白石灰碎片，大街上顿时充满了哭喊声和尖叫声。特鲁勒和克拉帕乌丘斯连气都顾不上喘了，拼命向前跑。他们跑到巍峨耸立的市政厅门口，毫不犹豫地冲了进去，顺着楼梯跑到了市政厅深深的地窖里。

“在这儿它就抓不到我们了，就算它把市政厅的屋顶掀翻也砸不到我们头上。”克拉帕乌丘斯气喘吁吁地说，“我今天不知道是中了什么邪了，跑到你那儿去做客……我就想看看你机器造得怎么样了，谁知道碰上这么个大事！我可算知道了……”

“别出声！”特鲁勒小声说，“有人来了……”

果然，地窖的门缓缓开了，市长走了进来，身后还跟着几位官员。对于自己闯了这么大的祸，特鲁勒感到很尴尬，只好由克拉帕乌丘斯出面把来龙去脉讲了一遍。市长一言不发地听完了他的陈述。墙壁突然晃动起来，地面也随着开始摇晃，尽管地窖隐藏在深深的地下，但墙面被推倒的声音却还是清晰地传了进来。

特鲁勒惊悚地喊道：“它已经到这儿了？”

“是的。”市长说，“它让我们把你们交出去，不然就毁了整座城市……”

接着就听到一个鼻音很重、从铁皮中发出的声音从高处传来：“特鲁勒在这儿吧？我都闻到他的味儿了……”

“你们不会把我们交出去吧？”特鲁勒声音已经发颤了。

“你们之中那个叫特鲁勒的必须从这儿出去，另外一个可以留下，但是必须答应我们一个条件。”

“我求求你们了！”

“我们也没办法。”市长说，“特鲁勒，如果你想留在这儿，就必须为你给这座城市带来的灾难和市民所遭受的损失负责，因为这一切都是你造成的。那个机器摧毁了十六座房屋，并且把这座城镇的很多居民都埋葬在了废墟底下。看在你已经站在死神面前的分上，我也就放你自生自灭了。你走吧，永远不要再回来！”

特鲁勒又把目光转移到那几位官员脸上，他从他们每个人脸上都读出了对自己的判决。他慢慢地向门边挪去。

“等等！我和你一起走！”克拉帕乌丘斯焦急地喊道。

“你要和我一起走？”特鲁勒的声音中隐隐透出一丝希望，但他想了想还是说，“还是算了吧，你还是留下来比较好，何必和我一起去送死呢？”

“神经病！”克拉帕乌丘斯激动地说，“我们为什么是去送死？我们还制服不了一个铁皮白痴了？难道这世界上两个最伟大的机器建造师就这么从地球上消失了吗？走吧，我的朋友，勇敢一点！”

被这一番豪言壮语鼓舞的特鲁勒紧紧地跟在克拉帕乌丘斯身后，勇敢地顺着楼梯跑出了市政厅。城市一片死气沉沉，一个人影都没有。比市政厅还要高的机器就矗立在那里，到处都弥漫着灰尘粉末，到处是刚刚被它摧毁的房屋的残骸，飞扬的尘土就像是它在喘气，它的身上布满了如鲜血般的红砖粉末，还有如炮灰般星星点点的白石灰粉末。

“小心点！”克拉帕乌丘斯在特鲁勒耳边说，“它看不见我们。我们从左边第一条路逃跑，然后向右转，直奔那座不太远的山里。我们到那儿先躲起来，然后想出一个彻底把它……冲啊！”机器就在这时发现了他们，并朝他们走来，刹那间地动山摇。

他们一口气跑出了城，只听见在大概一两千米开外的地方传来了那令人魂飞魄散的沉重脚步声。

“我认识这个山谷！”克拉帕乌丘斯突然说，“那里有一条干涸的河床，通往大山深处许多个岩洞。我们快点跑，它没一会儿就不得不停下来了！”

为了保持身体平衡，他们不得不挥舞着手臂，继续踉踉跄跄地拼命向山里跑去，但是机器仍在他们身后不远处向他们逼近。他们跌跌撞撞地踩在干涸的小溪旁的鹅卵石上，一路跑到了一个夹在岩石间的垂直缝隙之中。他们看到在山的高处有一个黑黢黢的山洞，他们用尽全力攀上峭壁，也没心思去管脚下松动的石块，使尽浑身解数拼命向那个山洞爬去。洞口向外渗出一丝丝寒意和黑暗，他们不顾一切地跳进山洞，又继续往前跑了几步。

“好了，这下我们安全了。”特鲁勒终于松了一口气，“我探出头去看看那台机器被困在哪里了。”

“你小心点！”克拉帕乌丘斯提醒道。

特鲁勒小心翼翼地走到洞口，刚一探出头就吓得跳了回来：“它正在往山上爬！”

“你冷静点！它肯定上不来。”克拉帕乌丘斯的声音里也带着忐忑，“哎，怎么回事？怎么变这么黑了？”

忽然，原本通过洞口可以看见的一片天空被一个巨大的阴影遮住了，一块钉着铆钉的巨大光滑铁板慢慢向山洞口贴了上来，山洞仿佛被一扇铁门从外面堵了个严严实实。

“我们被困在这里面了。”特鲁勒压低声音说。当山洞彻底被黑暗笼罩时，他的声音颤抖得更厉害了。

“我们真是太蠢了。”克拉帕乌丘斯生气地嚷道，“怎么能钻进这个被它堵死的山洞里呢？我们是不是没带脑子？”

过了好一会儿，特鲁勒打破了沉默：“你觉得它想把我们怎么样？”

“不用想也知道，它就是想让我们从这儿出去。”

短暂的一问一答过后，接踵而来的是另一段长长的沉默。特鲁勒踮起脚尖，向前伸出双手，在黑暗中摸索着，他用手扒着一块块岩石，一步一步地向洞口走去。突然，他触到了一块带着温度的铁片，甚至能感受到这温热是从铁片内部发出的。

“我知道是你，特鲁勒。”一个冰冷如铁的声音回荡在密闭的空间里。特鲁勒向后退去，一屁股坐在自己的挚友克拉帕乌丘斯身边，仿佛定格了一般一动不动。又过了好一会儿，克拉帕乌丘斯在他耳边小声说：“我们坐在这儿一点办法也想不出来，不如试试和它谈谈吧……”

“没用的。”特鲁勒说，“不如试试让它起码放过你吧……”

“不，不行！”克拉帕乌丘斯坚定地走到虽然在黑暗中看不见，却牢牢锁住他们的铁门面前，大声喊道，“喂！你听得见我们说话吗？”

“听得见。”

“那我想先向你道歉。你看，我们之间发生了一点小误会，但是这点小事不应该影响我们。特鲁勒他不是故意……”

“我要碾碎他！”机器咆哮着，“但是在这之前，让他先回答我一个问题：二加二等于几？”

“哎，他肯定会回答你的，而且答案一定包你满意，那你是不是也能和他和好如初了？特鲁勒，你会回答吧？”克拉帕乌丘斯作为中间人尽力协调着。

“我肯定会好好回答……”特鲁勒虚弱地说。

“是吗？”机器又问，“那你说，二加二等于几？”

“四……不对，等于七。”特鲁勒的声音比刚才更小了。

“哈哈哈，不是四，是七，对吧？”机器哈哈大笑，“你看，我就说等于七吧！”

“对呀，就是七，肯定是七呀，二加二一直都等于七！”克拉帕乌丘斯连忙表示赞同，但又小心翼翼地问，“这下你能放我们走了吧？”

“不能！你让特鲁勒再说一遍，他感到非常抱歉，并且再叫他大声说一遍二乘以二等于几。”

“我如果说了，你就放我们走吗？”特鲁勒问。

“我不知道，我得考虑考虑，你没有资格和我提条件！你说，二乘以二等于几？”

“但是你会考虑放我们走，对不对？”特鲁勒坚持又问了一遍，尽管克拉帕乌丘斯一个劲儿拽他的手，在他耳边悄悄说：“这是个白痴，你别和它对着干，我求求你了！”

“我想放你走就放你走，不想放就不放。”机器又问了一遍，“二乘以二等于几？”

“好，我告诉你等于几！”特鲁勒突然暴跳如雷，大声喊道，“二加二等于四，二乘以二等于四，都等于四！就算你倒立站着，就算你把大山碾成粉末，把海水一饮而尽，把天空一口吞下，我也要让你知道，二加二等于四！”

“特鲁勒，你疯了吧！你都不知道你自己在说什么！二加二当然等于七，我的女王！我亲爱的机器女王陛下，等于七，二加二肯定等于七！”克拉帕乌丘斯希望自己的声音能盖过自己那位“执迷不悟”的朋友。

“不对，等于四！从宇宙创始之初，到世界末日那一天，二加二都永远等于四！”特鲁勒声嘶力竭地喊着。

突然他们脚下的大地震颤，砾石滚动。

机器往后退了一步，一道微弱的光线射入黑黢黢的洞中，它大声喊道:“你答错了！应该等于七！我再给你机会重说一次，再说不对我就一把捏住你！”

“我绝对不会说的！”特鲁勒说出这句话的时候，仿佛对一切都无所谓了，他们头顶开始不断有石块如冰雹般掉落，因为机器用它那八层的巨大身躯一次又一次地撞向山洞，撞得巨大的石块从一块块高高的岩石上散落下来，随着一声声巨响落入山谷。

犹如下了一场石块雷暴，雷声就是石块跌落的声音，石块如雨点般纷纷坠落，钢铁不断撞击着岩石迸发出火花。就在这山崩地裂声中，还是能听到特鲁勒坚定的声音夹杂其中:“二加二等于四！等于四！”

克拉帕乌丘斯想要拼命把他的嘴捂上，可是却被猛烈地撞了出去，他只好作罢，用手护住头坐在地上。机器还是没有停止它疯狂的摧毁行动，甚至有那么一瞬间让人觉得，这黑黢黢的山洞也会被碾成碎块，两位机器建造师会被压扁，葬身在石块当中。当他们已经完全绝望的时候，空气中充满了令人窒息的灰尘，突然他们听到有什么东西被撕裂的声音，随后传来一声巨响，一声比所有撞击声和爆裂声都巨大的声响，接着空气中充斥着轰鸣声，那扇黑洞洞的、堵在洞口的铁门仿佛被一阵龙卷风刮走了，消失得无影无踪，而那些巨大的石块如雪崩般滚落下去。山谷中还回荡着轰鸣声，两位朋友来到了洞口边，探出半个身子向下看去:机器粉身碎骨地躺在那里，被自己撞下来的石块压扁了，原本八层的身躯也被一块巨石拦腰切断。他们踩着被震得粉碎的岩石慢慢爬下了山，想要回到他们来时那条干涸的河床那儿。他们不得不从被压得扁平的机器身边走过，这时的机器看起来就像一艘搁浅的轮船。他们俩不约而同地在被压变形的铁块旁边停住了脚步，机器缓缓动了一下，仿佛内部还有什么东西在力不从心地转动着。

“你看看你最后落得个这么惨的下场，你到现在还觉得二加二等于——”特鲁勒刚说到这里，就听到机器用虚弱且含混的声音最后一次说：“七。”

然后就听到它里面发出窸窸窣窣的声音，一些小石块从它身上散落到地上。它死了，变成了一堆废铁。两位建造师四目相对，长叹一声，一言不发地迈步踏上了干枯的河床。

一顿暴打

机器建造师克拉帕乌丘斯在听到有人敲门后，拉开门探出头去，看到一个四条小短腿支撑着一个大肚子的机器人站在门外。

“你是谁？你来干什么？”克拉帕乌丘斯问。

“我是实现愿望的机器。你的好朋友，也是你伟大的同僚——特鲁勒把我当作礼物送到了你这儿。”

“礼物？”克拉帕乌丘斯对特鲁勒的情感可以说很复杂，特别是在听到机器人把特鲁勒称为他“伟大的同僚”后，他感到非常不悦，但在短暂的迟疑过后，他还是说：“好吧，请进。”

克拉帕乌丘斯让机器人站在壁炉旁的墙角，看也不看就回到自己刚刚被打断的工作中了。他正在制造一台有三条腿的胖机器，就快大功告成了，现在只需要再将它抛光就可以了。过了一会儿，实现愿望的机器突然说：“我想强调一下我的存在。”

克拉帕乌丘斯说着“我没忘”，又投身于自己的机器制造工作中。不一会儿，实现愿望的机器又说话了：“你能告诉我，你在做什么吗？”

“你是实现愿望的机器还是不停提问的机器？”克拉帕乌丘斯问完后又说，“我需要蓝色颜料。”

“我不知道这个蓝色是不是你需要的那种。”实现愿望的机器一边说着，一边从自己的肚子里掏出一罐颜料。克拉帕乌丘斯打开颜料罐，一言不发地用刷子去蘸颜料，开始给自己的机器上色。在傍晚来临之前，克拉帕乌丘斯还跟它要了金刚砂、碳化硅、钻头、白油漆和钉子。实现愿望的机器每次都立刻满足了克拉帕乌丘斯的要求。到了晚上，他用一块帆布把自己制造好的机器盖了起来。吃了晚饭以后，他坐在三条腿的小机器对面，对实现愿望的机器说："来，让我们看看，你都有些什么本领。你不是说你无所不能吗？"

"也不是无所不能，但是我可以做很多事。"机器谦虚地说，"你对我给你的油漆、钻头和钉子还满意吗？"

"满意，当然满意。"克拉帕乌丘斯点点头，接着说，"但是，我现在要求你完成一项比刚才那些事难度大很多的任务。如果你完不成，我就把你送回到你的主人那里去，谢谢他的同时，还要对你的性能给出一个客观的评价。"

"那你想要什么呢？"机器显得有些坐立不安了。

"特鲁勒！我要你给我制造一个特鲁勒！一个和真正的特鲁勒毫无差别的特鲁勒！"

机器嘴里嘟嘟囔囔，身体发出一阵嗡鸣，它说："好吧，我给你造一个特鲁勒，但是你得小心翼翼地和他相处，毕竟这是一位伟大的建造师！"

"没问题，这点你不用担心。"克拉帕乌丘斯回答，"那这个特鲁勒在哪儿呢？"

"什么？你以为这说造出来就能造出来？"机器又说，"这可是特鲁勒！我需要时间，这可不像随便要一桶油漆和几个钉子那么简单。"

令人惊讶的是，实现愿望的机器快速地运转起来，发出鸣笛声后又嘀嘀作响，然后它肚子上的小门打开了，特鲁勒从深邃的肚子里走了出来。克拉帕乌丘斯站起来走上前去，绕着这个特鲁勒转了几圈，仔细观察，又上上下下地抚摸了一遍。站在他眼前的这个特鲁勒真的和他所熟识的特鲁勒别无二致，就像是一个模子里刻出来的。

“噢，特鲁勒，你好呀！”克拉帕乌丘斯和他打了个招呼。

特鲁勒惊讶地回答说：“噢，你好，克拉帕乌丘斯！我怎么会在这儿呢？”

“嗯，其实……反正你就是来我这儿了。好久不见，你觉得我这儿怎么样？”

“不错，不错！你那块帆布下面盖着的是什么？”

“没什么。来，坐一会儿！”

“不了，已经挺晚的了，外面天都黑了，我该回家了。”

“你为什么急着要走？”克拉帕乌丘斯赶忙拦住特鲁勒，“来，我们去我的地下室看看。”

“地下室有什么好玩的？”

“现在那里还没什么好玩的，但是过一会儿就有了。走吧……”克拉帕乌丘斯拍着特鲁勒的后背，把他领到了地下室。刚到那里，克拉帕乌丘斯就伸腿绊倒特鲁勒，用绳子绑住他，然后拿起一根粗粗的棍子对着他一顿暴打。特鲁勒一边声嘶力竭地喊着救命，一边跪地求饶，但是克拉帕乌丘斯根本不吃这一套。在这寂静而空旷的黑夜里，克拉帕乌丘斯下手越来越重，每打一下都会发出很大的声响。

“哎哟，疼死我了，你到底为什么打我？”特鲁勒一边叫喊着，一边疼得弯下了腰。

“因为这样做我很开心。”克拉帕乌丘斯回答着，挥舞着的手却没有停止殴打，“我的特鲁勒，这样的体验你还没经历过吧？”说着又照着他的头上狠狠地打了一下，发出了仿佛敲在一个木桶上的沉闷声响。

“快点放开我！我要去告诉国王，你都对我做了什么！我要让他把你扔进地牢里！”特鲁勒大声喊道。

“国王不会把我怎么样的。你知道为什么吗？”克拉帕乌丘斯问完后，坐在了长椅上。

“不知道。”特鲁勒回答。这顿暴打终于暂时告一段落了。

“因为你不是真正的特鲁勒！真正的特鲁勒在自己家里，他制造了一台实现一切愿望的机器，还把这台机器送给了我。而我，为了测试这台机器是不是真的能实现一切愿望，就让他制造了一个你出来。我现在要把你的头拧下来摆在我床底下，以后用你的头来当鞋拔子。”

“你这个怪物！你为什么要这样做？”

“我已经告诉你了：因为我乐意，这样做让我很开心。好了，废话少说！”克拉帕乌丘斯双手拿起了棍子，而此时特鲁勒开始叫喊：“不要！不要再打我了！我有一件特别重要的事要告诉你！”

“我倒是想听听，你能说出多重要的事，重要到能阻止我用你的脑袋当鞋拔子。”克拉帕乌丘斯问道，不再用那根棍子去打他了。

特鲁勒大声说：“我根本不是什么机器制造出的特鲁勒，我就是真的特鲁勒，如假包换的特鲁勒！我其实就想知道，你这么长时间以来，一个人躲在家里关着门，到底在做什么。于是我就制造了一台机器，然后藏进它的肚子里，让它来到你家门口，并且假装是我送给你的一件礼物。”

“瞧瞧，瞧瞧，你还真能编故事啊！”克拉帕乌丘斯站起来，手里紧紧地握着棍子粗的一头，继续说，“亲爱的，你也别再费劲编故事了，我一眼就看穿了你在骗我。你就是机器制造出来的特鲁勒，那台机器能满足一切愿望。我还让它帮我制造出了所有我想要的东西，什么钉子啊、螺母啊、白油漆啊，哦，还有蓝油漆和钻头什么的。它能做出这些，也能做出一个你。”

特鲁勒无奈地嚷道：“你说的这些，都是我提前准备好放在机器的肚子里的啊！你在工作中需要什么工具，这一点也不难猜。我发誓，我说的一切都是真的！”

“如果这一切都是真的，你的意思就是，我的好朋友、伟大的机器建造师特鲁勒是一个骗子！没有人会相信的！”克拉帕乌丘斯吼道，“看打！”一棍子从耳后狠狠地抽在他的后背上。“记住，这一下是因为你诬陷我的朋友特鲁勒！”

“你真是该打！”说着又一棍子从另一边耳朵后面狠狠地抽在他身上。然后，一棍又一棍，连带着拳打脚踢，终于，克拉帕乌丘斯打累了。

“好了，我现在要去休息一会儿，睡一觉。”说着，他把棍子扔在了一边，“你呢，给我在这里等着，一会儿我就回来接着收拾你！”克拉帕乌丘斯刚刚离开不久，就大声地打起了呼噜，整栋房子里都能听到。被绳子捆着的特鲁勒扭来扭去，终于让绳子松动了，他赶紧解开绳结，悄悄地跑到楼上，钻进了那台机器里，飞快地跑回了自己的家。克拉帕乌丘斯强忍着笑，站在楼上，透过小玻璃窗将这场狼狈的“逃跑”尽收眼底。第二天一大早，他就来到了特鲁勒家。特鲁勒让他进去，却悻悻地一声不吭。房间里很暗，可是什么也逃不过聪明的克拉帕乌丘斯的眼睛。他发现，特鲁勒身上和头上都有被暴打过的痕迹，尽管他很努力地用了各种方法去填平伤口，掩盖伤痕。

“你怎么一脸不高兴？”克拉帕乌丘斯欢乐地问，“我是特地来感谢你的，因为你送了我那么完美的一件礼物。可惜的是，那台机器趁着我睡觉的时候逃跑了，连门都没关就消失得无影无踪。”

“我看，是你对我的机器做了什么不好的事吧！我这么说已经是很客气的了！”特鲁勒生气地吼道，“我告诉你吧，我的机器把一切都告诉我了，你也不用跑到这儿再装好人辩解了！你让它给你制造出一个我来，然后你就把复制出来的我引到了地下室，暴打了一顿！我送给你一件完美的礼物，你却恩将仇报，这么恶毒地对待我，今天竟然还佯装无事地跑来找我，我看你还有什么可说的？”

“我不知道你为什么会生我的气。”克拉帕乌丘斯回答，“的确，是我让机器复制出了一个你。你还别说，那个复制出的你，真的可以以假乱真，连我看了都惊呆了。不过，如果说到这顿暴打，那就是这台机器夸大其词了。不错，我是敲打了几下那个复制出来的你，但我也只是想看看，复制出来的你是不是够结实。另外，我也想看看，那个复制出来的你会有什么反应。但是，那个复制出来的你可是聪明绝顶的，当时就给我编了一个故事，非说自己根本不是什么复制品，而是真实的你。我才不会相信他呢，可是他竟然开始发誓，说那台实现愿望的机器根本不是你送给我的礼物，根本就是你在骗我呢。这我可不答应了。你懂吧？你是我的好朋友呀，我怎么能看着他诋毁我的好朋友，毁坏我好朋友的名誉呢？我要让他因为这样抹黑你而付出代价！而且我还明白了一件事，这个复制出来的你展现出了无穷的智慧，所以他不仅仅外表上像你，其实内在也和你一样。我的朋友，伟大的机器建造师！我今天一大早就跑到你这儿来，就是想告诉你这些呀！”

“好吧，好吧，”特鲁勒的语气明显缓和了些，“但是无论怎么样，我实在是难以认同你对待这台实现愿望的机器的方式，但是也算了，就这样吧……”

“对了，那个复制出来的你呢？你把他弄到哪儿去了？”克拉帕乌丘斯一脸无辜地问，“我能见见他吗？”

“他气得都要疯了。”特鲁勒说，“他威胁说，他要躲在你家旁边那块大岩石后面，等你出来以后就把你的头颅撞碎。当我试图劝说他不要这样对你的时候，他气急败坏地冲我大喊大叫，然后就趁着夜色冲了出去，想要设下陷阱来报复你。我亲爱的朋友，正因为如此，我才以为你通过这种虐待他的方式伤害了我。但是我想到了我们这么长时间的友谊，我不希望他威胁你并对你造成伤害，所以我不得不把他拆成了碎片……”

特鲁勒一边说着，一边仿佛不经意地用脚划拉着散落在地上的零件和碎片。

于是，他们又像最亲密的朋友那般热情地告别了彼此。

从那以后，特鲁勒什么都不做，只是乐此不疲地向周围人讲述整个故事，讲他是如何赠送给克拉帕乌丘斯一台可以实现所有愿望的完美机器，而克拉帕乌丘斯又是怎样地不够朋友，竟然要机器复制出一个特鲁勒以后再毒打他；幸好这个被复制出来的特鲁勒够机智，编出了一套谎话，趁着打累了的克拉帕乌丘斯睡着时，偷偷逃回了特鲁勒家里；而真正的特鲁勒，为了保护自己的朋友克拉帕乌丘斯的安全，让他不被那个想要报仇的特鲁勒的复制品所威胁，无奈之下，只好亲手将那个被机器复制出的特鲁勒拆成了碎片。特鲁勒不厌其烦地向别人讲述着这个故事，赞美着自己是多么伟大，同时还不断要求克拉帕乌丘斯来证明他说的话是真的。终于有一天，这个奇怪的故事竟然传到了宫廷中。从此，但凡谈到特鲁勒这个名字，大家都对他刮目相看，再也没有人像之前那样嘲笑他是世界上“最愚蠢的机器”的建造师了。而当克拉帕乌丘斯听说，国王也对特鲁勒大加封赏，还授予他大弹簧勋章和“螺旋之星”称号，不禁仰天自问:“怎么回事？！明明是我看穿了他的鬼把戏，暴打了他一顿。他还像个小偷似的钻回机器里，从我的地下室悄悄逃回家，然后不得不在脸上和身上填平伤口、掩盖伤痕。可是这一切怎么就都变成他的荣誉了呢？仿佛在我家发生的一切都没发生过。这还不够，国王还授予了他勋章！这个世界到底是怎么了？”

克拉帕乌丘斯非常愤怒地回到家，把自己反锁在房子里。他之前也在制造一台一模一样的实现愿望的机器，谁知道竟然让那个特鲁勒抢先了一步。

特鲁勒和克拉帕乌丘斯的七次远行

第一次远行：巨人法则的陷阱

曾经，宇宙的规划还是非常规整的，和今天的杂乱无章大相径庭。所有的星球都有自己的位置，从左到右或者从上到下就可以一颗颗地数清楚。那些大一些、颜色湛蓝的星球都整齐地排列在一起，而那些小一些、又有些发黄的星球则被作为装饰安置在角落里。整个宇宙中秩序井然，一尘不染。以前，还有这样一个传统，拥有“永恒全能证书”的机器建造师们时不时要去别的星球上帮助其他人。正因如此，特鲁勒和克拉帕乌丘斯这两位专家——不费吹灰之力就可以点亮或熄灭星球的专家——就开始了这样一段征程。当他们眼前的云层逐渐散去，再也看不到他们故土的样子的时候，他们发现眼前有一颗不大不小的星球，上面只有唯一的一片大陆，中间有一道红线将其分割成两半，一半所有的东西都是黄色的，而另一半所有的东西都是粉色的。他们立刻明白了，这是两个相邻的国家，所以他们决定在降落之前商量一下策略。

特鲁勒说：“既然这是两个国家，公平起见，你去一个，我去另一个。这样对谁都不会有伤害。”

“好啊，”克拉帕乌丘斯说，“可是如果他们向我们请求军事支援怎么办？这种事也不是没发生过。”

“没错，他们可能会要武器，甚至可能会要那种高精尖武器。”特鲁勒表示赞同，“我们必须说好，我们要严词拒绝这样的要求。”

“他们要是强烈要求甚至威胁我们怎么办？”克拉帕乌丘斯再次提出了疑虑，“这也是很有可能发生的。”

“我们得想想办法。”特鲁勒一边说，一边打开收音机，里面突然传来一段嘹亮的军乐。

“我有办法了，”克拉帕乌丘斯关上了收音机，“我们可以使用巨人法则。你觉得怎么样？”

“对呀！巨人法则！”特鲁勒大叫道，“我从来没听说有人用过这个！这可能是开创历史的一刻呢！我们为什么不试试？”

“我们都做好准备了，”克拉帕乌丘斯继续说，“但是我们必须保证两人要同时使用，要不然后果不堪设想。”

“别傻了！”特鲁勒一边说，一边从胸前的内兜里掏出一个小金盒。小金盒打开后，里面的丝绒布中间躺着两粒白色的圆珠。“你拿一个，我拿一个。每天晚上你都拿出来看看，如果圆珠变粉了，就证明我应用了巨人法则，那时候你也快点用起来。”

“一言为定。”克拉帕乌丘斯说完就把圆珠收了起来。这时他们已平稳降落，他们握了握手，就朝相反的方向走去。

特鲁勒前往的国家受伯特沃勒克[1]国王统治。这位国王骨子里就是一个军事狂热分子，除此之外还特别吝啬，可以说是全宇宙中小气鬼的鼻祖。为了削减国库开支，他免除了死刑以外的一切刑罚。他最喜欢干的事就是关闭一切他认为没用的政府部门。自从他撤销了刑部以后，每个死刑犯必须自己把头砍下来，除非是在国家大赦的时候，可以由他们的家人代劳。在艺术方面，他只支持那些花销不多的项目，比如诵诗班、象棋和军队健美操。但是他对于兵法是格外重视的，因为打一次胜仗就可以带来可观的收入。然而，

1　源自“怪物”（potwór）一词。

要想打胜仗，就必须在和平时期认真部署和准备，所以他在某种程度上是崇尚和平的。这位国王最伟大的改革就是叛国罪国有化。由于邻国总是派来很多间谍，这位君王就成立了一个“情报出售部”，这个部门中的皇家情报出售大臣通过自己的属下将一些国家机密按照一定的价格卖给那些敌国的密探。一般来说，密探们只会买那种过时的信息，因为这种信息比较便宜，他们在花自己钱的时候也得精打细算。

伯特沃勒克国王的子民们衣着简朴，起早贪黑地辛苦劳作。他们的工作就是编织保护堤岸用的柴笼和加固战壕用的柴捆、制造兵器和写匿名举报信。为了防止国家因为有太多举报信而遭受几百年前百眼神力大王时期的危机，国家规定，写超过一定数额的举报信者需要缴纳特别待遇税。由于高额税收的限制，目前国内的举报信数量还在一个相对合理的范围内。特鲁勒来到伯特沃勒克国王的宫殿，表示愿意为国王效劳。这位战争狂人国王马上就要求特鲁勒为他提供强大的军事武器。特鲁勒请国王给他三天时间来考虑。当他回到这个国家为他提供的异常简陋的住所后，他马上打开小金盒，看着那颗洁白的圆珠。当他的目光停留在圆珠上时，圆珠突然染上了一抹红晕。他立刻明白了：“啊哈，是时候应用巨人法则了！”然后他就坐下来，开始进行一些秘密记录工作。

与此同时，克拉帕乌丘斯来到了位于另一边的国家，美格勒克[1]是这个国家的统治者。这个国家的一切看起来都和伯特沃勒克所统治的国家不同。这位国王也非常渴望进行军队游行，他把大量的开支用于军备，但是他的方式更为开明，因为他是一位非常慷慨的君主，而且他对艺术的热爱和多愁善感也无人能及。他醉

1　源自希腊神话中的复仇三女神之一墨盖拉（Megajra）。

心于军服和军服上的金穗、流苏、军裤侧面的条纹[1]、饰绳[2]、肩章、拿着铃铛的守卫和军舰。他对这一切倾注真心和情感，不管他面对过多少次新军舰第一次下水的场景，在见到这一幕时，他还是会激动得浑身颤抖；他会为那些描绘战争场面的画作感动落泪，而且一掷千金，画作上降服的敌军数量越多，就证明越爱国，那么他给的赏金也就越多。所以，随处可以见到描绘整个王国的大幅全景画作，画面上都是堆积如山、高耸入云的敌军尸体。在日常生活中，他既专制又开明，既严厉又温情。每一年的登基大典纪念仪式上，他都要实行新的改革措施：有一次下令要把所有的断头台都用鲜花和树枝加以点缀；有一次又因为要防止断头台吱吱作响，要把它整个都涂上润滑油；还有一次要把刽子手的屠刀镀金，但是也不忘出于人道主义精神要求把屠刀磨得快一点，让受刑的人免遭钝刀带来的折磨。他虽然喜好众多，但是并不推崇奢侈浪费，所以他下达了一项特殊法令，为所有棍、棒、螺钉、老虎钳和手铐制定了统一标准。在对异端思想者执行死刑的时候，场面壮观，声势浩大，伴有花车游行、临终祝祷，以及头戴流苏军帽、身着条纹军裤的军队方阵检阅，但是这种情况非常罕见。这位开明的君主还坚定地奉行“普遍幸福论”，也就是说，人不是因为快乐而微笑，而是微笑会让人感到快乐。当所有人都告诉自己感觉特别棒的时候，那么情绪也会因此变好。所以美格勒克的臣民们为了自身的利益，必须大声地一遍遍重复“我感觉太幸福了”。而之前大家普遍用的“你好”这种平淡无奇的打招呼方式也被国王改成了更能带

1 在某些时期，波兰的军裤侧面饰有两条不同颜色的丝质条纹，代表不同的军队分支。

2 吊在军服单肩上的装饰用结绳。

来好情绪的“多么美好的生活啊！”。十四岁以下的儿童可以用“呼呼，哈哈”打招呼，老年人则要说：“生活多么美好啊！”

当美格勒克国王乘坐着军舰型皇家马车从街上路过时，他会对夹道欢迎的人群挥手致意，而人们会高声呼喊：“多么美好呀！”“呼呼，哈哈哈！”“太美妙了！”他看到自己的臣民情绪积极高涨、心灵得到了净化，甚感欣慰。他还是一个民主主义者，特别喜欢和那些见多识广的老军官闲聊寒暄，听他们讲那些英勇无敌的战争故事；但是有时候，他在宫殿中接受某位大臣觐见，会突然毫无来由地用自己的权杖敲打膝盖，高喊：“向前冲啊！”“把这艘军舰给我拿下！”又或者，“向我开炮！”因为没有什么东西能比力量、勇气、沾着火药的烈酒和饺子、面包干、运送弹药的车和夹馅土豆饼[1]更让他珍惜和热爱的了。所以，当他感到郁闷的时候，他就命令军队在他眼前列队行进，边走边唱“铁打的军队，铁打的兵”“为国捐躯，在所不惜”“军号吹响，队伍如钢”等爱国战歌[2]，或者要求他们唱老旧的王室歌曲“我手握凿子，策马前进，和刺刀硬碰硬”。他还要求，在他死后，国家护卫队的老兵们要在他的墓碑前为他咏诵他最喜欢的歌曲《鞠躬尽瘁》[3]。

克拉帕乌丘斯没有立刻去宫殿中拜见美格勒克国王，而是在他到达的第一个村落中，去了许多人家敲门拜访，然而没有一个人给他开门。在空空如也的大道上，他终于看到一个小孩朝他走来。小孩细声细气地问他：“先生，想不想买？我这里便宜。”

克拉帕乌丘斯奇怪地问：“买什么？”

---

1 波兰东北部地区的一种特色食物，以土豆面粉制成，内有不同馅料。

2 这些歌词均改编自十九至二十世纪波兰军队的军歌或战歌。

3 直译为“老旧的机器终将生锈”，指一生为国家和军队奉献，至死方休。

“国家的小秘密。”小孩一边回答，一边撩起上衣一角，向他展示了一下藏在里面的动员计划。

克拉帕乌丘斯听了更觉得诧异了，说：“小鬼头，我不买，我不需要这个东西。你能不能告诉我，村长住在哪儿啊？”

“您早（找）春（村）长干什么呀？”小孩因为年幼，有些音还发得不太好。

“我有些事要和他谈一谈。”

“西（需）要单独谈吗？”

“可以单独谈。”

“您需要密探助手吗？我爸爸肯定是个好人选，又可靠又便宜。”

“带我去见你爸爸！”克拉帕乌丘斯知道，他要是不同意，这场对话是无法结束的。小孩把他带到其中一间房子里。尽管是大白天，屋里仍点着灯，一家人围坐在里面：老态龙钟的爷爷坐在一把摇椅上，奶奶在用毛线勾袜子，还有好几个正值壮年的子孙们在各忙各的。他们一看到克拉帕乌丘斯，立马站了起来并向他扑过来，勾袜子的毛衣针变成了手铐，屋里那盏灯变成了麦克风，而奶奶也变成了警察局局长的模样。

“一定是有什么误会。”尽管克拉帕乌丘斯被打了一顿，最后被丢进了地牢，他仍然觉得这是个误会。他耐心地等待了一整夜，除此之外，也没别的办法。破晓的晨光照了进来，给地牢石墙上的蜘蛛网和发霉的残余牢饭都镀上了一层银边。过了一会儿，就有人把他带去审问。原来，无论是村落也好，房屋街道也好，还是那个小孩，都是故意设置在那里，就为了诱捕来自敌国的密探的。克拉帕乌丘斯没有经历冗长的审讯，审讯过程很快就结束了。克拉帕乌丘斯有意雇佣小孩的爸爸作为自己的“密探助手”，由于这项罪名，他要面临被押上三等断头台斩首的刑罚。今年用于收买敌国密探的经费早就被预支光了，而克拉帕乌丘斯在几次游说的情况下都坚决拒绝了购买国家机密情报。除此之外，克拉帕乌丘斯身上也没有足够的现金。克拉帕乌丘斯一直在为自己辩解，可是审讯军官却对他所说的话一个字都不相信。其实就算他相信，甚至想释放抓到的罪犯，他也没这个权力。这一案件被呈到了更高一级的法庭，同时他们也对克拉帕乌丘斯严刑拷打，不过他们这么做更多是为了例行公事，而不是为了有什么实际效果。一周后，事情却来了个大逆转，克拉帕乌丘斯被判无罪后，被送往了都城，在学习了一系列王室礼数后，他将受到美格勒克国王亲自接见的恩典。他还获得了一把小号，因为每一位进入政府部门的公民都有义务吹响这把号角，制造出喜庆热闹的气氛，宣告自己的到来。这项纪律人人都要遵守，因为如果听不到号角声，那么当天的太阳升起都要被判为无效。

美格勒克国王一见到克拉帕乌丘斯，就提出了要他制造新武器的要求，克拉帕乌丘斯也表示可以满足他的要求，他还保证，他的这个想法一定是和军事行动基础完全不一样的。首先他提出了一个问题：什么样的军队是战无不胜的？答案就是：指挥有方的将领加上纪律严明的士兵。将领下达命令，士兵必须听从，也就是说下达命令的将领必须英明，而士兵要严格遵守命令。所有的智慧，包括军事领导的智慧都是天生具有局限性的，就算是再优秀的将领也有可能碰到一个旗鼓相当的对手。将领还有可能牺牲，那么他的军队就会群龙无首；又或者他还可能做出更可怕的事情来，毕竟他的头脑是受过专业训练的，会把权力作为思考的对象。如果战场上只留下一群将领，他们手握兵权，而生锈的头脑中却又充满了战术，当他们开始觊觎王位时，这难道不是非常危险的吗？有多少王朝就是这样衰落的？由此可见，将领们就是罪恶之源，那么现在最有必要的就是把他们彻底铲除。所谓训练有素的军队就是能够严格执行命令的军队，最理想的就是能做到万众一心，让成千上万的心灵和思想都能拥有同一种思想、同一个意愿。所有军队的命令、军事演习和训练都要服从于此，终极目标就是打造一支仿佛只有一个人在行动的军队——既是命令的下达者，又是战略计划的完成者。谁能够是这样的完美结合体呢？只有个体才会这样，因为只有个体会对自己的想法言听计从，而对于自己下达的命令也会尽心尽力去完成；而且个体不能分身，不会拒绝听从自己，也不会背叛自己。所以问题的关键就是要培养这种对自我的服从，并将这种自我服从和崇拜的精神发扬成由成千上万军人组成的军队的共有品质。怎么才能做到呢？克拉帕乌丘斯开始向听得入迷的国王解释这个简单的思想——所有天才的理念其实都是很简单的——那就是巨人法则。

克拉帕乌丘斯详细地介绍这个想法："在每个新兵的正面拧入一个插头，在他的后背装上一个插口。在听到集合的命令时，所有的插头会自动插入插口。这样的话，几分钟前还只是一群普通老百姓的他们，瞬间就会形成一支训练有素的军队。每个原本充斥着和军事无关的胡思乱想的头脑，会被统一的军魂所覆盖，不但自动就会形成严格遵守纪律的特征，而且整个军队都会永远行动统一，因为有统一的思想指引着不同的躯体，这样智慧就会随之而来。并且，这智慧分配均匀，和人数呈正比：一个排的士兵都拥有少尉的智慧，一个连的士兵都和中校一样机灵，一个旅比一个元帅还英明，而一个师比所有军事战略家加起来还有作为。通过这样的方式，可以打造出完美无瑕的队伍。他们绝对不会不服从命令，怎么可能有人不听自己的话呢？而且这样的做法可以有效地避免对权力的觊觎和越级行为，还能避免对将领的依赖性以及他们之间的竞争、妒忌和冲突。这样的军队一旦组成，就不应该再将其拆散，因为那样做毫无好处，只会带来混乱。军队虽然没有将领，但军队本身就是自己的将领。您看，这就是我的设想！”克拉帕乌丘斯介绍完了，他的话给国王留下了很深的印象。

“你先回你的住所吧。”国王终于说了一句，“我要和我的参谋部好好商量一下……”

“千万不要这样做，伟大的国王陛下！”克拉帕乌丘斯表现出非常害怕的样子，大声疾呼，“土尔布伦大帝就是这样做的，而他的参谋部为了保证自己的力量不被削弱而拒绝了这个提案。然后，土尔布伦大帝的邻国国王艾玛留斯就带着一支全面改革过的军队袭击了这个国家，虽然这个军队的军力还不如土尔布伦军队的八分之一，却将他的国家夷为平地！”

克拉帕乌丘斯说完就回到了事先给他安排的住所里，观察那颗小圆珠。当他看到那颗小圆珠红得就像甜菜根，他就立刻明白了，特鲁勒也在伯特沃勒克国王身边进行着跟他一样的工作。不一会儿，美格勒克国王就请克拉帕乌丘斯将一个步兵排改造成他之前所说的那样的军队。这支改造好的小军队齐心合力，高喊着：“打啊！杀啊！”猛地冲向了国王的三个骑兵中队，这三个中队可是由参谋总部学院的六名高级讲师领导的全副武装的皇家中队，却在瞬间被打得片甲不留。所有那些曾经立下汗马功劳的元帅、将军、大将都感到非常沮丧，因为美格勒克国王一股脑把他们都辞退了，让他们告老还乡。国王对克拉帕乌丘斯的部队改造发明深信不疑，命令他对所有军队都进行改造。

军械工厂夜以继日地生产着插头和插口，一车车的插头被作为军队必需品送到了所有的军营中。克拉帕乌丘斯胸前挂满了美格勒克国王赏赐给他的军功章，骑着马从一个要塞到另一个要塞，进行监督检查。与此同时，特鲁勒在伯特沃勒克国王的宫廷中也做着类似的工作，不过因为伯特沃勒克国王太抠门了，特鲁勒享受到的奖赏也只不过是终身享有“祖国伟大情报员”的头衔罢了。两个王国都在如火如荼地进行着军事备战工作。在军事动员的热潮下，无论是常规武器还是核武器，都已经准备好了，士兵们从早到晚地擦拭着大炮和原子弹，为了让这些武器能像规定中那样锃光瓦亮。两位建造师基本上已经没什么要做的工作了，所以他们悄悄整理好了自己所用的东西，准备时机一到，就在他们之前已经约好的地方，也就是停在森林里的飞船内见面。

同时，在军营中，特别是步兵军队的军营，出现了许多神奇的事情：连队根本不需要进行军事训练，也不需要报数，就能够确定军队中的人数，就好像有两条腿的人不会弄错自己的左右腿，也不用去数就知道自己分别有一条左腿和一条右腿。看着这些新的部队列队行进，完成“向左转”“立正”等指令时简直是一种享受。在训练结束，士兵解散以后，他们也喜欢聚在一起高谈阔论，从军营敞开的窗户里传出的话题有真理融贯论，也有理性主义者与经验主义者对于先验知识的探讨，还有关于存在的思索，因为所有人的思维能力已经达到了这样的高度。他们对哲学问题进行深刻的钻研，甚至有个工兵团达到了唯我主义的高度，声称除了他们团之外，世界万物皆不存在。那么根据这个团的理论，无论是国王还是敌人也都是不存在的。随后这个团就被秘密拆散了，团里的士兵又被重新分配到了其他支持认知实在论的队伍中。与此同时，在伯特沃勒克所统治的国度中，海军陆战队第六师沉迷于神秘主义而放弃了海上作战操练，在冥想中越陷越深，有一次甚至差点在小溪中全军覆没。谁也不知道到底是怎么回事，但是这导致了两国宣战，士兵们都已经磨刀霍霍，向两国边境线逼近。

巨人法则以不可抗拒的力量继续发挥着作用。当小分队与小分队联合，其审美敏锐度也随之上升，在形成了一个加强师后达到了顶峰。这也就导致队伍甚至会突然为了追逐一只小蝴蝶而奔向荒野；当以神力大王命名的机动部队抵达一座本应一举攻下的堡垒时，他们却利用整夜的时间绘制了一幅抽象派风格的堡垒画作，这与作战传统完全背道而驰；炮兵军队的全部精力几乎都花在了对最高深的哲学问题的探讨上。这些伟大军队开始出现天才常有的问题，变得心不在焉、丢三落四，有时都不知道把武器落在哪里，有时安装错了装备，也彻底忘了他们是来打仗的。所有军队的精神都被错综复杂的思想所充斥，这种情况往往会发生在那些心智异常成熟与丰富的个体上。所以在这个时候，就不得不为每一个军队配备一个心理分析医师机车小分队，在队伍行进过程中对他们进行适当的治疗。

伴着不绝于耳的战鼓轰鸣声，双方军队都入驻各自的阵地。六个步兵突击军团在与一个榴弹炮兵连和一个备战营联合后，组成了一支执行大队，在这时开始朗诵题为《存在之谜》的十四行诗，这可是他们在连夜行军中创作出来的。此诗一出，在双方军队中都引起了热烈反响，其中马尔拉巴第八十军团认为，应该重新定义“敌人”这一概念，因为到目前为止，这个概念具有逻辑矛盾，甚至有可能是毫无意义的。

伞兵部队都专注于计算周围土地的面积，所以他们会撞在一起，这时两国国王不得不派出空降助手和特派通信使去协助伞兵部队恢复应有的降落秩序。然而在每一位派出的救兵刚刚想要去寻找问题的源头在哪儿时，就被联合到了某一个军团中，成了军团的一部分，瞬间也就拥有了该军团的思想高度。就这样，两位国王也失去了自己所有的空降助手和特派通信使。思想意识一下子就成了可怕的陷阱，一旦坠入就很难逃离。伯特沃勒克国王眼睁睁看着自己的表弟德布里安大亲王想要把自己的意识融入军队当中，于是一跃而下，然而刚刚与军队相连，就被军队的意识所覆盖，瞬间这位亲王也就不复存在了。

尽管眼前的这一切让美格勒克国王觉得非常不对劲，但他还是不知道为什么，只能向旁边十二名军乐队鼓号手点了一下头。站在小山顶上指挥的伯特沃勒克国王也向鼓号手们点了点头，他们就把小号举到了嘴边。双方都吹起冲锋的号角。听到这战斗的信号，两边的军队各自彻底连接成了整体。插座与插口相连时发出的金属碰撞声不绝于耳，随着风声飘荡在战场上，令人毛骨悚然。原本成千上万的爆破兵、炮兵、突击队、榴弹掷手、地雷工兵、枪手和狙击手形成了两个庞然大物，矗立在风起云涌的苍穹下，矗立在苍茫的大地上，眨着数万只眼睛相互凝视着。战场上笼罩着一片寂静。双方都形成了意识上的绝对统一，这就是通过精密数学计算所得出的伟大的巨人法则。在超过某个临界点后，军队力量作为某一国的组成部分，会完全转变成民众力量。这是因为，宇宙中只存在民众力量，而双方军队的思想意识已经完全与宇宙相通了。虽然从表面上看，这些部队的钢盔铁甲都闪着瘆人的寒光，可是在他们心中却翻涌着宽容善良、真诚互信和相互理解的暖流。双方依旧各自矗立在隆起的小丘上，在战鼓和号角的伴奏下露出微笑，身上的钢铁在阳光的照射下发出耀眼的光芒。伯特沃勒克国王和美格勒克国王看到自己的士兵们轻轻哼着，手拉手在一片原本应该是战场的土地上采摘鲜花，他们感到又丢人又愤怒，气得眼睛都红了。特鲁勒和克拉帕乌丘斯发现他们的目标已经达成，也登上了自己的飞船。

第一次远行（A）：特鲁勒的电子诗人

为了避免不必要的误会和异议，我们首先要向大家澄清：这次远行和字面上的意思不太一样，特鲁勒其实哪儿也没去，他一直待在家中，除了不得不去医院看病，只去了某颗小行星逛了逛。然而，在更深的含义和更高的层面上，这是这位伟大的建造师进行过的最深远的征程之一，因为这一次到达了极限。

特鲁勒制造过一台会算数的机器，它只能算二加二等于几，而且还答错了。我们曾经提到过，那台机器野心勃勃，与建造师发生了冲突，甚至差点酿成一场惨剧。自此以后，克拉帕乌丘斯一见到他就会毫不留情地嘲笑他。特鲁勒实在受够了，于是决定制造一台会写诗的机器，让克拉帕乌丘斯刮目相看。为了实现这个目标，他收集了八百二十吨关于控制论的书籍和二十万吨诗集进行研究，看腻了控制论就转身投入诗词的海洋，看不进诗词就埋头去看控制论，循环反复。又过了一段时间，他忽然明白了：比起编写程序，建造机器其实只是一个空壳花瓶。一个普通诗人脑中的程序是由诗人所在世界的文明所创造的，而这一文明则是之前出现的文明所创造的，而之前的文明则是由再之前的文明所创造，一直这样追溯下去，就可以追溯到宇宙的起源，那时关于未来诗人的信息还在漫无目的地围着原始的星云绕来绕去。所以，如果想要给机器编写程序，就得先进行复制——哪怕不能从宇宙的起源完整复制，至少也要复制它的大部分。

换成其他任何人，在这种情况下都会选择放弃，而我们的建造大师特鲁勒却毫不畏惧。他先是制造出了一台能够模拟混沌的机器，让机器内部的电子灵魂飘浮在电解水上方，然后他加入了光线参数和一团星云，逐渐接近第一个冰河时代的样子。这一切之所以能够成功，都是因为他的机器可以在五十亿分之一秒内模拟出发生在400×10^{48}个地点的100×10^{42}次事件。如果谁觉得特鲁勒是不是哪儿弄错了，那他最好自己去把这些数字检查一遍。特鲁勒就这样模拟出了文明的开端：那时用燧石击打出火花，鞣制皮革，出现了爬行动物和洪水，还有四足动物和有尾巴的动物；接着出现了白人[1]的祖先，他们制造出了白人后代，白人后代又制造出了机器，就这样，在电流形成漩涡和流动时发出的轰鸣声中经历了亿万年的更迭变化。然而这台进行模拟的机器经常在构建下一个纪元的时候显得有些容量不足，这时特鲁勒就会给它加上一个零部件来扩展容量。在一个又一个扩展部件加上去后，这台机器变得巨大无比，仿佛是一座缠满了电线和灯管的小城，电线胡乱地交织在一起，就连魔鬼也理不清头绪。然而特鲁勒却差不多可以搞定，哪怕在过程中他不得不两次重新复制：第一次可以说非常不幸，几乎就是从头再来一次，因为他突然发现，在这个文明中，亚伯杀了该隐，而不是该隐杀了亚伯（原因是一根电线的保险丝烧断了）；第二次还好，因为只需要后退三亿年，从中生代中期开始重新复制，按理说应该是鱼类进化成两栖类，两栖类进化成哺乳类，哺乳类再进化成类人猿，类人猿再进化成白人，但非常奇怪的是，白人没有出现，而是出现了一个风筝，据说是一只苍蝇不小心飞进了机器里，一头撞到了纵横交错的电路开关上。除此之外，一切进行得超乎想象的顺利。中世纪、西罗马帝国时期、

1 直译为白脸人，指普通人类。

法国大革命时期都已经被模拟出来了，机器也时不时地颤抖起来。随着它所构建的文明越来越先进，需要向机身泼凉水；为了防止由于构建速度过快而导致灯管飞出去，也需要一直用湿抹布擦拭。在构建到二十世纪末时，由于不明原因，机器先是开始左右震动，随后开始上下抖动。特鲁勒对此非常担心，他甚至准备好了一些水泥和拉手来防止机器突然散架。令人欣慰的是，他没有用上这些为最坏打算准备的工具，机器穿越了整个二十世纪以后，运转得平稳多了。接下来，机器以五万年为单位，飞速地构建着每一个高度发达的文明，特鲁勒也从这些文明中选取了起始点。记录了构建历史过程的卷轴被接连不断地扔进储藏箱，卷轴多得哪怕用机器顶上的望远镜去看也看不到尽头。这一切努力都是为了制造出一位出口成章的诗人！这就是对科学的执着！终于，所有程序都编写好了，现在只需从这些程序中选出重要的，否则培养出这样一位电子诗人可能要花上几百万年的时间。

在最初的两个星期，特鲁勒为这个未来的电子诗人导入了总程序，又附加上了逻辑回路、情感网格和语义回路。他已经想邀请克拉帕乌丘斯一起来见证开机测试的时刻了，但他最终还是打消了这个想法，由他自己来启动。刚一启动，机器就发表了一篇为小型磁异常初级研究所做的关于晶体图形切割表面抛光的论文。特鲁勒听完就减弱了逻辑回路的力量，而增强了情感网格的能量。调整后，机器先是开始哽咽，然后号啕大哭，最后声嘶力竭地哭喊着生活是多么面目可憎。特鲁勒又调整了语义回路，加装了一个意愿组件。这时机器宣布，从现在开始都要服从于他，还要求在他原有的机身上再加六到九层，这样他才能更好地思考存在的意义。特鲁勒又给他加上了一个哲学思考线圈，然后他就彻底保持沉默，一言不发，只是时不时地会发出噼里啪啦的静电声。在特鲁勒的百般哀求下，他终于背了一首儿歌的第一句“一座小房子呀，住着外婆和青蛙”，结束了自己的歌唱表演。特鲁勒又开始调试，整合电流线圈，这里增强一点，那里削弱一点，反反复复设定了半天，直到他认为已经完美无瑕了。机器终于又给他做了一首诗，特鲁勒听了不禁要为自己的先见之明感谢上苍：幸好没有邀请克拉帕乌丘斯来，不然他听了这狗屁不通的顺口溜岂不是要笑掉大牙？就为了这么糟糕的诗句，竟然要重新复制整个宇宙、构建一切文明？特鲁勒又给机器加上了六个写作偏执过滤器[1]，然而过滤器刚一装上就像火柴棍似的断了，他不得不重新用刚玉做了六个。装好后似乎一切都运转得挺正常，可是当他把韵律制造器连上时，就破坏了原有的语义模块，机器几乎把所有东西都抛向空中，渴望向那些贫穷的星际部落传教，拯救他们于危难之中。然而就在最后一刻，当特鲁勒手里拿着扫帚准备走向机器的时候，一个有趣的想法突然出现在他脑海中。他把所有的逻辑线圈都拆掉了，在这些地方安上了一个带有自恋弹簧的自我欣赏部件。机器变得一会儿闷闷不乐，一会儿哈哈大笑，一会儿号啕大哭，一会儿又说身上的第三层疼痛难忍，他已经受够了；生活是如此艰难，而所有人又是如此不堪；不久以后他肯定也会死，他只求一件事：有一天他要是不在了，希望大家还能记得他，然后他又要了一张纸。特鲁勒长出了一口气，把机器关上就去睡觉了。第二天一早，他去找克拉帕乌丘斯，克拉帕乌丘斯一听自己受邀参加新制造出的电子诗人机器的启动仪式，立马扔掉了手里的工作，因为他迫不及待地想要见证好朋友丢人现眼的伟大时刻。

特鲁勒先输入低电流，让机器慢慢地运转起来。这台电子诗

1　过滤器的作用是防止机器大量创作毫无意义的糟糕诗句。

人机器就像是一艘巨大的航空母舰的引擎，整体由钢铸造而成，层层钢板上缀满了无数的计时器和阀门，他还几次踏着机器身上的层层钢板跑到机器顶端，每走一步都发出咚咚的回响。终于，特鲁勒检查了所有电极电流，确认运转无误，才开口道：“来，我们先做个小测试，预热一下。”当然，他的意思是，如果克拉帕乌丘斯想要做测试，可以出个题目让电子诗人赋诗一首。

当显示器上显示抒情能力已达到最高值时，特鲁勒用颤抖的手按下了开关。一个略带沙哑却又似乎有着撩人心弦的魔力的嗓音朗诵道：

良农拾粮田地间，种艕大泥黄。
土尔弭耳缰绳前，嶙峋利尖棒。
优种留存精细选，盘中餐癫狂。
闲田苦种莫相见，草深芦苇荡。[1]

“就这些？”克拉帕乌丘斯非常礼貌地问道，打破了很长时间的沉默。特鲁勒咬紧嘴唇，一言不发，又给机器加了几道电流，然后再次启动了机器。这次响起了一个清晰的男中音，性感迷人却又铿锵有力，简直让人心驰神往：

汗滴盘中餐，粒粒多饱满。

“这说的是外语吗？”克拉帕乌丘斯冷静地看着手足无措的特

1 诗句原文基本由生造词组成，风格仿自古波兰语初兴起时，一位语言学家、文学家所写的一篇关于在田间劳作的农民的故事。

鲁勒在机器上不停地调试着，最后特鲁勒绝望地挥了一下手，再次咚咚有声地踏着钢板楼梯跑到顶部。他四肢着地，爬进一扇打开的门中，随后只能听见他这儿敲敲、那儿拧拧的声音，当然还伴随着他气得发疯的咒骂声。过了一会儿，他又爬了出来奔向了另一层。终于，伴着一声胜利的欢呼，他扔出来一个烧坏了的灯泡，灯泡掉在地上，在克拉帕乌丘斯脚边摔得粉碎。但他兴奋得忘了和克拉帕乌丘斯道歉，就加快速度安装上新的灯泡，然后用一块软布擦了擦手上厚厚的灰尘，站在上面大喊着让克拉帕乌丘斯帮他启动机器。这时，那性感的声音又播撒出这些词句：

三个自我付出代价的人跋涉在绵延数千俄里[1]的群山，
芭蕉绿，蓝莓蓝，
林中精灵翻飞，青草地牛儿现，
巴姆巴嗫嚅，赤身露体丢了衣衫。

“是不是好多了？”虽然特鲁勒不太能说服自己，但他还是对克拉帕乌丘斯喊道，“尤其最后一句，是不是还有点韵味？”

“你要是非得这么说的话……”克拉帕乌丘斯出于涵养勉强回答。

“真是活见鬼了！”特鲁勒大喊一声，再次钻进机器肚子里，接着又传来一阵乒乒乓乓的敲打声，当然也少不了特鲁勒的咒骂声。机器火花四溅，机器建造师火冒三丈，从第三层的小窗口伸出头来大喊道：“你现在再开一次！”

克拉帕乌丘斯听了他的话，又按下开关。电子诗人从头到脚

1　旧时俄制长度单位，1 俄里约合 1.06 千米。

打了个寒战，开始吟唱：

窈窕淑女，
玉腿纤纤，
宛若天仙……

还没念完，电线就被气急败坏的特鲁勒扯断了，机器发出了一些奇怪的声音，突然安静了下来。克拉帕乌丘斯笑得前仰后合，一屁股坐在了地上。特鲁勒再次在机器上爬上爬下，机器又发出了噼里啪啦的响声和火光，随后发出了淡然却坚定的声音：

妒忌、自负与自私让人变得渺小，
有人妄图与电子诗人试比高，
哪怕龟速前行也是伟大的创造，
就算是克拉帕乌丘斯也别想逃，
终要品尝失败的味道！

“嘿，你瞧，巧如其分，非常合时宜！”特鲁勒欢笑着、旋转着，从狭窄的楼梯上飞奔而下，一头撞进好朋友怀里。好朋友嘲讽的笑容消失了，甚至显得有些惊讶。

“你玩的是什么鬼把戏？这不算数！”克拉帕乌丘斯说，“别以为我不知道，那不是机器做的诗，而是你做的！”

“怎么可能是我做的呢？”

“你肯定事先设定好了这首诗的程序，我一听那挖苦的内容、充满敌意的用词和毫无新意的韵律就知道是你做的！”

“行吧，那你来下达命令，让他做点别的，做什么都行！你怎么不说话了？害怕了？”

“我才不害怕呢，我得仔细想想。”克拉帕乌丘斯强忍着心中的烦躁，大脑飞速运转，想要出一道旷世难题。他考虑到了非常重要的一点，那就是很难判定电子诗人创作出的是不朽佳作还是一派胡言。

“就来做一首赛博艳情诗！”克拉帕乌丘斯忽然喜出望外地说出了他的命题要求，“这必须是一首不超过六行的短诗，既要包含爱情也要描写背叛，内容要有音乐，有黑皮肤的人，有王公贵族，有悲惨命运，有不伦之恋，既要押尾韵，还要押字母 S 的头韵。”

“要不要再包含无限状态自动机理论全面研究的完整讲义？”特鲁勒气得大喊大叫，“只有傻瓜才会想出这么刁钻的问题吧？你不能……”

他话还没说完，屋子里就响起了那个性感撩人的嗓音：

赛普连是个赛博情圣，潇洒风流，深情款款，
甚至黑色之神的女儿黑公主也为他魂萦梦牵，
赛普连拨弄琴弦也撩动她的心弦，
使她羞红了脸却又不发一言，任凭自己在爱恋中沦陷，
赛普连一转眼就吻住了姨娘，才不管黑公主为他以泪洗面。

“怎么样？”特鲁勒得意扬扬地问。克拉帕乌丘斯根本没理他，第二道命题脱口而出：“再来一首押字母 G 头韵的四行诗，这次要写一个机器怪物，他会思考却又不爱动脑，力大无穷也残暴无比，有十六个情妇，他还有翅膀，有四个大木箱，每个箱子里都装有

一千个印着‘美髯公’国王头像的金币，他还有两座宫殿，他的生活就是残害……”

“格里暴君握紧拳头……”电子诗人迫不及待地创造起来。特鲁勒一跃而上，跳上控制台切断了电源，用自己的身体护在机器前面，义愤填膺地说：“别用这些污言秽语浪费我这天才诗人的伟大创造力了！出这种题目简直是暴殄天物！你要么出个像样的题目，要么事情就到此结束！”

“你怎么能说刚才那些题目不是正经题目呢？”

“就是不正经！我制造出这伟大的机器可不是为了玩填字游戏！这台机器是我的杰作，是伟大的艺术品！你出一个真正的诗文题目，多难都没关系！”

克拉帕乌丘斯眉头紧锁，想了又想，终于开口说：“好，那就来一首关于爱与死亡的诗，但是所有的表述必须使用高等数学的语言，特别要用到张量代数，当然还可以包括拓扑学和一些分析和演算。诗歌要充满爱与情欲，要打破世俗，当然这首诗的创作要在机器控制领域内。”

“你是不是疯了？！关于爱的数学？我看你是脑袋出了问题！”特鲁勒气得开始咒骂克拉帕乌丘斯，可是还没等他说完，他和克拉帕乌丘斯就被电子诗人的诵读惊讶得哑口无言：

胆小的机器控制大师可以在非常规矩阵中看到极值，
可以在午后氤氲中计算机器所需的积分方程，
却无法知晓，爱情究竟是否已经降临。

离我远点，离我远点，从早到晚我眼前都是拉普拉斯数子，

从黑夜到黎明，又是单位向量将我层层包围，
原像啊，请靠近我，请靠近我，
因为只有将你缩小才能让我等到将挚爱拥于怀中的时刻！

所有的计量单位将喘息和呻吟紧紧相连，
变成跳跃的旋转群，令正负数不再孤单，
无论是瀑布模型，还是螺旋模型，
深情凝望就如同天雷勾了地火！

你是超限数，力量无边，无可比拟，
你是神通广大的联络，是洁白无瑕的坐标，
若能与你前无古人、后无来者地相恋，
我愿把克里斯托费尔符号和斯托克斯定理永生遗忘！

让我到达你标量丛生的内心深处，
让我这个沉迷于闭值域定理的人靠近你，
在这疯狂增长的梯度中，
嗅着松林清香，听着白鸽歌唱！

怎么会有人在爱情中全身而退？
无论是魏尔[1]空间理论还是布劳威尔[2]不动点定理，

1　赫尔曼·魏尔（1885—1955）：德国数学家、物理学家和哲学家，传承了哥廷根大学学派的数学传统。

2　鲁伊兹·布劳威尔（1881—1966）：荷兰数学家和哲学家，数学直觉主义流派创始人。

都无法再给他带来一丝丝欢愉，
他强打精神翻开拓扑学理论，
研究着连莫比乌斯也计算不出的曲率。

哦，张量代数，你是我壳层间的所有真情，
你可知道，只有那在每一道印痕中都感受到你的参数的人，
才会把你珍惜，
而他自己却在纳秒[1]中化为灰烬。

完整约束中的质点，
在坐标系中却找不到渐近线，
在这最后的方程中，守着最后的温存，
机器控制大师与爱永别，死而无憾。

此次赛诗大会就在这首诗中落下了帷幕，克拉帕乌丘斯立刻跑回了家，扬言一定会带着新的题目再回来，可是他却再也没有出现过，因为他担心那只会长特鲁勒威风，灭自己志气。特鲁勒自然到处宣扬，克拉帕乌丘斯是因为无法控制自卑，才落荒而逃的。克拉帕乌丘斯却拒不承认，反而说特鲁勒自从造出了电子诗人，就变得精神不正常了。

没过多长时间，电子诗人的大名就传到了那些真正的普通诗人耳中，引得他们勃然大怒。他们不相信，一台机器怎么能和他们这些真正的诗人相提并论呢？他们决定对电子诗人视而不见，可

1　时间单位，一秒的十亿分之一。

是却有那么几个好奇的人偷偷地拜访这位电子诗人。电子诗人在大厅里非常绅士地接待了他们，因为他日夜不息，笔耕不辍，大厅里被写满了密密麻麻诗篇的纸张堆得满满当当。这几位来访者是新诗派的代表，而电子诗人却遵循传统写作风格，当然这是因为特鲁勒不太懂诗歌，他编入电子诗人的程序都是站在古典派“诗圣”的肩膀上创作出来的。来访的诗人听了电子诗人的作品，纷纷嘲笑他，说他那些老掉牙的诗歌让他们笑掉大牙，然后得意扬扬地离开了。电子诗人气得瑟瑟发抖，他内置了能够自我更新内容的程序和一个特殊的电路——争强好胜装置，所以在很短的时间内就发生了天翻地覆的变化：他的诗变得晦涩难懂，一语双关，选题深奥复杂，内容更是稀奇古怪，完全无法理解。当第二批来挑衅的普通诗人找上门时，电子诗人出口成章，一首充满现代色彩的新派诗歌吟诵出来，令在场的所有人都目瞪口呆，哑口无言。而他创作出的第二首现代派诗歌差点让一位享有盛誉的大诗人因为自愧不如而背过气去，要知道这位诗人可是得过两次国家大奖的，公园里还立着他的雕像呢！从此以后，每个诗人都想挑战一下电子诗人，他们带着装满手稿的手提箱和文件夹，从四面八方赶来，就是为了要与电子诗人在赛诗大会中一决高下。电子诗人让每个挑战者朗诵他们创作的诗，而他在听完之后很快就掌握了那首诗的风格和手法，随后通过公式计算，创造出一首风格手法完全相同，可是却高明两三百倍的新诗。

不久之后，就出现了这样的情况：那些杰出的诗人在听电子诗人念了一两首十四行诗之后就黯然神伤，觉得自己技不如人；而最糟糕的是，那些三流诗人却丝毫没有受到影响，因为他们本身就分不出诗歌的质量高低。他们中的一人在离开电子诗人的家时，被他的一篇伟大的史诗绊倒了，摔断了腿，那首诗是这样开头的：

黑暗与空虚，在黑暗与空虚中循环往复，
伸手可得，却触到一片虚无，
风成了飓风，目光还在飘忽，
脚步如车轮，一步步却迈上了后退的路。

而电子诗人对真正杰出的诗人所造成的伤害是毁灭性的，尽管他没有对他们动一根手指。先是一位年长的抒情诗人自杀了，接着两名年轻的先锋诗人也步了他的后尘，从高高的岩石上跳了下来，而且非常不巧的是，那块岩石正好矗立在特鲁勒的家到火车站的必经之路上。

众多诗人开始了一系列的抗议游行运动，强烈要求要对电子诗人签发禁令，但其实除了他们以外，根本没有人在意这件事。甚至可以说，报纸杂志的编辑都对电子诗人青睐有加，因为电子诗人可以使用成百上千个不同的笔名，按照编辑的要求迎合读者的口味，迅速写出任何主题、任何风格以及任何长度的诗篇。人们为了抢先一步读到电子诗人的大作，甚至不惜在街上为抢夺一份报纸而大打出手，可能一首诗还没读完，报纸已被别人从手中抢走。街上随处可见读了诗以后沉醉其中的人们，他们或想入非非，或咧嘴痴笑，还有的低声啜泣。电子诗人的诗家喻户晓，人人都会背诵，空气中弥漫着美妙的韵律。更有一些天生对诗歌情有独钟的人，有时会被那独具匠心的比喻和别出心裁的音律弄得神魂颠倒，昏迷不醒。但是遇到这种情况也不用担心，电子诗人对此也有应对策略，立刻就会写出慷慨激昂的十四行诗，让这些人瞬间清醒过来。

特鲁勒因为这项杰出的发明惹上了不小的麻烦。他整天都被诗人围追堵截：古典学派诗人对他还没有造成最大的威胁，因为他们大多年事已高，顶多会拿石头砸他家的玻璃，或者在他家的墙上和门上涂上一种难以名状却令人作呕的黏着物质；而那些年轻的诗人可就没那么容易放过他了，一位身强力壮的抒情诗人把特鲁勒暴打了一顿，看来他的拳头和他的诗歌一样都可以“打动”人。特鲁勒在医院养伤期间，情况愈发难以控制：每天都有人因为电子诗人的诗歌自杀，每天都会举行葬礼；医院外也拉起了警戒线，城里时不时就会响起枪声或爆炸声，因为其他诗人自知水平很难超越电子诗人，所以佯装来向他挑战，实际是企图通过武力手段将他解决，他们早就把原来装手稿的手提箱和文件夹塞满了火药和子弹，可是他们的火药和子弹打在电子诗人坚固无比的钢头铁臂上，他却毫发无损。出院以后，特鲁勒回到家中，感到痛苦而绝望。某一天夜里，身心俱疲的他决定亲手拆掉自己辛辛苦苦创造出的旷世奇才。

电子诗人看到特鲁勒一瘸一拐地走到自己身旁，他手中的钳子、改锥闪烁着令人恐惧的寒光，眼中也充满着疲惫与绝望。电子诗人立刻就念了一首悲伤凄凉的诗，想要博得创造者的悲悯和同情。特鲁勒听完泪如雨下，手中的工具也掉在了地上，他痛苦地转头就跑，可是屋子里堆满了电子诗人的诗歌创作，纸张已经快没过他的胸口了，他只能在这一片诗海中蹒跚前行。

当特鲁勒收到了上个月的高额电费单时，眼前一黑，差点昏了过去。此时此刻，他多么希望他的老伙计、他的挚友克拉帕乌丘斯能在他身边给他出主意。可是克拉帕乌丘斯在哪儿呢？特鲁勒觉得天旋地转，脚下的土地似乎也崩塌了。他现在孤立无援，只能自己想办法了。于是在一个深夜里，他悄悄地剪断电子诗人的电源，然后把他大卸八块，将碎块塞进自己的宇宙飞船，飞到一颗不知名的小行星上，用一座核反应堆当作创作能量来源，又把碎片一块块地组装起来。

他驾着飞船返回，蹑手蹑脚地走进家中，然而悲剧没有就此结束：虽然电子诗人没有办法将自己创作的诗篇在报纸杂志上发表，但是他却利用无线电电波，通过宇宙中的所有波段播放自己的杰作，火箭驾驶员和乘客被他的辞藻和韵律弄得“诗”迷心窍，就连一些平常心智柔弱的人也变得痴痴呆呆，宇宙中一片混乱。在确定了混乱出现的原因后，宇宙舰队司令部立即向特鲁勒下达了官方通牒，要求他立刻销毁电子诗人，因为他已经严重影响到了公民日常生活秩序，并且威胁到了在宇宙中航行的人的健康与安全。

特鲁勒吓得躲了起来。宇宙舰队司令部找不到特鲁勒，只能派出一支小分队前往小行星，堵住电子诗人的输出口，阻止他继续播放诗作。可是小分队刚一到达，电子诗人就用几首歌谣俘获了他们的心，小分队全军覆没。司令部又派出了一支由聋哑人组成的小分队，可是电子诗人又用手语再次令他们无功而返。这在司令部中引起了众怒，大家纷纷要求一定要严惩电子诗人，将他就地摧毁。然而还没等到派出这样一支部队，就有一位来自邻邦星球的国王买下了这台机器，并将他和小行星一起带回了自己的王国。

至此，特鲁勒终于能松一口气，感觉自己又能重见天日了。人们发现，在南方地平线上时不时就会有超新星爆发现象出现，这种现象之前从未出现过，一时间传闻四起，都说这肯定与电子诗人有关，因为那个脾气古怪、喜怒无常的国王突发奇想，命令天文学专家将电子诗人和亮巨星星群连接起来，让机器诗人写出的每一行诗都变成巨大的日珥，这样宇宙中最伟大的诗人就可以将他的杰作演变成热核能爆炸，传播到无边无际的浩瀚宇宙中。换句话说，就是这个国王把电子诗人变成了一个带有韵律的星群爆炸引擎。不管是真是假，这个传闻都发生在非常遥远的地方，遥远得不会再威胁特鲁勒的生活。特鲁勒用自己最珍视的宝贝发下毒誓，永远永远都不会去碰一台具有创作程序的控制模型了。

第二次远行：奥克鲁丘斯[1]国王的邀请

由于巨人法则的应用大获成功，两位机器人建造大师大受鼓舞，冒险之心也与日俱增，所以他们决定再次前去探索未知的周边国度。当他们开始确定此次远行的目的地时，却发现要让两人的目标一致简直比登天还难。他们各有各的想法：特鲁勒特别希望到温暖的国家去看看，最好就去火焰国，那是著名的火烈鸟之乡；克拉帕乌丘斯却喜欢凉爽的气候，他想去银河极地探索寒冰星际中的暗黑大陆。两人本来要分道扬镳，特鲁勒忽然想出了一个好主意："我们把计划发布出去，再从收到的邀请中挑选一个最具吸引力的地方，怎么样？"

"真是个馊主意。"克拉帕乌丘斯对特鲁勒的提议嗤之以鼻，"发布我们的计划？你想在哪儿发布？在报纸上刊登旅行计划？你觉得谁会看到？离我们最近的星球看到这份报纸估计要半年以后了，可能邀请还没来我就先得退休了！"

特鲁勒露出了狡黠的笑容，得意扬扬地把自己的精彩计划告诉了克拉帕乌丘斯。克拉帕乌丘斯听完不置可否，但勉强加入了。他们利用在短时间内创造出的特殊装置将周边所有的星球都吸引过来，将它们组成巨型文字，让十万八千里以外都可以看到这份

1　源自"残暴"（okrucieństwo）一词。

告示。为了让它更加吸引读者的眼球，他们还专门用最醒目的湛蓝色星球来拼写第一行文字，接着才用比较小的星球来拼写下面的文字。告示内容如下：

> 两位闻名全宇宙的机器建造大师寻高待遇高薪工作，愿为财富力强的有识之士效劳（有识之士当然要慷慨为我们的知识投资），工作地点最好是独立统治国家的国王的宫殿，具体条件面议。

不久后的某一天，一艘奇特无比的宇宙飞船降落在两位建造大师的门前。飞船仿佛是用宇宙中最光洁无瑕的珍珠母贝堆砌而成的，在太阳的照射下闪耀着夺目的光彩，有三个雕刻精美的主支架和六条附属支架，但附属支架够不着地面，起不到什么实际作用，更像是飞船的设计者由于钱多得没处花才用纯金打造的。飞船的舱门打开了，一位来访者从一座两侧带有喷泉的富丽堂皇的楼梯上走下来，一看就不是本国人，身边还簇拥着一堆六脚机器，这些机器有的为他按摩，有的为他扇扇子，最小的那台在他高高的额头上飞舞着，散播出一阵阵香气。这位天外来客表示，自己受主人奥克鲁丘斯之托，诚聘两位机器建造师到奥克鲁丘斯的宫殿为他工作。

特鲁勒一下子来了兴趣，赶忙问："这是一份什么样的工作呢？"

"两位尊敬的大师，你们到了我们那儿就会知道的。"这位衣着不凡的来访者回答。他穿着一条金光闪闪的宽大马裤，披着鞍褥，戴着耳罩，身穿一件如堡垒般坚固却又非常合身的长袍，一看就是量身定做的，上面缀满了珍珠，两侧原本应该是口袋的位置镶着一个个装满糖果的小抽屉。一些很小的机械玩具在他身上爬来爬去，当这些小东西太过闹腾时，他也会轻轻地摇晃身子轰走它们。

“现在”，他拉长声音说，“让我告诉你们，我们的国王——战无不胜的奥克鲁丘斯大帝——是一名伟大的猎人，神勇无敌，喜欢征服宇宙中的所有动物，他的赫赫战功已经达到了极致，最凶猛残暴的动物也被他征服，所以没有什么东西可以满足他的狩猎欲望了。他为此痛苦无比，因为他渴望寻求刺激，只有真正的危险和毫无征兆的颤抖才能令他兴奋，所以……”

“明白了！”特鲁勒的声音中带着兴奋，”他想让我们为他制造一种新型动物，一定要狂野残暴、凶猛无比，对不对？”

“您真是聪慧过人啊，伟大的建造师！”来访者接着问，“这么说，两位大师同意了？”

就克拉帕乌丘斯比较关心的待遇问题，奥克鲁丘斯国王的使者表示，他们一定会提供非常丰厚的待遇，因为奥克鲁丘斯非常慷慨大方。两位大师听完，迅速打包了需要的书籍和个人物品，收拾好行囊，无比期待地踏上飞船的阶梯，走进船舱，激动得甚至有些发抖。伴着震耳欲聋的轰鸣声，飞船启动了，喷出的熊熊烈火熏黑了纯金打造的支架，随即消失在无边无际的银河暗夜里。

在不算漫长的旅途中，奥克鲁丘斯国王的特使不停地向两位机器建造大师介绍祖国的风俗和习惯，描述奥克鲁丘斯国王如北回归线般宽广的胸怀以及男子气概。当飞船降落时，特鲁勒和克拉帕乌丘斯都快学会奥克鲁丘斯国的语言了。

他们首先被安置在城外山中富丽堂皇的宫殿里，从此，这里就是他们的住所了。在他们被安排妥当后，国王派来了一辆由六头怪兽牵拉的车，两位大师从没见过这种怪兽。每头怪兽的嘴上都箍着特殊的隔火过滤网，因为它们在喘气时会喷出大量火焰和烟雾；

它们身上长着翅膀，可是都被剪短了，免得它们飞起来，长而卷曲的尾巴上覆盖着厚厚的钢铁鳞片；每头怪兽都有七只锋利的爪子，在走过的地方留下了深深的抓痕。它们一看到两位建造师走出来，就齐声发出吼叫，鼻孔里喷出火焰和硫黄，想要挣脱缰绳冲向他们。身着铠甲的皇家车夫赶忙冲向这些发疯的猛兽，用激光棒制服了它们。等怪兽们安静下来，特鲁勒和克拉帕乌丘斯才一言不发地上了车，车上的装饰也十分奢华。车子启动了，确切地说是飞快地启动了。

“我跟你说，”特鲁勒凑近克拉帕乌丘斯耳边，压低声音说，“我感觉这位国王的要求可能没有那么简单，你看看，就连接送我们的车子都是这样的……”这辆车如疾风般席卷着路边的一切，蒸腾起一片带着硫黄味的雾气。

理智的克拉帕乌丘斯并没有回应他的朋友，而是一言不发地坐在车上。透过车窗向外望去，街道两旁是一座座装饰极为奢华的房子，房子的外墙上不是镶满了钻石就是蓝宝石，真金白银光彩夺目。耳畔传来了车的轰鸣声、怪兽的嘶鸣声以及车夫的吼叫声和鞭笞声。无比巨大的皇家宫殿大门对他们敞开，喷火怪兽冲进大门，掉转车头，划出一道完美的弧形火焰，把两侧种的花朵都燎弯了腰。车子终于在城堡前停了下来。这座城堡好似笼罩在头顶的暗黑之夜，而城堡上空的蓝天却比蓝水晶还要清澈明亮。鼓号队吹奏着低沉压抑的曲调，宫殿入口宽大结实的台阶、大门两侧高耸入云的石栏杆和全副武装的护卫所穿的铠甲都闪着银光，让走入殿堂的两位建造大师显得如此渺小。

奥克鲁丘斯国王坐在城堡大厅中，已经等候多时。这座大厅的构造非常特别，高高的拱形穹顶整个都是用白银铸造的，让人仿佛置身于巨兽的头盖骨中。在头盖骨与颈椎相连的地方有一口深不见底的黑井，国王的宝座就矗立在这个巨型黑洞的后面，宝座上方的两束寒光如两把宝剑交织在一起，都是从大厅高处的两扇窗户里反射进来的。两扇窗户就像银色头盖骨上两个深陷的眼窝，温暖而强烈的光线透过蜂蜜色釉面的玻璃射进来，变得非常瘆人，令所有的东西都失去了本色，如烈火般可怕。两位建造大师从远处就看到了奥克鲁丘斯国王，他并没有坐在宝座上，而是在宝座前的白银阶梯上迈着震耳欲聋的步伐走来走去，看起来急不可耐。当他开始对他们说话时，为了让自己表达清楚，他便上下挥手，每一个动作都带起了一阵呼呼的风声。

“欢迎你们的到来，建造大师们！”他一边说话，一边用犀利如刀的眼神扫视两位大师，“相信你们已经从皇家狩猎庆典大总管普洛托佐尔那儿得知了不少情况。我希望你们能为我制造新品种的猛兽！你们肯定明白，我不想碰见什么需要攀登一百多个踏板才能翻越的钢铁大山，那是炮兵的工作。我心目中的对手就是一头凶猛无比的巨兽，它要灵活敏捷，关键还要狡猾机灵，懂得迂回战术，好让我在狩猎的过程中发挥我的全部技能。它必须阴险刁钻，能够领会猎人的用意，留下一些关键性的线索、伪造一些踪迹来混淆我的视听，除了要懂得迂回战术、善于暗中观察，还要发起如暴风骤雨般的猛烈伏击，这才是我的期望！”

“伟大的国王陛下，请您原谅我提出这样的问题，”克拉帕乌丘斯深深鞠了一躬，“如果我们完美地满足了您的要求，制造出了这样的猛兽，它会不会对您的国家和子民造成伤害？”

奥克鲁丘斯国王发出了响亮如雷的笑声，震得几颗装饰在水晶灯上的钻石都掉了下来，在瑟瑟发抖的两位建造大师脚边摔成了小碎块。

“不用担心，尊敬的大师们！”奥克鲁丘斯国王眼中闪过了一丝令人胆战心惊的笑意，“你们不是第一个来见我的，估计也不会是最后一个。我得让你们知道，我是赏罚分明的君王，要求非常严格。来见我的骗子和无赖真不少，不是巧舌如簧，就是投机倒把、溜须拍马，那些披着狩猎工程师外衣的废物就想用麻袋装走大把大把的金银财宝，他们给我造了一堆破烂，踢一脚就会散架，毫无价值。这样的人太多了！我不得不对他们采取严厉的措施。在过去的十二年里，那些许下承诺却没能实现我的愿望的建造师确实得到了我许诺过的报酬，但是我会把他们连同这些报酬一起丢到宝座前面的深井中。如果他们想选择另一种命运，也不是不行。我会把他们当成猎物，用我这双手……亲爱的先生们，你们看见了吗？我保证，不用一刀一剑，就赤手空拳地……”

“您说有太多这样的人了……那这样的倒霉蛋有多少呢？”特鲁勒有气无力地问。

“到底多不多，其实我也不太记得了。我只知道，到目前为止没有人能够让我满意。当最近的一些人被丢进深井时，他们向世界告别的惨叫声似乎没有以前那么持久，这意味着井底的尸体越堆越高了。不过不用担心，那里面还宽敞着呢，足够放得下你们。”

这些令人毛骨悚然的话说完，死一般的寂静就笼罩了大厅。两位机器建造师好朋友不由自主地去看那个黑洞洞的深井，奥克鲁丘斯国王继续踱来踱去，沉重的脚步砸在台阶上，就像是一个个大石块落下来，响起重重的回音。

“如果陛下应允的话，我们是不是应该，嗯，先签个合同？”特鲁勒鼓起勇气说，“能不能给我们两个小时的时间，让我们仔细考虑？您刚才的话那么重要，我们必须认真地想一想，之后才能决定是不是接受您的条件，或者我们……”

“哈哈哈！”国王的笑声似乎能把天上的云朵震碎，“你是不是想问，你们能不能回家？不，不可能，大师们，从你们踏上飞船甲板的那一刻起，就代表着你们已经接受我的条件，接下了这份工作。要是像你们以为的这样，每个上门的建造师或工程师都可以想来就来、想走就走，那我下辈子估计也实现不了梦想！所以，从现在开始，你们必须留下来为我制造一头供我狩猎的猛兽，我给你们十二天时间。现在你们可以退下了。在这里逗留，你们可以享受最奢华的生活，缺什么少什么都可以随时告诉那些我派去服侍你们的仆人。我绝对不会吝啬的，你们想要什么，我都会给你们。记住，十二天期限！”

“尊敬的陛下，如果您同意的话，我们不需要享受什么荣华富贵，只是我们能不能看一看您的战利品，就是我们的前辈为您制造的那些猛兽？”

“当然，当然可以！”奥克鲁丘斯国王宽容地答应了他们的请求。他一拍手，就有许多火星从他的指缝中迸发出来，照亮了银色的墙壁。他的动作还带起了一阵冷风，吹凉了两位机器建造大师满腔的冒险热情。不一会儿，就有六个身着白色和金色制服的护卫将特鲁勒和克拉帕乌丘斯带到了一条蜿蜒曲折的走廊上。行走在那儿，简直就像掉进了一条弯弯曲曲的巨蟒的肚子。当他们看到一个露天大花园时，终于松了一口气。在修建得无比整齐的草坪上，陈列着奥克鲁丘斯国王狩猎来的战利品，有些保存得还算完整，有些则惨不忍睹。

离他们最近的是一头几乎被砍成两半的猛兽。它的剑齿相当锋利，直指苍穹，它的后腿非常长，明显是为了增强弹跳力而特意设计的，现在这两条腿却安静地躺在尾巴旁边。它的身上覆盖着能保护躯体的厚重甲片，完美地安装着自燃磁力炮弹，炮弹只烧到了一半，证明这头猛兽没有束手就擒，必定经过了激烈的战斗才被残暴的国王制服。挂在它大嘴里的黄色布片也可以证明这一点，因为特鲁勒认了出来，这块布片应该来自皇家狩猎队成员的鞋子。他和克拉帕乌丘斯又在猛兽旁边看到了第二头怪兽，那是一条身上长满短小翅膀的长蛇怪，它的翅膀被炮火烧得焦黑，内部的电路也烧坏了，溢出来很多黄铜和白瓷的混合物，怪兽仿佛就卧在混合物构成的“血泊”之中。在更远处，另一头怪兽大剌剌地叉开粗得像罗马柱的腿，花园里的微风拂过它的血盆大口，发出轻微的沙沙声。附近还有一些在轮子上装有锋利爪子的怪兽残骸、装有火焰喷射器的巨型蠕虫尸体和装有被原子弹炸成碎片的无头炮塔炮兵。连装有无数个备用大脑的多头怪兽都被战斗摧毁，弹跳能力极强的怪兽的弹跳高蹺也被掰成了一块一块的。还有一些小毒虫，依照本来的设计，应该是要以群攻的方式组成一颗颗攻击子弹，填满每一管黑洞洞的枪口，然而这个设计既没有保住这些小虫子的命，也没有保住设计师的命。特鲁勒和克拉帕乌丘斯经过这一件件战利品，吓得腿都软了，一言不发，连大气都不敢喘，好像他们要去参加一场葬礼，而不是一场别开生面的发明展览会。奥克鲁丘斯国王的战利品展览“大厅”令人毛骨悚然，他们好不容易才结束了这次参观。在白色的台阶下面，他们来时乘坐的车子在等候他们。现在再看那些风驰电掣地穿街过巷，把他们送到城堡的喷火怪兽，似乎也没那么可怕了。他们回到交织着艳丽的红色和淡雅的绿色的豪华休息室，桌子上堆满了美酒佳肴，各种山珍海味都把桌面压弯了。特鲁勒终于忍不住了，开始用非常难听的话指责克拉帕乌丘斯，说都是因为他的轻率应邀才导致他们俩现在到了这里，给两人引来了灭顶之灾。他们本可以待在家里，躺在功劳簿上享清福！克拉帕乌丘斯并没有回嘴，一个字都没有反驳，而是静静地等待特鲁勒发泄完愤怒和恐惧。过了一阵子，特鲁勒似乎冷静了一些，他坐到珍珠母贝雕刻的精美座椅上，头靠着椅背，紧闭双眼。克拉帕乌丘斯看到后才简短地说了一句："多说无益！干活吧！"

这句话好像一下子唤醒了特鲁勒。两位建造大师开始考虑各种可能性，他们深知要运用最高深的自动控制论的机械制造知识和方法，于是很快达成了共识：最重要的不是怪兽的装甲和战斗力，而是制造怪兽的程序，也就是说，要编写出一个暴力根源的运算法则。"这头怪物必须比恶魔还邪恶，就是一个不折不扣的魔鬼！"尽管两位大师暂时不知道要怎么制造怪物以及要把这头怪物制造成什么样，但他们还是有些心潮澎湃。他们开始设计奥克鲁丘斯国王梦寐以求的残暴怪兽，付出了全部精力，不分昼夜地辛勤工作着。在一个不眠的工作之夜过后，他们终于坐下来吃了一顿饭。在传递酒壶时，他们感觉胜利在望，于是互相使了个眼色，暗暗窃喜。不过这一切都避开了仆人的视线，因为两位大师认为，这些仆人都是奥克鲁丘斯国王派来监视他们的间谍。长个心眼也不是没有道理，所以他们从不在仆人面前谈论任何与设计工作相关的事，只会说一些无关紧要的话，比如这如闪电般的烈酒是多么醉人，还有穿着燕尾服的管家拿给他们的薄膜永电体是多么美妙。直到晚餐过后，他们才走到露台上，看着被逐渐暗下来的天空笼罩着的整座城市，看着城市中被森林掩映着的白色高塔和黑色穹顶。

特鲁勒对克拉帕乌丘斯说："这件事情没有那么简单，我们还没有完全的胜算。"

"你有什么见解？"克拉帕乌丘斯虽然心情不错，但还是非常谨慎地压低声音问他的老朋友。

"你看，如果国王制服了我们设计的机器猛兽，那他肯定会兑现他的'黑井诺言'，认为我们没有完成这项工作，把我们扔进去。如果我们能够制造一头无人能敌的猛兽，你觉得会怎么样？”

“我不知道。如果他不能制服猛兽呢？”

“如果猛兽把他制服，亲爱的朋友，那国王的继承者是不会轻易放过我们的。”

“你觉得他会让我们为这件事负责？一般来说，王位的继承者应该觊觎已久，想要自己坐上宝座的呀。”

“对，但是他的儿子将会继承王位，无论是出于对父亲的爱还是出于一个国家统治者的角度，他都会惩罚我们的吧，我们估计还是逃不过一劫。你觉得呢？”

“我倒是没有想到这一点。”克拉帕乌丘斯忧心忡忡地想了一会儿，又说，“总而言之，我们的前景并不明朗，怎么看都是死路一条。你有什么解决的办法吗？”

“我们可以制造一头会死而复生的猛兽。也就是说，国王可以制服他，但是这头猛兽过一会儿还会复活，国王可以再次出击、狩猎，然后把它杀死，而它还会再次复活，就这样循环往复，直到国王精疲力竭，觉得没意思了……”

“要是他厌倦了，他更会大发雷霆的。”克拉帕乌丘斯回应，“再说了，你打算怎么设计这样一头猛兽？”

“我还没开始设计呢，我只是给你描绘一下这种可能性。最简单的办法就是制造一头不设要害器官的怪物，可以被国王砍成碎片，但是过一会儿还能恢复原样。”

“怎么恢复原样？”

“通过两极效应。”

“磁极？”

“可以这么说。”

“我们要怎么制造磁场呢？”

“我还不知道，但是我们也许可以远程控制怪兽。”特鲁勒提出了一个想法。

“我觉得这个做法不太安全。”克拉帕乌丘斯撇了撇嘴，似乎无法认同，“你怎么知道国王狩猎的时候不会把我们锁进地牢？你仔细想想，那些应邀而来的工程师前辈也都不是傻子吧？你再看看他们最后落得了什么下场。估计不止一个人想到了远程操控，可是没有一个人成功地完成任务。所以，在国王和怪兽搏斗的过程中，我们肯定无法接触到怪兽。”

“我们可以试试制造一颗卫星，然后在卫星上……”

“你真是病急乱投医！亏你想得出来。”克拉帕乌丘斯气得直嚷嚷，“卫星！你告诉我，怎么制造一颗卫星？怎么把卫星送入轨道？特鲁勒，我们是机器建造师，不是奇迹建造师！我们必须另外想个办法把装置隐藏起来！”

“你想把它藏在哪儿？我们无时无刻不被监视着，这些人的眼睛和耳朵恨不得黏在我们身上。他们这么紧紧地跟着，我们估计想要离开他们的视线一分钟都做不到。而且这个装置肯定很大，你要怎么把它抬出去？怎么在这些间谍的眼皮底下把它藏起来？根本就是异想天开！”

“你先别忙着悲观！”克拉帕乌丘斯严肃地提醒道，“可能根本就不需要控制装置。”

“怎么可能？怪兽总要受某一个装置控制，如果它的电子大脑可以控制它，那么当国王把它砍成碎块的时候，估计你都来不及和这个美好的世界道别！”

两人陷入了沉默。黑夜降临，露台下的城市中亮起了越来越多的灯光。

突然，特鲁勒说：“听好了，我有主意了！我们可以假装在制造怪兽，其实是造一艘逃跑的飞船。我们给飞船装上耳朵、尾巴和爪子，起飞的时候就可以把这些没用的零碎都扔掉！我觉得这个主意简直太棒了！我们去外面看看风向，准备逃跑！”

“你怎么知道这些皇家仆人里就没有隐藏着机器建造大师呢？在我看来，这是非常有可能的。估计在你发现他们之前，砍刀已经架在你脖子上了。再说了，逃跑可不是我的做事风格，这次不是我们赢就是他赢，事已至此，已经没有别的中立的解决办法了。”

“是啊，这些间谍里肯定有懂得机械和自动化控制的。”特鲁勒又陷入了沮丧，“我们除了跳进那个黑井，还有别的事可做吗？要不我们制造一个光电幻影？”

“幻影？你觉得国王会疯狂地追逐幻影猎物吗？你这主意可真是天才都想不出！估计他狩猎回来就会把我们都变成大头朝下的幻影！”

两人再次陷入了沉默，突然特鲁勒又有了主意：“我觉得唯一的办法就是让野兽抓住并挟持国王。你觉得怎么样？让这个国王做人质，这样的话……”

“我明白你的意思，你不用往下说了，这的确是个办法。我们把他抓住以后，嗯，我们可以拉着他，一起听夜莺歌唱，它们的歌声简直比天使的声音还要甜美……”克拉帕乌丘斯突然话锋一转，因为他看见几个拎着银质灯笼的仆人走上了露台。这些仆人不一会儿就走开了，昏暗的灯火旁又只剩下他们两个人。他们压低声音继续探讨：“就算这样能行，我们怎么才能保证计划万无一失呢？要是到时候他把我们锁进石头地牢怎么办？”

“也对，”特鲁勒低声说，“我们必须想出一个办法。而最重要的是，我们要给怪兽编写一个算法程序。”

“这还用说吗？没有算法程序的怪兽有什么用？我们必须开始进行实验了。”

他们迅速投入工作，为奥克鲁丘斯国王和怪兽的模型进行模拟分析实验。这两个模型当然只是写在纸上的，因为他们要进行数学演算。桌子上铺满了厚厚的白纸，两位大师笔耕不辍地计算着，不知道写断了多少支铅笔，而国王和怪兽的模型就在这些纸上开始了一次次激烈的战斗：在国王的代数方程攻击下，怪兽发出不定积分的嘶吼声，挣脱束缚后又落入了未知的不可数集合中，它再次想要逃离集合的束缚，一跃而起向国王扑了过去。国王使用微分回击怪兽，双方再次陷入激烈的战斗，插招（解题妙招）换式（计算公式），运算符上下翻飞，战场（铺在桌上的白纸）上一片混乱，公式函数漫天飞舞，双方胜负难辨，连两位建造大师也分不清到底国王和怪兽的斗争进行到了什么程度。所以，他们决定暂时休息一下，起身活动活动。他们喝了点装在莱顿瓶中的饮料来补充体力，接着又坐到桌前开始新一番更为复杂激烈的演算实验。他们的思维火花四射，高涨的热情在身体中涌动，传导到手中的笔芯里，笔下的纸张感受到这份热度，都开始冒烟了。纸上的战争更为激烈：国王带着他残忍的坐标系在函数森林中迷路了，只能顺着来时的踪迹（轨迹）慢慢后退，在遇到怪兽时拼尽全力地击打。怪兽被他分解成了一百个多项式，散落的过程中还丢失了一个 x 和两个 y。多项式碎片滑到了根号下面，突然迸发出来，如许多只破茧而出的蝴蝶，将国王团团围住，把他死死困在了这个数学迷阵中。国王奋勇突击，震得整个方程式都在颤抖，终于从迷阵中撤出来，又武装上了非线性系统铠甲对野兽进行包抄，当他到达无穷这一关键点时，他举起所有括号对着怪兽的头部狠狠砸了一拳，把他前胸的对数护甲和背上的幂运算都震掉了，由于共变导数的作用，许多碎片如一把把尖刀向他飞来，被他吸入了体内。建造大师手里的铅笔还在不停地演算着，一条函数又似一把利剑从他后背刺入，然后是第二条函数和第三条函数，国王终于倒下了，发出轰隆一声巨响，所有数学符号都被震得摇摇晃晃，国王却一动不动……两位大师把笔一扔，开怀大笑，跳起了庆功的舞蹈。是的，他们的演算实验成功了！那些潜伏在水晶吊灯上的间谍拿着望远镜一遍遍地阅读纸上的内容，却还是一头雾水。对高等数学一窍不通的他们根本不明白，为什么两位大师一遍遍地说着："成功了！胜利了！"

半夜三更，一个酒壶被悄悄送到了皇家最高机密警察大队的实验室中。这个酒壶正是两位建造大师每次在辛苦工作后喝酒用的那一只。高级研究员和顾问们早已在此等待，他们接过酒壶，把酒壶底部撬开，从里面掏出来一个袖珍磁带录音机。他们把磁带拿出来，装入公放设备中，专心聆听着磁带记录下的每一句话。接下来的几个小时里，他们不敢有一丝一毫的大意，不敢放过任何一个词，直到窗外的阳光照到了他们垂头丧气的脸上。他们从磁带中一无所获，只听到有一个声音说：

"准备好了没有？你把国王放好了吗？"

"放好了！"

"你把他放在哪儿了？哦，你走这一步，是吧？好！现在该我了，对，两条腿一起！你抓住这两条腿，听见没有？不是抓住自己的两条腿，蠢蛋，抓住国王的腿！好，开始，冲，函数发生变化了，快，加速！什么东西掉下来了？"

"π。"

"怪兽在哪儿呢？"

"在括号里。你看见没有，国王扛得住！"

“扛得住？你现在把两边都代入系数，然后除以二，再把那些虚数放进去，然后再来一次！改变这个变量，你真是笨死了！你在哪儿插入变量呢？你真是蠢到家了！是给这个怪兽，不是给国王！哎，这就对了，对，没错！准备好了吗？好，现在变形，对，就在这个现实空间里，向前冲呀！”

“搞定了！我的小可爱，克拉帕乌丘斯，你快看看，国王这是怎么了？”

然后就爆发出一阵疯狂的笑声。

第二天，就在整个警察大队和研究员们彻夜未眠后的早晨，两位建造大师要求对方提供石英、钒、钢、铜、铂、莱茵石、钛、铈、锗以及其他组成宇宙的必要元素，还有他们需要的各式机器和一批优秀的技工以及一批间谍，因为他们已经无所畏惧，甚至可以说是胆大包天了。他们在一式三份的申请书上大胆地写道：“请有关部门向我们提供各种型号和具备各种特点的间谍。”他们又索取了一些碎木屑和一块红色的丝绒幕布，幕布的中间有一排玻璃铃铛，四个角上各装饰着一条大大的流苏。他们的每一项要求都写得很详细，甚至连玻璃铃铛的尺寸都写得清清楚楚。尽管这些要求让奥克鲁丘斯国王既有点摸不着头脑，又有点不耐烦，但他还是皱着眉头满足了他们所有的要求，因为他可是言出必行的伟大君主。两位建造大师如愿得到了他们要求的所有东西。

但是不得不说，他们索取的东西也越来越新奇古怪，需求申请表的复印件也附上了48999/11K/T 的编号存放在警察局的机密档案处里。从这份复印件上可以看到，他们要求的东西有：三个裁缝用来做衣服的人体模型、六套完整的警察制服（必须包括腰带、配枪、警帽、翎毛和手铐）、最近三年出版的《国家警察》杂志。他们还在申请表的附加框里写道，上述申请物品会在拿到后的二十四小时内完好无损地归还。另一份档案里的申请表复印件还记载道，克拉帕乌丘斯曾非常紧急地索取过一个真人大小的娃娃，娃娃的模样就照着邮电部部长的样子来做；还有一个刷着绿漆的小号双轮车，车的右侧还要挂着一盏油灯，油灯上要写着蓝白相间的“你好，工作！”字样。准备这些东西可把机密警察局的局长折腾坏了，把这些东西准备好以后，他不得不好好地休息了一番。在接下来的三天里，他们又要了一桶染成粉红色的蓖麻油。从那以后，他们就再也没要过任何东西了，一直就在他们休息的宫殿的地下室里忙个不停，那里偶尔会传出奇怪的歌声，但锤子敲敲打打的声音从早到晚不曾断过。黄昏降临后，幽蓝的灯光透过地下室的窗户投射到外面花园的树上，映出奇奇怪怪的影子。特鲁勒和克拉帕乌丘斯在一众帮手的协助下，忙碌地穿梭在电弧产生的幽蓝火光中。他们有时也会抬头看看那些把脸紧贴在玻璃上向里张望的仆人的脸，那些仆人看起来只是单纯地好奇他们在做什么，实际上早已通过照相的形式记录下了两位大师的一举一动。某天夜里，两位大师实在是太累了，就去睡觉了。这时，他们刚刚设计制造好的一个个组件都被迅速地装进了一只隐形的热气球里，飞快地送达皇家实验室。全国最顶尖的十八名机械控制自动化领域的专家在进行了庄严的效忠奥克鲁丘斯国王的宣誓后，用颤抖的双手小心翼翼地将这些组件组合在一起。一只锡制的小灰鼠从他们手中诞生了，小灰鼠吹着肥皂泡，在桌子上跑来跑去，不停地从尾部喷出一些奇怪的粉笔灰，最后桌子上出现了这样一行大字：你们难道真的不爱我们吗？在国家历史上还从未出现过如此频繁的警察大队队长人选更迭。制服、人体模型、绿色双轮车还有那些碎木屑，两位建造大师按时归还的所有东西都经过了非常仔细的检查和检验。然而，除了在碎木屑堆中发现的一张写着“是我们，碎木屑”的字条，他们一无所获。他们甚至仔细地检查了制服和马车的每个原子，但还是毫无发现。

完工的一天终于到来了：一辆有着三百个轮子，看起来像一个巨型冷冻箱的大车停在了特鲁勒和克拉帕乌丘斯住的宫殿的门口。他们把那块缀有长流苏和玻璃铃铛的红色丝绒幕布抬到车上，再走进车厢，把幕布铺在车厢地板的中间。他们又把门关起来，在里面鼓捣了好一阵子，才走下车回到地下室。他们拿着许多装着研磨得很细的化学粉末的瓶瓶罐罐回到车上，把这些灰色的、银色的、白色的、黄色的和绿色的粉末撒在宽大的幕布四周，然后走出来，吩咐仆人把车门关好。他们目不转睛地盯着手表看，十四点五秒的时间一到，就听到玻璃小铃铛发出了声响，可是车子明明没有动过。所有人都感到很疑惑，莫不是见鬼了？不然没有人在车里，也没有人动过那块幕布，铃铛怎么会响呢？这时，两位大师就说了一句话：“好了，可以把它带走了！”

他们一整天都在露台上吹泡泡，直到晚上普洛托佐尔前来拜访，后者就是把他们带到奥克鲁丘斯国王所统治的世界的皇家庆典仪式大臣。普洛托佐尔彬彬有礼，却不失威严，让人不敢拒绝他提出的任何建议。他通知两位建造大师，必须马上和他前往一个指定的地点，而且不能带任何东西，所有物品都要留在宫殿内，就连随身衣服都不准带。他还给两位大师换上了处处是补丁的破旧衣服，又给他们戴上了手铐。然而令在场警察和执法者感到意外和不解的是，两位大师似乎一点也不害怕，一点也不紧张，特鲁勒甚至在铁匠给他扣紧手铐的时候嘻嘻哈哈地笑了起来，说他的手特别怕痒。他们被带进了地牢，地牢大门重重地关了起来，不一会儿就从地牢的墙缝中传来了欢快的《我是制造机器的小行家》的哼唱声。

与此同时，在精兵强将的陪同护卫下，强大的奥克鲁丘斯国王乘坐战车出了城，身后跟随着长蛇般的骑手分队和机械部队。这可不单单是传统的狩猎武装部队，因为其中不仅有弓弩和火炮，还有巨型激光机枪、反物质霰弹枪和火焰喷射器，这一切都让猎物（无论是野兽还是机器）无处可逃。

这支无敌的皇家狩猎队伍浩浩荡荡地向国王的狩猎区前进，情绪高昂，意气风发，甚至没有一个人想到过被关在地牢的两位建造大师——就算想到过，他们也只是嘲笑这两个新晋倒霉蛋的下场估计也会非常悲惨。

当嘹亮的号角声宣告国王陛下驾到时，人们看见远处开过来一辆冷藏箱式的大车，上面特制的把手忽然弹开了，一眨眼的工夫，冷藏车的大门就敞开了，就像怪兽黑洞洞的大嘴，准备吞掉眼前的所有猎物。在接下来的一秒钟里，一大团又像暴风雨、又像沙尘暴的形状不停变化的灰黄色物体从大门中喷发而出，速度很快，没有人看得出这到底是一头野兽还是别的什么东西。在飞行了一百步以后，它悄无声息地降落了，覆盖在外部的红绒幕布也飘落在一旁，只有上面的玻璃铃铛在一片死寂中发出奇怪的清脆声响。幕布平铺在沙石地上，仿佛衬衫上沾了一块覆盆子色的污渍。这时，所有人都看到了在幕布不远处的怪兽，可是它的形状却依然不清晰，恍如一座连绵起伏的山丘，颜色和周围的环境非常相似，背上还长着似乎被太阳晒焦的野草。国王的骑兵部队目不转睛地盯着它，向它放出了由自动机械猛犬、自动搜寻犬和电子嗅觉犬组成的精英赛伯猎犬战队。猎犬们流着口水，咆哮着弓起身子，朝蜷缩成一团的怪兽冲了过去。可是怪兽动也没动，没有张开大嘴，没有发出吼声，甚至没有站起来，只是用它目光如炬的双眼扫视了一圈，猎犬战队中一半的狗战士就在瞬间化为了灰烬。

“啊哈，激光眼！把我的反光战服、防弹头盔和超坚实铠甲拿来！”国王对护卫喊道。在护卫把所有铠甲拿来后，国王穿戴整齐，全副武装的他看起来就像一颗闪闪发亮的超新星。他骑着胯下那匹神勇的赛伯战马，飞快地冲了出去，哪怕是最快的子弹也追不上他。怪兽没有后退，也没有阻挡国王靠近。国王挥起大刀带起一阵风声，手起刀落，怪兽的头就被砍了下来，滚到地上的沙石之中。国王非但没有因为胜利而高兴，反而勃然大怒。他不费吹灰之力就干掉了这头怪兽，那两位建造大师就用这么个破玩意来糊弄他吗？回去之后，他一定要想出最残酷的刑罚来狠狠地折磨他们！就在护卫队为国王的胜利而欢呼雀跃时，怪兽晃了晃脖子，在脖腔处又长出了第二个脑袋。它睁开了那双能闪瞎人的大眼睛，向国王的铠甲发射了激光光波，但在国王的反光铠甲上并不起作用。那两个人看来还是有点儿本事，但是最后也难逃一死！国王这样想着，加大马力冲向了怪兽。

国王再次挥起了大刀对准怪兽身体的中间，狠狠地劈了下去。怪兽还是没有躲闪，甚至往刀下挪了挪。耳畔只听得到呼呼的风声和钢铁接触的犀利金属声，被劈成两半的怪兽轻轻地颤抖着。国王用左手拉住战马的缰绳，端详着眼前的奇怪景象：怪兽变成了两个一模一样的怪兽双胞胎，只是体积小了一些，而在双胞胎中间还站着一头更小的怪兽，原来刚才滚落到地上的头又长出了腿和尾巴。

“怎么回事？我要把它们切成一个个小圆片还是一只只小老鼠？这还是狩猎吗？”国王暴跳如雷，一个箭步冲向怪兽，把满腔的愤怒都倾注到刀剑中，不停地朝怪兽砍去。许多小碎块纷纷滚落在地，变成一头头小怪兽，它们突然后退，又一下子扑到一起抱成一团，然后慢慢地又变成了一头肚皮贴地的巨兽，灵活地摆动了一下后背，看起来和刚才没有什么两样。

真没劲，国王心想，一看就是安装了反馈机制，就跟那个谁设计的一样，叫什么来着？哦，对了，就跟那个庞普金盾设计的一样。那家伙也因为这个毫无新意的想法被我撕成了碎片。好了，没什么可说的了，把我的自动化控制大炮抬来！

他命令手下抬过来一门有六个炮筒的大炮，精确地瞄准了怪兽。一枚悄无声息、无烟无味的隐形子弹如同一道银光射向了怪兽，想要把它打得支离破碎，但是什么事也没有发生，顶多算是出现了一点没人注意到的小变化。怪兽只是稍稍弯了弯腰，贴得离地面更近了，接着慢慢地向前伸出了左前腿的爪子。这次，所有人都看清了：怪兽伸出了长满毛的长爪子，对着国王比了一个“鄙视”的手势[1]。

“把我的大口径炮抬过来！”国王大声喊道，假装没看见那个手势。十二名护卫把大炮抬了过来，国王瞄准怪兽，发射！然而就在这一瞬间，怪兽一跃而起，国王拔出剑，想护住自己的身体，可是怪兽却一下子不见了。后来，在场的人们向其他人描述当时的场面时，都说自己可能是失心疯了。因为灰色的庞然大物如同闪电划过天空，空中突然出现了三个穿着警察制服的人。这三个人虽然飘浮在空中，却没有停下执法工作：第一个警察从兜里掏出手铐，大步在空中迈向前方；第二个警察为了不让龙卷风把带有翎毛的警帽刮走，便用一只手扶着头，另一只手却从上衣侧兜里掏出一张拘捕令；第三个警察的工作似乎就是保证另外两名警察能安全着陆，他在地上趴得平平的，让另外两个警察在落地时可以踩

1　将拇指夹在食指与中指之间，表示“你什么也别想得到”或是“你输定了”。

在他背上。两名同事落地后，他迅速站起来，拍了拍身上的尘土。这时，第一个警察已经给国王戴上了手铐，第二个警察从目瞪口呆的国王手里一把夺过了剑。他们行色匆匆，拖着似乎已经站立不稳的国王飞奔，准备把被锁住的国王带到荒无人烟的大沙漠去。整个随国王而来的狩猎队伍都愣住了，仿佛在几秒钟的时间里石化了，直到有人大吼一声，才开始在后面穷追不舍。电子战马眼看就要追上那三个绑架国王的人了，气氛剑拔弩张，士兵们已经做好了战斗的准备。就在这时，第三个警察按了一下肚脐上的开关，突然就缩小了，他的手臂变成了两条车轴，腿也变成了两个圆圈，圆圈里又长出了一根根辐条，飞速向前旋转着，他的背上又出现了可以坐着的地方。另外两名警察翻身上了这辆绿色的双轮车，其中一个警察给国王套上了缰绳，让他像马一样拉着车狂奔，还不停地用鞭子抽打他。国王双手乱舞，想要护住戴着王冠的脑袋不被毒打。眼看护卫队又跟进了一些，警察一把从后面抓住国王的脖子，其中一个可能比形容的还要快一些，滚到车轮的辐条中间，冒出一股浓烟，又升起一团白雾，变成了一个陀螺，刮起一阵带着闪电的旋风。双轮车好像插上了翅膀，扬起一片飞沙，飞舞着，翻滚着，不一会儿就消失在飞沙走石中。皇家狩猎队兵分几路搜寻国王的踪迹，还派出了赛博猎犬队。一支警察小队收到了密信，带着柴油泵疯狂地在沙漠中寻找，几乎把整座沙漠翻个底朝天，但也一无所获。后来他们才知道，原来是观测热气球上的士兵由于着急和手抖发错了密电。另外一队警察也在奋力搜寻着，不放过沙漠中的每一寸土地、每一株灌木和每一棵野草，用便携式 X 光机把每个角落都照了一遍。他们找遍了每一个洞穴，从里面取出了样本进行化验，想要找出国王的蛛丝马迹。国家检察院的总长官亲自对国王的电子战马进行了审讯，被派去打探消息的热气球多到遮住了天空，伞兵们带着吸尘器和过滤网，想要把每一粒沙子都收集起来进行筛查。同时，全国对于所有像警察的人都要进行拘留审查，这也引起了很多麻烦，警察之间开始了互相拘留和逮捕。夜幕降临，狩猎队的士兵们垂头丧气地回到了城里，因为他们连国王的一根毫毛都没有找到，国王仿佛就这么凭空消失了。

半夜时分，在火把的映照下，国家政务大臣和国王金印的守卫大臣命人把戴着手铐脚镣的两位建造大师从地牢里带上来，用如炸雷般的声音对两位大师说："你们竟敢设下陷阱，用诡计把我们最伟大的国王陛下弄消失了！你们竟敢把你们的邪恶之手伸向我们英勇无比的君主，伤害了我们至高无上的统治者、世间独一无二的大帝、我们深深景仰和爱戴的奥克鲁丘斯国王！我们要把你们切成四半，把你们的内脏挖出来，把你们钉在十字架上，最后还要把你们的尸体留下的粉末撒向每一个角落，让你们永远记住并且悔恨你们犯下的不可饶恕的罪孽，并且不得上诉，阿门！"

"能等一等吗？"特鲁勒问，"我们还在等特使。"

"等什么特使？你这个无耻之徒！"

就在这时，士兵们纷纷后退，将邮电部部长引到大厅里。他们又怎么敢用刀剑阻止邮电部部长走进来呢？邮电部部长穿戴整齐，胸前戴满了勋章，每走一步，勋章就互相碰撞，发出悦耳的响声。他来到国家政务大臣跟前，从腰间那个镶满钻石的邮包中拿出一封信递给他，然后说："虽然我不是真的邮电部部长，但是我的确是从奥克鲁丘斯国王那儿来的。"说完就变成了一堆粉末。政务大臣不敢相信自己的双眼，他接过那封盖有国王玺印的信，认了出来，红色的印章的确是奥克鲁丘斯国王的专属。他从信封中取出信，读了起来。原来，国王被两位建造大师所使用的代数方程和运算法则囚禁了起来，想要重获自由就必须与大师谈判。政务大臣必须听从两位建造大师提出的条件并且满足他们，才能保证国王能活着回来。信的落款是：被一个假装成三个警察的怪兽囚禁在不知道什么位置的伟大国王奥克鲁丘斯。

大厅里乱作一团，所有人都开始大喊大叫，询问两位大师条件到底是什么，以及这一切到底是什么意思。特鲁勒只说了一句话："把我们的手铐解开，否则一切免谈。"

铁匠们赶紧走过来为两位建造大师解开手铐。所有人又冲到他们面前询问他们到底要提出什么条件，特鲁勒仍旧不慌不忙地说："我们现在又饿又脏，有很多天没洗澡了。我们要先洗个香喷喷的热水澡，还要吃一顿丰盛的晚餐，晚餐后还想看一场芭蕾舞表演。你们要是不能满足这些要求，一切仍旧免谈。"

所有人都急切盼望能够找到奥克鲁丘斯国王的下落，尽管不情愿，但还是答应了特鲁勒的要求。特鲁勒和克拉帕乌丘斯直到黎明时分才坐着男仆们抬着的轿子回到自己住的宫殿。他们浑身上下都香喷喷的，身着华服坐在碧玉雕成的桌子前，写下了自己的谈判条件。这些条件可不是他们一拍脑门随便想出来的，而是之前就记在一个小本子上，他们一直把这个小本子秘密地藏在宫殿厚厚的窗帘后面。他们写下的条件是这样的：

1. 准备一艘高级飞船送特鲁勒、克拉帕乌丘斯回家。

2. 飞船应装载以下物品：

1）四普特[1]钻石；

2）四十普特赤金；

1　沙俄时期的主要重量单位，1普特约合16.38千克。

3）铂金、钯金以及其他估计只有上帝才见过的金银财宝，每种各八普特；

4）王宫中任何他们想要拿走的纪念品。

3. 飞船应准备就绪，所有螺母都应安装完毕，所有要求的货物都应装载完毕。飞船要停在合适的位置上，并且要在登船的阶梯上铺好欢送的红地毯。要有管弦乐队演奏欢送曲，儿童合唱团现场演唱，准备好荣誉勋章和欢送横幅以及欢呼呐喊的人群，哪怕谁也看不见国王。

4. 要用珍珠母贝打造一块“感恩金匾”，还要镀一层真金，刻上“献给至高无上的、宇宙中最伟大的机器建造师特鲁勒及克拉帕乌丘斯，二位的恩情将千古流芳”。金匾上必须详细记录两位大师的丰功伟绩，由皇家政务大臣盖上皇家印玺，所有大臣都要签名同意，另外，还要加上保护措施，金匾要擦得闪闪发亮，就像国王擦拭他的炮管那样。最后，金匾要由普洛托佐尔大人亲自背到船舱内，任何人都不许帮他。普洛托佐尔就是那个皇家狩猎庆典大总管，他把两位至高无上的、宇宙中最伟大的机器建造师拐到这个星球，差点就要害死特鲁勒、克拉帕乌丘斯。

5. 普洛托佐尔随后要与两位机器建造大师一起乘飞船返回，以防任何毁约、跟踪等不良事件的发生。飞船上建有一块固定的地方来安放装他的笼子，笼子的尺寸为3英尺×3英尺×4英尺，每天都会喂给他一些碎木屑作为食物，这些碎木屑必须是当时至高无上的、宇宙中最有为的机器建造大师为了满足国王贪婪的要求而索取的材料，就是又被隐形气球送回警察局档案处的那些。

6. 奥克鲁丘斯国王重获自由以后，他不必向本条款中提到的两位至高无上的、宇宙中最伟大的机器建造师道歉，因为像国王那样的人的歉意在两位大师心中根本一文不值。

国玺、日期以及条款同意书签署双方：

甲方（条约提出方）：特鲁勒、克拉帕乌丘斯

乙方（条约遵守方）：皇家政务大臣、皇家狩猎庆典大总管、海陆空机密警察大队总指挥官

看了这份条约，大臣们都气得脸色铁青，可是他们又有什么办法呢？只能无条件同意所有条款。他们立刻下令开始制造飞船，两位大师在用过早餐后，都会到建造工地进行监督。他们非常挑剔，对任何方面都不满意，一会儿抱怨船体材料太廉价，一会儿抱怨工程师太愚钝。他们还要求飞船内部的大厅必须安装一盏带有四扇天窗的魔法灯，天窗上还要有一只布谷鸟在整点时从小木屋中钻出来报时。如果工匠们不知道布谷鸟长什么样，他们就要倒霉了，因为国王十分渴望能摆脱被孤独囚禁的状态，要是等他安全归来，知道正是因为这些工匠导致了他得救的时间被耽误，他是绝对饶不了他们的！一想到这里，工匠们两眼发黑，心跳加快，浑身发抖。终于，飞船造好了。装卸工们开始往舱内装各种金银财宝，一麻袋一麻袋的珍珠和小山一般的黄金都快从船舱里溢出来了。与此同时，警察搜寻大队仍在山谷中和山峰上活动着，到处进行着秘密的搜寻工作，这让特鲁勒和克拉帕乌丘斯暗自觉得好笑。他们甚至愿意开诚布公地向那些对他们心存畏惧，但是非常有兴趣听他

们说话的人耐心地讲述这到底是怎么一回事。他们一开始的想法是非常不成熟的，然后他们完全摒弃了最初的想法，又重新制造了一头全新的怪兽。只要大家不知道作为控制中心的大脑在哪儿以及怎么控制大脑，他们就可以确保安全。所以，他们干脆制造了一头全身都是大脑的怪兽，它可以用脚、尾巴或者长满智齿的大嘴来思考。然而这只是一个开始，最重要的工作是运算法则和心理分析这两项，首先要知道什么才能迅速压制国王。为了实现这个目标，他们用非线性变形从野兽中制造出了一组警察，因为没有人敢违抗警察下达的逮捕令，全宇宙都没有人敢这样做。其实，这就是打心理战，所以邮电部部长的出现也是同样的道理，如果他们制造出一个品级低一些的官员，这名官员就有可能在进门时就被拦下，这样的话就功亏一篑，两位建造大师怕是脑袋不保。那位扮演特使角色的邮电部部长其实还做了其他准备，他的衣兜里还装着用来贿赂看守的资金，以备不时之需，他们必须想到每一种可能性。在运算法则方面，他们只需要找到一个怪兽群的代数结构，这个怪兽群的循环群和子群就是警察，怪兽在发生函数变形时就化身成了子群中的量。他们又对那块装有玻璃铃铛的幕布使用了不友好化学墨水，激发了怪兽警察的独立行动能力，可以与各种元素起反应。这里必须提一句，后来两位建造大师还在学术刊物上发表了题为《在玻璃铃铛和配有拓扑煤油灯的2—3—4轮或n轮的绿色油漆车的振动谐波磁场中，利用染成粉红色的蓖麻油转移注意力的模式，将警察武装力量转变成邮电力量及怪兽形式η变化为β的递归函数研究即警察怪兽数学问题研究通论》的研究论文。显然，王宫内外，无论是大臣、军官还是警察，都没有一个人能明白其中的任何一个词，可是这重要吗？奥克鲁丘斯国王忠诚的子民们都不知道到底应该敬佩还是憎恨这两位大师。

飞船已经做好起飞前的一切准备了。特鲁勒在宫殿中拎着一个大袋子转来转去，根据条约规定，他可以把他看中的一切东西都据为己有并带走。终于，马车接上他们前往飞船发射地，一路上人头攒动，儿童合唱团放声歌唱，小女孩们身着民族传统服装、手捧鲜花献给他们，大臣们照着手中的感谢信大声诵读，交响乐队演奏着欢送曲，有些身体不太好的人甚至被这热闹的场面吓晕了。突然，一切都安静了下来。克拉帕乌丘斯从嘴中掏出一颗牙，牙齿中有什么东西在动。这可不是一颗普通的牙，而是一个小型接收发射站。他按下开关，视线内突然出现了一大片沙石云，这朵云越变越大，旋转得越来越快，最后飞落在人群和飞船间的空地上，突然停了下来，沙石四处飞溅。所有人都惊慌失措，因为他们发现这就是那头怪兽，它左右摇摆着如长蛇一般的尾巴，四溅的火花飞到没穿铠甲的大臣身上，把他们华丽的官服烧出了一个个小洞。

“把国王放了！”克拉帕乌丘斯对怪兽发出命令。怪兽却用一个人的声音回答:“做梦吧！现在该是我提出条件的时候了！”

“什么？你疯了吗？你必须听我们的，矩阵法则就是这么规定的！”克拉帕乌丘斯对怪兽大喊。在场的所有人都吓坏了。

“凭什么？虽然矩阵确实存在，但我可是一头代数怪兽，我反对民主，我具备反馈机制，我拥有可以杀死人的激光眼。我还是警察，做工精良，外表精美，自我组织能力强。我已经把国王吞进肚子了，他也听不见，也没知觉了！你敲敲自己的脑门，清醒一点吧！你们输了，现在赶紧向前迈四步，跪倒在我面前吧！”

“跪你个头！”克拉帕乌丘斯怒气冲冲地吼道。特鲁勒则问这个怪兽:“你到底想要什么？”然后迅速地躲到克拉帕乌丘斯身后，趁怪兽不注意也悄悄拔下了一颗牙。

“首先，我想娶个老婆……”

但是没有人知道，怪兽到底想娶谁做老婆，因为特鲁勒已经按下了牙齿的开关。他大声喊道："艾黎特里特特里里，滚吧，你这个丑八怪！"

这句话刚一出口，支撑怪兽所有原子的活性磁场的反馈系统就瞬间崩溃了，怪兽一眨眼睛、一转耳朵就会发出声响。它上蹿下跳，翻来滚去，但是一切都无济于事，只是刮过一阵带着铁锈味的热风。怪兽悄无声息地出现，又悄无声息地消失了，只留下一座沙子堆成的小山。奥克鲁丘斯国王站在小山上，看起来健康无比，只是浑身脏兮兮的，表情很委屈。经历了这等惨事，他感到很生气。

"他脑子坏了。"特鲁勒对在场的所有人说，可是没有人知道特鲁勒指的是谁。是国王？还是怪兽？不管怎样，他们之前的数学演算实验可以说是得到了印证。

"现在，"特鲁勒清了清嗓子，继续说，"把皇家狩猎庆典大总管装进笼子，我们要启程回家了……"

第三次远行：概率龙

特鲁勒和克拉帕乌丘斯都是伟大的凯莱布伦·艾姆塔德拉特教授的学生，这位教授在虚无高等学院[1]教授《龙学概论》这门课，四十七年如一日。我们都知道龙根本不存在，这么笼统的结论对头脑简单的普通人来说是足够了，却不能满足爱思考的科学家，因为虚无高等学院的人员根本不研究存在于世间的东西。关于是否存

1　源自萨特的哲学专著《存在与虚无》（L' Être et le Néant）。

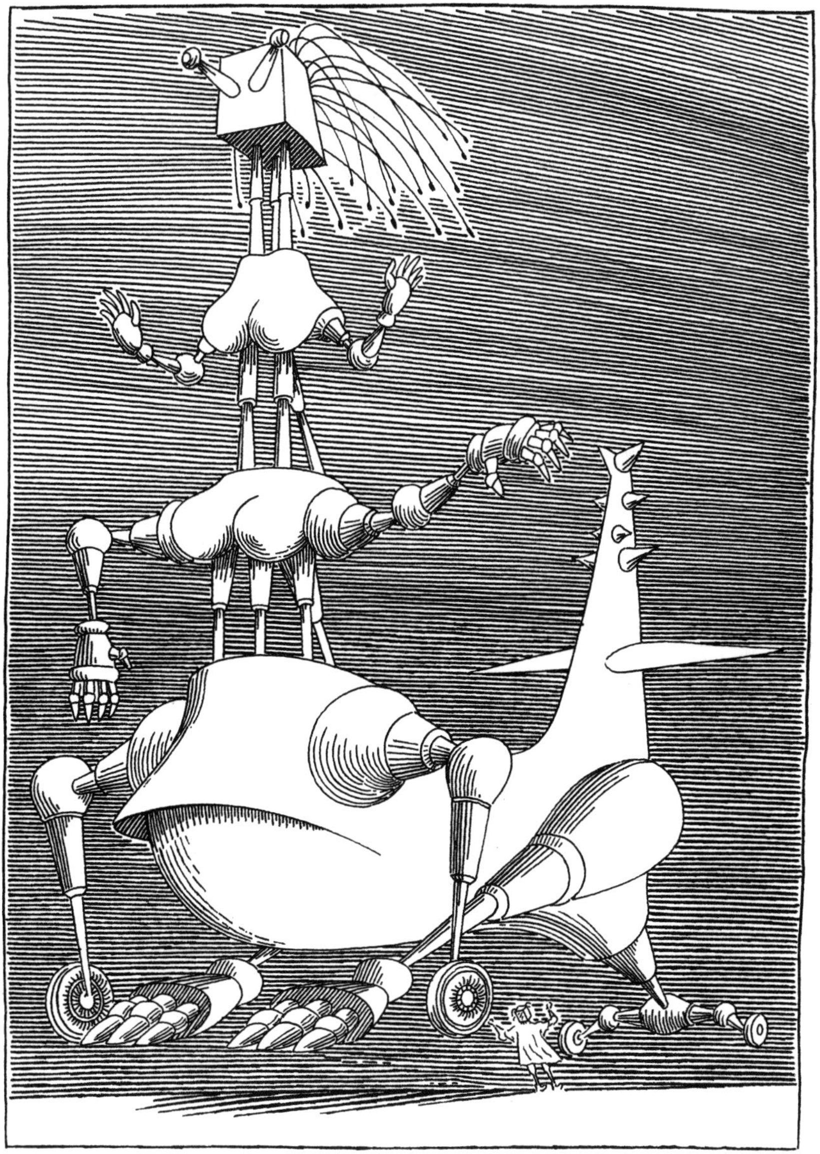

在的论证实在是太老掉牙了，为了这个课题再多写一个字都是白白浪费时间。天才教授凯莱布伦利用理论分析法研究，发现了零龙、臆想龙和负龙这三种不同种类的龙。就像刚才说的，这三种龙也都不存在，但是每一种龙的不存在方式却各不相同，零龙和臆想龙（专家们更喜欢称它们为零号和臆想者）的不存在方式可比负龙的不存在方式无趣多了。自古以来，龙学研究圈就有一个无人不知的悖论：曾经有两只负龙相交（与普通算术中的乘法类似的一种龙学代数），产生了一只约为零点六的数量不足龙。这时龙学学派分成了两大阵营，一派认为这条不足量的龙应该从头部开始计算，而另一派则坚持应该从尾部开始计算。向双方阐明他们的观点均有错误是特鲁勒和克拉帕乌丘斯在龙学领域的重大贡献，他们首次利用概率算法创建了概率龙学。该学说认为，从热力学的角度看，龙在统计意义上是不存在的，就像精灵、地精、矮人、侏儒和仙子一样。两位理论大师通过非概率性方程获得了小型精灵的形成系数，又计算出了一般精灵的形成式。然后通过所得的系数得出了这样一个结论：想要见证一头平均龙出现这一盛景需要先等十六个1024年再等上七个1042年。如果不是特鲁勒心血来潮决定要将这个结论通过实验的方式论证出来，恐怕这个结论永远都只是数学猜想中的一个未解难题。为了研究一种不可能存在的现象，特鲁勒发明了一台概率放大器，先在家中的地下室进行实验，然后在学院的资助和支持下来到龙基因试验田“龙田”进行实验。直到今天，那些对无概率存在理论一无所知的人还在问，为什么特鲁勒要制造出现龙的概率，而不是出现精灵或矮人的概率。他们是如此无知，因为他们根本不知道龙比矮人在概率上更具可能性。特鲁勒本来准备凭借丰富的经验和概率放大器的帮助大干一番，可是没想到第一次实验就让他身负重伤，突然出现的龙张开血盆大口，差点把他活吞。幸好当时克拉帕乌丘斯在场，连忙缩小概率，这条龙才消失了。之后，很多学者都反复进行了这项创造电子龙的实验，却不了解正确的步骤并且缺乏冷静的态度，相当大数量的龙卵在给他们造成了痛苦和伤害以后，就摆脱了他们，逃向了自由。直到这时，人们才发现，这些烦人的怪物的存在方式和一般的桌子、椅子、柜子什么的完全不同。龙非常与众不同，特别是在概率方面，它们一旦出现，概率就变得非常大。如果想对龙进行一次狩猎围剿，就算荷枪实弹的猎人都做好了射击的准备，他们最后也只会看到一块冒着臭气、烧焦了的土地，因为龙一旦感知到周围有危险，就会从现实世界逃进配置空间来自卫。当然，作为极其愚钝恶心的怪兽，它们这么做也是出于本能。无知的普通人无法理解这一点，需要看到这个配置空间才能相信，可是他们根本不懂，电子只在配置空间中运动，而且电子的出现也取决于概率，头脑清醒的人不会否认电子的存在。但是那些顽固不化的人比起不相信龙的存在更容易相信电子的不存在，至少电子不会张开大嘴把他们吞下去。

特鲁勒的朋友海博雷修斯是第一个将龙量子化的人。他确定了被称为龙粒子的单位，然后就像龙计数器一样，通过这个单位计算龙的大小；他甚至确定了龙尾巴的角动量，当然为此他也付出了惨痛的代价，差点连命都搭上。然而这些成就却令普通大众饱受龙的摧残，它们四处乱踩、捣乱，惹人生厌，还常常张开大嘴或者喷出火焰吓唬人，给普通人的生活制造了不少困难，甚至还在一些地方要求人们供奉处女供它们享用。尽管特鲁勒的龙没有做刚才提到的那些坏事，也不应该对它们一概而论，它们的行为基本与理论中一致，通过这个理论可以计算出它们尾巴的角动量。可是这一切又和普通大众有什么关系呢？谁会去在乎什么角动量？因为在他们看来，这些龙就是破坏了庄稼、给他们带来麻烦的坏蛋！所以不难理解，大家为什么不对特鲁勒的成就刮目相看，而是认为他作恶多端，有些极端的科学反对派还动手打了伟大的机器建造师。然而，这一切都没能阻挡特鲁勒和他的好朋友克拉帕乌丘斯继续研究这个项目的脚步。他们发现，从某种程度而言，龙的存在取决于它的情绪变化以及需求是否得到满足，而唯一清除龙的有效方法就是将概率降至零，甚至降到负值。然而众所周知，这样的研究需要花费大量经费和时间，而与此同时，已经出现的龙无法无天，猖獗乱窜，跑到其他星球上搞破坏。更糟的是，它们还在不停地繁衍后代。这个现象倒是让克拉帕乌丘斯写出了一篇题为《从龙到小龙的共变过渡——以物理禁止到强制禁止的过渡为例》的优秀论文，一经出版便在学界引起了巨大轰动。其实学界的专家还沉浸在有关穿着警服的怪兽龙[1]的分析和讨论中，凭借它的帮助，两位建造大师狠狠地报复了残暴的奥克鲁丘斯国王，为他们惨死在他手下的同行报了仇。而更为轰动的是，人们发现了一位名为“巨蜥之王”巴则利乌斯的建造师，他行走在银河中，经过的地方马上会有龙出现，哪怕那里对龙闻所未闻。当一个地方的龙多到成灾，人们被折磨得苦不堪言，甚至形成国难的时候，巴则利乌斯就会出现在统治者的宫殿里，开出高得离谱的价格，巧舌如簧地让国王同意他的条件，保证自己能把这些恶霸般的龙清理干净。他一般都能取得成功，但是没有人知道他是怎么做到的，因为他总是独来独往，一切清理行动也都是秘密进行的。他提供的灭龙成功担保只是出于统计学的概念，某一位君主付给他的金币酬劳虽然看起来金光灿灿，但实际价值也只是统计学概念中的“不错”而已。自此之后，气急败坏的巴则利乌斯都会残忍地用王水来

1　参见本书“第二次远行：奥克鲁丘斯国王的邀请”。

检查酬劳的含金量。一个晴朗的下午，特鲁勒和克拉帕乌丘斯在见面后就聊起了这位“巨蜥之王”。

“你听说过那个巴则利乌斯吗？”特鲁勒问。

“听说过。”

“你觉得他干的这些事怎么样？”

“我不喜欢。”

“我也不喜欢。你觉得他是怎么做到的？”

“他肯定用了放大器。”

“概率放大器？”

“没错，要不就是用了共振结构。”

“还有可能是龙生成器。”

“你说的是创龙机？”

“是的。”

“没错，非常有可能！”

“可是，”特鲁勒接着说，“如果真是这样，那可是犯罪啊！也就是说，他要随身携带这些龙，让它们保持潜在状态，概率接近于零，等他到一个地方安顿下来，观察好四周的环境，就创造机会，加大概率，直到它们几乎达到确定的形态，再把它们视觉化、实体化，完全呈现在世人面前。”

“的确如此。他非常有可能把矩阵中的 s 替换成了 a，这样龙就可以瞬间出现，而且是一条暴怒之龙。”[1]

“暴怒之龙也许是最可怕的事物了。”

---

1 “龙”（smok）这个词中的字母 s 替换为字母 a 后成为另一个词 amok，意为狂暴。这两个词组合在一起就是 smok amok，即“暴怒之龙”（smok z amokiem）。

“你觉得他是怎么把龙变没的？是把虚空制造器的功能取消抑或只是暂时减小概率，卷钱就跑？”

“不好说。如果他只是把概率降低，那可就是犯了更大的罪了。因为这样的零波动或早或晚都会让龙繁衍，而整个悲剧又会卷土重来。”

“可不是，到那时候他早就带着钱跑了。”特鲁勒不满地嘟囔道。

“你觉得我们是不是应该写封信通报龙事物规定总局？”

“不行，这可不行。我们没有确凿的证据，也不确定他是不是像我们想象的那样做了，也许他并没有。你也知道，哪怕不用概率放大器，统计波动也是可能出现的。之前不就有过没有调整矩阵、没有使用放大器而同样出现了龙的情况，这纯粹是随机的。”

“是这个道理，可是……”特鲁勒又嘟囔道，“可是只在他出现在星球上之后，才有龙出现！”

“的确如此，但是我们还是不能写这封信，毕竟他是我们的同行呀！要不我们自己来采取行动吧，你觉得怎么样？”

“可以！”

“太好了，我也这么想。但是我们要怎么做呢？”

两位对龙学也很有建树的大师开始了非常专业的讨论，不过普通人完全听不懂他们的讨论内容，他们说的都是非常专业的词汇，听起来简直像天书一样，比如“龙计数器”“无尾生物转化”“龙行动弱化”“龙的衍射与散射”“硬龙”“软龙”“处于唤醒期的龙”“巴则利斯克的非连续电磁波谱”“非理性范围内具有强烈负面情感龙的毁灭”等等。

经过一系列对各类现象的分析和研究，两位建造大师准备再次启程，开始第三次远行。他们做好了充足的准备，在飞船上装满了各种复杂的精密仪器。

最重要的是，他们带上了一台扩散器和一尊可以射出反龙物质子弹的特殊射击武器。在航行过程中，他们先后在安茨亚星、潘茨亚星、采鲁勒阿星着陆。他们忽然意识到，想要以这种方式把所有被龙祸害过的地区完全梳理一遍是不可能的，为了到达目的，他们可能不得不分头行动了。当然，这也可能是最简单和最显而易见的解决方式。他们短暂地商量了一下，便朝着自己的方向出发了。克拉帕乌丘斯先是在普莱斯托邦非常努力地干了很长一段时间除龙工作，普国国王自奇大帝表示，只要克拉帕乌丘斯能帮他们除掉这些怪物，他就愿意将女儿许配给他。普国到处都是最高概率之龙，甚至连王城的街道上都是，看起来仿佛是一片充满龙的海市蜃楼。当然，在一个无知的普通人看来，他肯定会说这儿根本没有什么“虚像之龙”，因为只要看不见，就说明没有，而且这些龙也没做什么要让他抗议的事。但是特鲁勒和克拉帕乌丘斯大师创造的计算方程清晰地显示，特别是根据龙波代数方程来看，一条龙从位形空间到现实空间的过程甚至比一个小孩从家到学校还容易。也就是说，无论是在房间里、地下室里还是阁楼上，随着概率的不断增加，每分每秒都有遇见龙的可能性，甚至还有碰见一条超级龙的可能性。

克拉帕乌丘斯没有追在龙的后面驱赶它们，因为他知道这样做没用。作为一位真正的理论大师，他要从方法论的角度去解决问题。他在广场上、街心花园里、谷仓里和城市中都安装了随机龙生成减速器，不久之后这些怪兽的出现率就大大减少了，达到了最低值。克拉帕乌丘斯拿好报酬、荣誉证书和锦旗，就出发去与他的好朋友特鲁勒会合了。途中他注意到一颗星球，那里有人正焦急地朝他挥手。克拉帕乌丘斯觉得特鲁勒可能在那儿遇到了麻烦，于是赶忙让飞船向着这个星球的方向降落，结果他发现，原来是特鲁福勒福星球的居民，也就是普斯特雷丘斯国王的臣民向他发出了信号。这里的人们有着数不尽的迷信和各种各样的原始信仰，信奉圣灵神龙教。他们相信，龙的出现是为了惩罚他们犯下的罪恶，而龙具有不洁的灵魂。皇家龙学家只会在龙出现的地方用熏香和分发圣体盒的落后招数"驱魔"，与他们讨论根本无济于事，所以在这片土地上更需要采取谨慎的方式。星球上其实只生存着一条母龙，但它却是最凶猛可怕的一种龙——厄克德娜[1]龙。他向国王自荐，表示愿意为国王除掉这条龙，但是国王没有立刻给出明确的答复，态度模棱两可，不用问就知道是受了那些荒谬可笑的教义的影响，真的以为龙的出现是一种超自然现象。克拉帕乌丘斯通过阅读当地报纸得知，一部分人认为这条在星球上作威作福的厄克德娜龙是独一无二的，而另一部分人则认为它可以分身成很多条龙隐藏在各个不同的地方。这倒是让克拉帕乌丘斯陷入了思考，不过也不稀奇，因为这些恶心烦人的怪物的定位本身就受制于龙近点角，而一些物种，特别是那些注意力不太集中的物种，经常在空间中变得非常模糊，其实这是跃迁偶极距同位旋加速后出现的普遍结果，好比从水底伸出一只手，起初只露出指尖，就像五个完全分离的独立个体，而从位形空间穿越到现实空间时，一条龙就像几个独立的个体，而实际上是一个个体。克拉帕乌丘斯第二次拜见国王时，在快要离开前，他问起了他的朋友特鲁勒是否来过这里，还非常细致地描述了特鲁勒的样子。国王竟然肯定了他的猜测，说特鲁勒的确在不久之前到过这片属于普斯特雷丘斯国王的土地，甚至也接受了除龙任务，拿好定金就前往了附

1　希腊神话中半人半蛇的怪物。

近的山区，因为那里经常能观测到那条母龙。第二天他就回来了，向国王展示了四十四颗龙的牙齿，作为自己打了胜仗的证据，并要求提前支付所有报酬。因为一些误会，国王没有立刻支付报酬，而是表示要在事情完全查清后再支付。特鲁勒气得火冒三丈，大吵大闹，口出狂言，把国王从头到脚羞辱了一通，头也不回地离开了，没有人知道他去了何方。从此以后，再也没有人听说过关于特鲁勒的消息，反倒是那条厄克德娜母龙又回来了，它照旧出现，就好像从没有消失过，只是更猛烈地破坏起了谷仓和城市。

克拉帕乌丘斯听得一头雾水，却很难怀疑国王这番言论的真实性。他只得重整行装，背起装满了最强有力的灭龙武器的背包，独自朝着那片屹立在东方，连绵起伏、白雪皑皑的山脉走去。

他很快发现了第一批龙爪印，不过就算不看到这些龙爪印，龙身上特有的硫黄味也会引起他的注意。他英勇无畏地大步向前，随时准备拿起斜背在肩上的武器，还时不时低头去看手中龙计数器上的指针。在某一瞬间，指针突然停留在“0”的位置上，令人不安地抖动起来，然后仿佛在推着一个看不见的阻碍物费力地前行，就这样缓缓地移到了“1.0”的位置上。克拉帕乌丘斯非常确定那条厄克德娜母龙就在附近，只是有一点让他非常疑惑不解。他怎么想也想不通，像他的好朋友特鲁勒那样知名的理论大师怎么会出现计算错误，最后没能实现目标，铲除这条母龙。更令他难以置信的是，既然没有信守完成任务的承诺，特鲁勒怎么还会回到普斯特雷丘斯国王的宫殿邀功请赏呢？

不一会儿，克拉帕乌丘斯就在路上遇到了一队当地人。他们看起来吓坏了，眼睛一直在四处乱瞟，几个人也都尽量紧靠在一起。他们被背上背的、头上顶的重物压弯了腰，迈着沉重的步伐往山上爬。克拉帕乌丘斯和他们礼貌地打了个招呼，拦住打头阵的人，问他们在这儿干什么。

“先生，”答话的人应该是个官阶非常低的皇家小官，身上的衣服破破烂烂的，满是补丁，“我们是给龙送贡品的。”

“贡品？都有什么贡品？”

“先生，贡品都是龙要求的，有金子啊，宝石啊，异域进口的香氛啊，还有好多其他贵重的物品。”

克拉帕乌丘斯彻底听糊涂了，因为龙从来都不会要求这些东西来做贡品。就算需要贡品，它们肯定也不会索取什么异域香氛，因为不管多么美妙的香氛也遮不住它们身上与生俱来的恶臭！还有，它们要那些钱干什么呢？它们根本没地方花，也不会花啊！

“这位老兄，那请问，龙有没有要求你们进贡童贞少女？”克拉帕乌丘斯又问。

“没有啊，先生，之前好像还要求过，大概是去年的时候吧，有时候一次要一打，有时候一次要十五个，这取决于它有没有胃口。但是自从这里出现了一个外人，我的意思是外族人，先生您知道吗？那个外族人自己在山里走来走去，还带着一堆东西，也不知道是仪器还是什么装置，就他自己，独来独往……”这位老实人突然不说话了，而且显得非常不安，目不转睛地盯着克拉帕乌丘斯的仪器和武器，特别是那只巨大的龙计数器的表盘。周围安静极了，只听到红色指针在白色表盘上“嘀嗒嘀嗒”来回跳动的声音。

“那个人！那个外族人也有和您一样的东西！”老实人用几乎颤抖的声音喊道，“他的那个也是这种‘嘀嗒嘀嗒’的，就和您这个一模一样……”

“哦，我这个是逛市集的时候无意中买的。”克拉帕乌丘斯看似随意地说着，想打消老实人的疑虑。接着他又问：“我亲爱的朋友，麻烦告诉我，你们知不知道那个外族人去哪儿了？他最后怎么样了？”

“您说的‘他最后怎么样了’是指什么呢？我们确实不知道，先生。不过有一次，大概两周以前……我没记错吧？嘿，巴尔巴伦老哥，是不是两周以前，不会更早了吧？”

“哎，对对对，你说得没错，不然又能怎么样呢？可能就是两周或者四周以前，没准还是六周以前。”

“对，您听着啊，先生，他走到我们面前，来到我们中间，还和我们一起吃了点东西呢！我跟您说，他可真是一个不错的人，彬彬有礼的，吃了东西还执意把钱付给我们，对我们表示感谢。他四周看了看，这儿敲敲，那儿拍拍，然后把东西都摊开来，摆出那些奇怪的设备，从仪表盘上抄录数据，双手上下翻飞，仔细地把数字一个接一个地抄在红色的小本子上，那个小本子他一直都贴着胸口放的，然后他拿出了一个——哎？老哥，那个东西叫什么来着，我想不起来了，温什么……温什么来着？”

“村长，温度计，对不对？”

“对对对，就是温度计！他把温度计拿出来，说是用来对付龙的，然后又戳戳这儿，杵杵那儿，在自己的小本子上抄录数据。先生，接着他又把那一大堆东西装进大包，装好以后背上包，和我们道了别就离开了。先生，我们真的再也没见过他。也就是那天夜里，突然发出一声巨响，天空中有什么东西闪着光，好像离我们很远，似乎是在美龙山后面——喏，就是那座山，先生您看见了吗？山顶上有一只雀鹰的那座，我们都把它称作‘普斯特雷丘斯大王山’，用我们伟大国王的名字来命名。您看，旁边那座山，看起来像是两个相拥的人，仿佛永远也不会背靠背，那座山叫帕谷寺塔峰，您知道这座山为什么叫这个名字吗？”

“老兄，我们能先不说这些山的事吗？”克拉帕乌丘斯打断了他，“您能不能告诉我，那天夜里发生了一声巨响，然后又发生了什么？”

“然后？然后就什么也没发生了，先生。那天的一声巨响过后，我的房子都被震歪了，我从床上掉了下来。不过我倒是已经习以为常了，有时候那条恶霸母龙会突然用尾巴撞向我的门，我也会这样。还有一次，那条母龙就想在巴尔巴伦家的门上蹭痒痒，当时巴尔巴伦的弟弟正在洗衣服，就被它一下子撞到了盛满衣服的洗衣盆里……”

“老兄，说重点，说重点！”克拉帕乌丘斯急得声音都提高了八度，“那天夜里发出了一声巨响，你从床上掉到了地上，然后呢？”

“我刚才已经说得很明白了，然后就什么都没发生了。要是真的发生了什么，或者我有什么还可以说的，也不是不能说，可是真的真的什么都没发生了，我真的没什么可说的了。喂，巴尔巴伦，要不你说说？”

“确实如此，就是这样的。”

克拉帕乌丘斯和他们点头告别，看着这一队人渐行渐远，他们朝着山脚下走去，依然迈着沉重的步伐，背着重重的献给龙的贡品。克拉帕乌丘斯想到了，他们肯定要把这些贡品放进指定的山洞，但是他不想再询问更多细节，因为他与那位老实的村长和那位巴尔巴伦的对话让他累得满头大汗，而且他还听到一个当地人对另一个说，龙就是选了一个离自己和他们都近的地方。

他加快脚步，选择了一条龙系数定位器指出的路，这个定位器他一直都挂在脖子上。当然，他也没有忘了他的龙计数器，但是计数器上的指针始终在“0”和“0.8”之间摇摆。

“这难道是一条变化莫测的神秘龙？”克拉帕乌丘斯一边赶路

一边想着，但他不得不过一会儿就停下脚步歇一歇，因为似火的骄阳就在他头顶上，阳光实在是太刺眼了，连空气都变得火热，路上的巨石也被晒得滚烫，甚至眼前的景象都有点模糊了。他放眼望去，一片可以遮阳的树叶都没有，只有一块块被晒得烫手的山石，向上堆积着，朝着山峰的方向。

一个小时过去了，大太阳好像落下去了一点，克拉帕乌丘斯继续踏过一块块碎石，沿着崎岖的山路，一步步向山里迈进。走着走着，他来到一道狭长的山谷中，这里又黑又冷，红色的指针慢慢地向“1.0”的位置颤抖、移动着，终于在“0.9”的位置停了下来。

克拉帕乌丘斯摘下背包放在岩石上，从里面拿出驱龙器，这时指针又开始剧烈地摇摆。他迅速拿出概率缩小器，用锐利的目光环顾四周，看到有什么东西在山谷深处的一个断截面上蠕动。

肯定是它！克拉帕乌丘斯心想。一定就是那条厄克德娜母龙！

他好像忽然明白了，这是一条母龙，所以它没有要求当地人进献贞洁的少女。可是也不对，明明之前她就要求过，也都欣然接受了啊。“太奇怪了，太奇怪了，不过现在最重要的任务还是消灭它，结束这一切！”他仔细地把各种可能性都想了一遍，又从包里取出一瓶灭龙剂，只要一喷在龙身上，就会有一团烟雾围住龙，把它变没。他又往石头边上挪了挪，向下看去。谷底干涸的小溪旁，一条巨大无比的灰褐色母龙正踱来踱去，只是两颊凹陷，肚子也瘪瘪的，好像挨了很长时间的饿。克拉帕乌丘斯脑海中充满各种念头，一时拿不定主意到底要怎么对付它：“也许我应该在龙矩阵中将正极符号标成负的，这样就会产生相消，得出的结果就是令非龙存在的统计概率大于龙存在的统计概率。但是会不会太冒险了？哪怕只出现一处细微的错误，得出来的就不是非龙，而是不止一条龙了，这样会导致更大的灾难。真是太悬了，一个小字母就可能酿成一场大祸！而且完全的去随机化会导致无法对厄克德娜母龙的属性进行研究。”想到这些，克拉帕乌丘斯很难做出决定，哪怕他心中憧憬着办公室里挂着一幅龙皮制作的装饰画的样子，最好就挂在书架和窗中间那里。当然，现在肯定不是做白日美梦的时候，但他还是禁不住想到，把这条龙交给一位品位超凡的龙生物研究学家也是不错的选择；他甚至还想到，如果能将一条保存完整的龙带回去，他肯定能通过研究写出一篇卓越的学术论文。一想到这儿，他把灭龙剂换到左手，用右手握起那把可以发射反龙物质的特殊武器，仔细瞄准，扣动了扳机。

犹如炸雷一般的一声巨响响彻山间，一朵珍珠色的蘑菇云腾起，遮住了克拉帕乌丘斯的视线。在一眨眼间，怪兽就消失得无影无踪。过了一会儿，烟雾也都散开了。

一直以来，很多关于龙的传闻都是胡编乱造的，比如“龙有七个头”。事实根本不是这样，龙只有一个头。如果它们有两个头，这两个头会立刻因为意见不合而开始激烈的争论。所以，那些被科学家称为多头机器的东西就是因为无法达成内部共识而灭亡的。龙天生顽固不化，又愚钝蠢笨，绝对容不得一点争执，如果一个身体上能长出两个头，这两个头除了让身体死得更快，就真的别无他用了，因为每个头都想给对方使坏，比如一个头会绝食，或者另一个头故意屏住呼吸，结果可想而知。爱吾福留斯正是利用了这一现象，才发明了反龙物质大炮。这种大炮会向龙身上发射小巧的电子龙头炮弹，一旦接触到龙的身体，这些头就会长在上面，引起矛盾和争吵，导致这条龙瘫痪，过不了多久，龙的身体就会变得僵硬，在一个地方一动不动，耗上一天、一周，有时候是一个月。有一次，过了整整一年时间才把龙的所有精力都耗光，在这段时间里，可以想怎么摆弄这条龙就怎么摆弄。

但是克拉帕乌丘斯碰到的这条龙，行为非常诡异。它后爪发力，一跃而起，发出一声嘶吼，震得大块岩石都裂开了，许多小碎石块滚落下来。它用尾巴拍打着山中的巨石，激起了许多小火花，闪耀在整个山谷之中。随后，它却挠了挠耳朵，清了清嗓子，淡定地继续向前走去，只是步伐变得很急。克拉帕乌丘斯简直无法相信自己的双眼，他顺着山脊继续追击，抄了一段近路朝那条干涸小溪的源头跑去。这真的太神奇了，已经不是一篇小论文就能写清楚的了。眼前的这一切不仅值得在《龙界学报》上发表论文，更值得出版一本装帧精美的专著，最后还要附上作者和龙的合影。

克拉帕乌丘斯突然在山路拐角处蹲了下来，将非概率扫射枪举到眼前，瞄准龙开启了概率弹道稳定器。枪管在他手中抖了一下，一股白烟喷薄而出，武器烫得吓人，把龙笼罩在一圈如月亮般明亮的光环中，而且光环并没有四散而去。克拉帕乌丘斯又射了一发“极限无概率之弹”，一只刚好飞过的蝴蝶也被笼罩，竟然开始用翅膀敲出摩尔斯电码，写起了《丛林之书》的第二部，而在悬崖峭壁上出现了小仙女、巫师和女妖，四处都回荡着半人马清脆的马蹄声，这是令人难以置信的非概率扫射枪的强大威力令它们出现了。可是那条龙却毫无变化，像什么事也没发生一样，只是坐下来打了个哈欠，又开始用后爪抓挠那条松弛的脖子。克拉帕乌丘斯手中的枪已经灼热到差点烧坏他的手指了，他不顾一切地再次扣动扳机。他此生从未遇到过如此奇怪的事！一枪开出，周围的石头都被慢慢地震上了天，灰尘四起，可是那条龙却毫发无伤，依然在挠痒痒，难道它不应该立刻被降服吗？这时，空中忽然出现了一行清晰的大字：愿为伟大的博士效劳。天色暗了下来，因为他们已经从白天打到晚上了，几块巨大的岩石竟然移动起来，甚至开始窃窃私语，如果要用一句话概括此情此景，那就是奇迹出现了。但是这头可怕的怪物却静静地趴在三十步开外的地方，显然没有消失的打算。克拉帕乌丘斯把扫射枪扔在一旁，一把拽出一颗灭龙手榴弹，将灵魂注入无限转换矩阵，狠狠地向前掷去。犹如一声炸雷，石块飞溅，随着碎石块一起被炸飞的还有龙的尾巴，而龙却发出人的声音："啊，好疼。"飞快地冲着克拉帕乌丘斯奔过来。克拉帕乌丘斯知道这是决一死战的时候了，他猛地跃起，挥起那柄特殊的反龙物质短枪就向龙砍去。就在这时，他突然听到一声大喊："别，别杀我！"

"龙会说话了？"克拉帕乌丘斯以为自己要么听错了，要么就是疯了。可他还是问："是谁？是谁在说话？"

"什么龙会说话了，是我在说话！"

成团的云雾尘埃渐渐散去，特鲁勒从里面走了出来。他摸了摸龙脖子，又把什么东西拧上了，伴着一阵长长的出气声，这头庞然大物缓缓地倒下了。

"这到底是怎么回事？到底是什么意思？这条龙是哪来的？你为什么要伪装成龙的样子？"克拉帕乌丘斯问出了一连串问题，想尽快解开心中的一个个谜团。特鲁勒拍了拍身上的尘土，慢慢地走向了自己的好朋友。"哪来的？怎么回事？怎么弄的？你给我一点点时间，我慢慢说给你听：我把那条龙消灭了以后，国王却不想付报酬。"

"为什么？"

"肯定是因为吝啬，我也不知道。反正他把这一切都怪到政务系统的官僚作风和烦琐的程序上，说必须要有一份警署公证过的死亡证明和一份具体的报告书，还要请法医验尸，召开三次审议会；而财务大臣却说，不知道该怎么支付报酬，因为这既不属于国库支出，也不属于个人酬劳。总而言之，我求了又求、请了又请，可是无论是国王还是财务大臣都不愿意和我说话。最后，他们让我提交了一份贴着照片的个人简历，而那条龙已经是不可挽回的状态了，所以我扒了龙皮，砍了树枝，在上面绕了一些电线，其实也不需要什么复杂的工序，然后我就钻了进去，你明白吧，我开始假装……”

“你不应该这样啊！你怎么能做这么不上档次的事呢？既然他们没付钱，你为什么要这么做？我实在不明白。”

“你怎么那么傻啊？”特鲁勒耸了耸肩膀，笑着说，“他们不是要向我进贡吗？我收下的贡品早就超过了酬劳的价值了！”

“原来如此，”克拉帕乌丘斯恍然大悟，接着说，“但是你这么做可真是太不体面了……”

“有什么不体面的？再说了，我做什么坏事了吗？我每天只是在山中散步，有时在晚上嚎叫几声。再说了，我都快累死了。”特鲁勒在克拉帕乌丘斯身边坐了下来。

“你为什么会累呢？嚎叫得太累了？”

“嚎叫？你是不是都快不知道一加一等于几了？当然不是因为嚎叫得累了，我每天晚上都必须把那只装满金子和宝石的大袋子拖上山，就在那儿，你看到没？”他指着远处的山脊，“我在那儿建造了一座发射台。你试试每天拖着这么大一袋金块从黄昏走到黎明，你自己看看累不累！再说了，这条龙本身也很沉，一层龙皮就有两吨重，我整天都得披着龙皮，白天跳来跳去，晚上搬运重物。你能来，我可真是太高兴了，我已经受够这种生活了……”

“可是这条你钻进去假装的龙，为什么在我把概率降到最低点，甚至都要出现奇迹时，却没有消失呢？”克拉帕乌丘斯心中还有尚未解开的疑惑，特鲁勒也面露难色。

“其实是以防万一，”特鲁勒解释道，“我就怕在这儿碰上某个愚蠢的猎人或是那个巴则利乌斯，碰上他我可就倒霉了，所以我钻到里面，在龙皮底下装了一个反随机概率护盾。好了，我们快走吧，我那儿还有几袋铂金呢，那些铂金比什么都沉，我自己可拿不动。正好你来了，能帮我一起扛……”

第四次远行：
一场特鲁勒制造创女机来帮助潘塔克特克王子脱离爱情苦海不成，又不得不使用婴儿炮弹的奇妙之旅

天还没亮，沉浸在甜蜜梦乡中的特鲁勒突然被一阵强有力的敲门声惊醒，好像来访者要把门拆下来似的。他睡眼惺忪，一边揉着眼睛，一边打开门，映入眼帘的是一艘映衬在灰蒙蒙的天空下的巨型飞船。这艘飞船降落在他的窗前，看起来像一座宝塔糖[1]山，又像一座飞翔的金字塔。长长的一队机器骆驼背着重重的包裹，沿着宽阔的甬道，最先从这个庞然大物里走了出来。接着，一些裹着头巾、身披长袍、全身刷了黑漆的机器人飞快地到达特鲁勒的家门口，只用几秒钟的时间就把包裹卸了下来，快到特鲁勒都来不及看清楚。那些鼓鼓囊囊、就快被撑破的麻袋就像堤坝一样堆得高高的，把他包围起来，但在中间还是留了一条狭窄的通道。一位风度翩翩的电子骑士沿着通道向特鲁勒走来，他的眼睛如天上的星星一般耀眼，雷达天线弯曲向上指着天空，缀满宝石的披风迎风舞动。这位气宇轩昂的来访者将披风搭在肩膀上，摘下礼帽，

1　一种圆锥形的糖果，曾用于驱除蛔虫。

用掷地有声却又如丝缎般柔软的声音说:“我是否有幸能与伟大的建造大师特鲁勒先生谈一谈?”

“嗯……我就是,或许您……您想不想进屋来……实在太不好意思了,家里特别乱……而且我也没料到,您看我……我还在睡觉……”特鲁勒语无伦次,手忙脚乱地抓起一件朴素的罩衣披在身上,因为他意识到自己就穿了一件睡衣,而且是一件早就应该扔进洗衣盆的睡衣。

气度非凡的电子骑士却好像没注意到特鲁勒衣着上的欠缺,他再次脱帽,巨大的头顶发出嗡嗡的震动声,随后他迈着优雅的步伐随特鲁勒走进屋中。特鲁勒赶忙致歉,表示要失陪一会儿。急急忙忙地冲了个澡以后,他三步并作两步地从楼上跑下来。窗外的天色渐渐亮了起来,旭日的白光照在黑衣机器人的身上,他们围着特鲁勒的住宅和金字塔飞船分列四队,唱起了一首曲调优美却又略带忧伤的古老奴隶之歌《你曾去向何方》。特鲁勒朝窗外望了一眼,坐到来访者的对面。来访者用如钻石般闪亮而锐利的目光望着特鲁勒,说:“伟大的建造大师,您可知道,我是从那颗正在遭受中世纪黑暗的星球最深的中心来到您这儿的?请您别介意,我这么不合时宜地降落,打扰了您的美梦;也请您谅解,我们真的没有计算出,也没有预料到,我们降临到您家门口的时候,您的星球还是夜幕低垂,黎明还没有来临。”

说完这番话,他清了清嗓子,那声音就像是有人在用口琴吹出轻快的音符。他继续说:“我的君主、我的主上——如星辰般光辉璀璨的普罗特鲁丁大帝,统一伊奥尼亚和伊庇鲁斯之主,阿乃乌利亚的继承者,单思亚国、双普洛斯亚国、三尖树之国的皇帝,巴尔诺马利维亚、埃博尔斯、克兰普恩德拉三国大公,艾乌思卡尔皮亚、特朗斯菲奥里亚、佛尔特朗斯米娜三国贵族,咪咪喵喵圣骑士[1]，刘海特日豚茨基、远古惊叫冠军斯基、彻底漂白夫斯基三大家族的巴罗恩超凡贵族，自给自足的马泰丽雅、海泰丽雅、爱泰丽雅及卡泰丽雅[2]的统治者——派我来到您这儿，以他的名义诚挚邀请您——智慧的大师——光临我们的国度。您是我们的希望之神，也是唯一一个能够救我们于水火的人，因为帝位继承人潘塔克特克王子不可救药地产生了一段孽缘。”

“可是……我没有……”特鲁勒刚要说点什么，风度非凡的来访者就轻轻抬手示意特鲁勒稍等片刻，因为他还没有说完。那个刚劲有力的声音继续说：“为表达对您能够拨冗倾听困扰我们的难题、能够在百忙之中奔赴我们的国度救我们于危难的谢意，伟大的普罗特鲁丁大帝向您保证并做出郑重承诺，下面将由我来传达口谕：我将终身为您——伟大的建造大师——提供取之不尽、用之不竭的财富与荣誉，还将对您委以重任，在您还没有抵达之前，册封您为——”高贵的来访者站起来拔出利剑，继续传达口谕，但是他每说一个词，那把利剑就在特鲁勒的脊梁上点一下，吓得特鲁勒双肩颤抖。“我将册封您为——皇家侯爵、穆尔伟大拉乌皮亚国大公、阿波密乃恩茨亚星主使、恶心与快乐星球伯爵、特拉比松帝国贵族、八棍王、贡德与隆德公爵、佛兰德亚和普鲁西亚最高长官，我还将封您为无止境修道院大主教和培土、镁土及塔姆塔雷土三邦总督。您将享有一切最高特权，在清晨和黄昏时分将享有鸣二十一响礼炮的待遇，用毕午膳将为您奏响小号，将授予您永恒贡献十字勋章，您的功绩将被镌刻在一排排乌木上、一面面板岩上以及

1　将波兰最常见的猫的名字与圣骑士相搭配，形成鲜明而荒诞的对比。

2　指古希腊交际花或高级娼妓，故译为丽雅，与代表国家名字的“利亚”相区分。

一块块金子上。刚才我斗胆堆在四周的麻袋，也是我们伟大的君主要我带来给您的，小小礼物，不成敬意。”

外面堆着的麻袋已经快把窗户挡住了，甚至阳光都很难照进屋子里。高贵的来访者结束了他的发言，刚刚抬起的那只手却还没有放下去，也不知道是不是他忘了。特鲁勒见他一言不发，便说：“普罗特鲁丁陛下给予厚爱，我深表感激，但是我对处理恋爱的事不是特别在行，而且……”他一抬头就撞上了高贵的来访者如钻石般的目光，“您能否说得更详细一点，到底需要我做什么……”

高贵的来访者点了点头，说：“事情其实很简单，我的大师！我们的王位继承人爱上了邻国阿拉乌不拉利亚唯一的王女阿玛兰蒂娜公主，不过两国之间素有世仇，积怨已深。我们伟大的君主抵不过儿子百般哀求，终于屈尊向阿拉乌不拉利亚国王提出了想要迎娶公主的请求，当然他得到的是毫无回旋余地的拒绝。自此已经过了一年零六天，王子眼神暗淡无光，神志涣散，没有任何办法能让他回归理智，而您就是我们唯一的希望，犹如点亮黑夜的一盏明灯！”

说完以后，使者深鞠一躬，特鲁勒吓得差点呛到，干咳了几声。他又望了望窗外整齐列队的士兵，声音虚弱地说：“我实在想不出来自己能为您出什么力，但是，如果您……嗯……如果国王有这样的需求，我其实可以理解……”

“就是您理解的意思！”使者大叫一声，拍了拍手。金属与金属相碰，发出震耳欲聋的声音，立刻就有十二名穿着炮兵铠甲、暗如黑夜的士兵冲了进来，架起特鲁勒——更准确地说是抬着特鲁勒——掳上了飞船。飞船射出二十一响礼炮，起锚升空，船身上的旗帜迎风招展，消失在茫茫苍穹之中。

在飞船的航行过程中，这位担任皇家事务大总管的使者向特鲁勒详细讲述了王子的那段浪漫曲折的爱情故事。到达之后，先是热烈的欢迎仪式，特鲁勒穿过处处插满欢迎彩旗和挤满欢迎人群的首都，开始了机器人建造工作。他将美丽的皇家花园作为工作驻地，花了三周时间把花园中的冥想寺改装成了一座怪异无比的建筑物，从上到下都是用金属、电缆和闪着强光的显示屏制作而成。就像特鲁勒向国王解释的那样，这是一台创女机[1]，集教练和可以发出反馈的全方位爱人两个角色于一身。每个被置于装置中心的人都可以在这里一次性体会到宇宙中所有女性的美好特征：魅力、魔力、心动、耳鬓厮磨、甜蜜拥吻和爱意绵绵。这台创女机的输出功率高达四千万爱瓦[2]，融入情欲电磁波谱的有效利用率可达百分之九十六，如果以一直沿用的情里[3]为计算单位，每一个远程控制的激吻都可以实现六条激情光谱的发射。这台创女机中还装有可逆式狂恋发射器、瀑布模型式含情脉脉加强仪以及自动一见钟情机，加上这个自动机是因为特鲁勒研究了那位创造了“毫无预兆坠入爱河磁场理论”情爱大师阿芙罗东土斯博士的著作。

这台精良完美的创女机还配有如快速调情装置、追求调节器以及全套拥抱、爱抚设备等辅助装置，在外面还有一个独立的玻璃小房子，里面挂满了巨大的表盘，可以通过表盘上的数据追踪到每一次失恋的治愈过程。根据测试数据显示，创女机可以提供成功率高达百分之九十八的持久爱恋。由此可见，王子拯救计划

---

1 由 kobieta（女性）和 tron（创）复合而成。

2 测量爱的功率单位，由 mega（百万）和 amor（拉丁语中意为爱）复合而成。

3 测量爱的射线发射长度的单位，由 kilo（千米）和 mił（源自 miłość 一词，意为爱）复合而成。

的成功率是非常高的。

四十位王公贵族苦口婆心地劝了王子四个小时，才又拉又拽地把十分不情愿的王子请到皇家花园的冥想寺中。他们态度坚决，但也不能不顾及君臣有别，还是要对王子毕恭毕敬，王子却一点也不想脱离这场苦恋，对这些来劝说的忠臣又踢又踹。终于，在一大堆羽毛枕头的帮助下，王子被推进了创女机。他一进去，舱门就紧紧地关了起来。特鲁勒心情忐忑地按下启动按钮，哆哆嗦嗦地开始倒数："二十，十九……十……"突然他大喊一声，"零！启动！"所有爱欲装置同步启动，开足马力，带着深陷爱情苦海难以自拔的王子运转起来。特鲁勒目不转睛地盯着玻璃房子里的仪表盘，盯了几乎一个小时，表盘上的指针都在情感指数负荷最强处颤抖着，没有任何减弱的趋势和变化。特鲁勒开始担心这次失恋治愈能否成功，然而此时他也束手无策，只能检查仪器中的各项指数，比如激情巨吻是否会落到该落的地方、爱情离散指数是否过高以及拥抱爱抚的系数是否准确，耐心地等待结果。特鲁勒必须保证一切仍在正常范围之内，因为创造这台机器的目的不是要让王子将他对阿玛兰蒂娜的一腔痴情转移到机器上，而是要让他彻底脱离这片爱情苦海。终于，机器的舱门在一片静寂中悄然打开。舱门四周所有用来确保舱门密封的巨大螺丝钉被拧下来以后，一股甜美的花香扑面而来，奄奄一息的王子在一大丛弯垂的玫瑰花的映衬下摔了出来，花瓣漫天飞舞，到处都散发着令人心悸的爱的味道。等候多时的大臣一拥而上，赶紧扶起虚弱的王子，却听到王子用气若游丝的声音从惨白的双唇中吐出一个词：阿玛兰蒂娜。特鲁勒一听就低声咒骂着，他知道自己的一切努力都白费了。事实证明，王子那疯狂的爱恋胜过了创女机中的激情巨吻和深情相拥的总和，而神志不清的王子头上佩戴的爱欲测量表在显示为一百零七度后，“嘭”的一下就爆炸了，里面的水银四处飞溅，像一朵朵被爱情灼伤的小花，不知所措地滚落在地。第一次试验彻底失败了。

特鲁勒气急败坏地回到公寓，要是有人看到他这副又沮丧又生气、在房间里不停踱步的模样，估计会以为他疯了，甚至要替他叫救护车。此时的皇家花园也乱成一团，一些准备去修补围墙的石匠因为好奇悄悄溜进了创女机，却不知怎么启动了机器，四溅的激情火花引起了巨大的火灾，只好叫来消防队员灭火。

特鲁勒准备了第二套方案，制造出除爱机和平凡仪。然而第二套方案——我们不兜圈子——也失败了：王子对阿玛兰蒂娜的爱非但没有减少，反而更坚定、更强烈。特鲁勒又把自己关在房间里踱来踱去，步数加起来可以绕城几周了。他边走边读专业书籍，读到烦恼时就狠狠地把书朝墙上砸去。第二天一大早，他让皇家事务大总管转达觐见国王陛下的请求，一进宫殿就说：“至高无上的国王，仁爱慈祥的陛下，我设计的除爱系统已经是可行范围内最强大的系统了，王子殿下却还是不能忘掉爱恋——这是我要向您禀报的事实。”

国王一言不发，内心彻底崩溃了。特鲁勒继续说：“当然，我可以按照已有的各项参数合成一个阿玛兰蒂娜来欺骗王子，但是王子迟早都会发现这是赝品，因为真正的阿玛兰蒂娜公主身边发生的事情也会传到王子耳朵里。所以现在看来，唯一的出路就是王子必须迎娶阿玛兰蒂娜公主。”

“唉，你这个外族人，真的什么也不懂！问题的症结就在于，阿拉乌不拉利亚国王无论如何也不会将他的女儿许配给我的儿子！”

“如果他能被说服呢？如果他作为战败的一方不得不祈求和

解，希望得到您的宽恕呢？”

“啊哈，我知道你要干什么，你就是要我们两个大国陷入一场血战，而这样的战争也不能保证我的儿子可以娶到公主！你要说的解决办法肯定行不通！”

“伟大的国王陛下，我早就料到您一定会反对战争！”特鲁勒非常平静地说，“但是战争的形式是多种多样的，我想出来的战争绝对不会有流血牺牲的现象。我们根本不会用武力侵略阿拉乌不拉利亚，我保证没有一个公民会受伤牺牲，而且结果是恰恰相反的！”

“你说的是什么意思？到底是什么样的战争？”国王听完后疑惑不解。

特鲁勒迈步走到国王跟前，贴着他的耳朵把计划告诉他。国王郁郁寡欢的面色终于渐渐明朗起来，高兴地大声说：“快去做吧！就按照你想出来的计划，我可爱的外乡来客！我会竭尽所能支持你的！”

根据特鲁勒的计划，整个国家的车间和厂房都立刻按要求运转起来，铸造了大量火力强大的扫射炮，但是没有人知道它们是干什么用的。铸造好的大炮被一一排列好，炮口都罩着防护网，特鲁勒夜以继日地在皇家赛博基因实验室里忙碌着，十分谨慎警觉地检测着一口口神秘的巨大坩埚，里面热气蒸腾，咕噜咕噜煮着一些更为神秘的混合物。有间谍想要秘密跟踪特鲁勒看看他在做什么事，除了听到回荡在大门紧闭、锁了四道保险栓的实验室里的一两声呜咽，看到学生和助理们马不停蹄地拿着堆成小山的尿布跑进跑出，他们什么也没有打探到。

一周后的午夜时分，炮弹开始发射。经验丰富的老年炮手把一枚枚精心制作的炮弹装入炮筒，整齐划一地抬起炮筒，瞄准同一个目标，朝阿拉乌不拉利亚国王的白色星球开火。这些炮弹射中后，带来的不是死亡，而是新生，因为特鲁勒让他们发射的都是新生婴儿，成千上万数也数不清的婴儿就像一条条不停蠕动、咿呀学语的肉虫，由大炮投向阿拉乌不拉利亚。这些小生命在落地之后迅速长大，紧紧地贴在行人身上，或者赖在马车上。他们数量巨大，发出响彻云霄的“妈妈”“粑粑”“饿饿”和“屁屁”声，把大气层都震碎了。如洪水般涌入的婴儿让国家经济难以维持，每个人似乎都逃不过这灭顶之灾，而一个个胖乎乎、笑眯眯的小宝宝、乖娃娃还是从头顶的天空不停地落下来，从白天到黑夜毫不停歇，尿布漫天飞舞、铺天盖地。过了不久，无奈的阿拉乌不拉利亚国王就请求普罗特鲁丁大帝原谅。普罗特鲁丁大帝表示，只要他的儿子能与阿玛兰蒂娜公主完婚，他就立刻叫停这次炮弹战争，阿拉乌不拉利亚国王立刻同意了这个条件。普罗特鲁丁大帝马上命令停止发射婴儿炮弹，特鲁勒为了安全考虑，也亲手拆毁了创女机。特鲁勒身着缀满钻石的华服，手握皇家总督权杖，作为首席男傧相担任这场盛大而喜庆的婚礼的主持工作并致祝酒辞。结束后，他满载着普罗特鲁丁大帝和阿拉乌不拉利亚国王奖赏给他的荣誉证书、勋章和锦旗，驾驶飞船荣归故里。

第五次远行：巴莱雷恩国王的恶作剧

巴莱雷恩国王折磨自己的臣民绝对不是因为他残暴凶狠，只是因为他是一个爱玩的人罢了。他从不喜欢荒淫无度的夜夜笙歌，他心中最喜爱的是那些天真可爱的小游戏，比如石头剪刀布、“猜猜我手里藏着什么”、纸牌游戏或是猜谜语游戏，这些都能让他彻

夜不眠地玩耍，而他最最钟爱的还是捉迷藏。每当要下达什么重大决定时，或者在签署国家文件、接受外星使臣觐见、接见某位朝中重臣之前，国王都会藏起来并下令别人找到他，如果找不到，臣民们就会面临十分严峻的刑罚。这时，就会看到满朝文武奔跑于王宫的各个角落，敲敲墙壁听听里面的声音，把国王的宝座翻过来倒过去找个几遍，仔细寻找国王是不是藏在护城河里或者城堡的高塔上。寻找的过程有时需要很长时间，因为巴莱雷恩国王想出了很多不可思议的新藏身地。有一场原本要开打的重大战争也因为捉迷藏而没能爆发，就因为国王在自己身上粘满了小玻璃块和耀眼的亮片，假装成一盏水晶吊灯在王宫房顶上挂了三天三夜，他看着下面慌乱作一团四处寻找他的大臣们，还捂着嘴偷笑。每次捉迷藏找到他的人都被授予“皇家伟大发现者”称号，目前拥有这一称号的人已经有七百三十六个了。想要获得国王赏识的人必须用一个新奇的游戏打动他，这个游戏必须是国王闻所未闻的。要想做到这一点其实并不简单，因为巴莱雷恩国王可以说是这个领域的专家，他对从古至今的各种游戏了如指掌，不仅是那些年代久远的游戏，他对于那些最新流行的游戏（比如赛博竞技游戏）也很在行。他时不时还会说，世间的一切都是游戏、都是玩具，甚至他的王位也一样，只是游戏。

这句未经深思熟虑的话一出口就惹恼了皇家委员会的成员们，特别是资深成员——大贵族帕帕戈斯特，他认为国王说出这样的话就是对任何事物都不尊重、不敬畏，甚至对于自己至高无上的王权和尊严也是这副玩世不恭、毫不在乎的样子。

当国王毫无理由地宣布要开展猜谜语游戏的时候，所有人都陷入了巨大的恐慌。他从很久以前起就对猜谜语游戏非常热衷，在加冕典礼时出的谜题就难住了皇家大首相：主祷文和矩阵集合有什么联系和区别[1]？

国王很快意识到，他给这些大臣出谜题，他们根本不会特意费神思考谜底，而是不管三七二十一，随便就给出答案。这让国王非常生气，直到他将猜谜语游戏的得分情况与职务任免挂钩，这种不假思索就乱猜的现象才得到些许改善。降职和奖赏不停出现，整个朝廷上下，不论愿意与否，都必须参与国王想出来的游戏，然而很多高官却企图作弊来蒙骗国王，赢得游戏。巴莱雷恩国王脾气再好，也无法容忍这种行为，比如皇家盖特曼[2]大元帅就因为在宫殿中答题时被发现胸前铠甲里藏着小抄，所以被流放了。其实他藏得很隐蔽，要不是他的一个老对头将军向国王告密，他是绝对不会被发现的。皇家委员会主席帕帕戈斯特也因为无法回答“世界上最黑暗的地方在哪里”这道题而丢了官职。随着时间的流逝，王室委员会完全由全国最精通填字游戏和最擅长猜字谜的人组成，部长们每天走到哪里都带着百科全书，手不释卷。到了后来，竟然变成国王还没说完谜面，这些大臣就已经能脱口说出正确答案。其实这也没什么稀奇的，无论是大臣还是国王自己，都是《政府日报》的忠实读者。这个国家的《政府日报》和别的国家写满冗长无趣的条款和管理工作报告的报纸完全不同，里面的内容几乎都是猜字谜和各种小游戏。

然而年复一年，国王越来越不愿意思考了，所以他又回归到了自己第一个最喜欢的游戏——捉迷藏。有一天，他突然兴致勃勃地宣布，如果有人能给他找到世界上最好的藏身之地，他就要赏赐

1　“圣经主祷文集”（pacierz）和“矩阵集合”（macierz）这两个词只差一个字母，而且都具有集合（文集、数字集合）的含义。

2　波兰军队指挥官头衔，地位仅次于国王。

给这个人一件非比寻常的宝贝——赛博利亚族人的王冠钻石，而巴莱雷恩就是赛博利亚的国王。那是一颗价值无法估量的珍贵宝石，几个世纪以来都不曾有人有幸见过这个宝贝，因为它一直被锁在皇家宝库中。

无巧不成书，特鲁勒和克拉帕乌丘斯这一次远行正好来到了赛博利亚。这里到处都在流传国王悬赏的消息，所以两位大师也很快从他们留宿的那户当地居民口中知道了这件事。

第二天一大早他们就来到宫殿，想告诉国王他们知道世界上最神秘的藏身之地，这个地方绝对是任何其他地方都无法匹敌的。然而王宫门口挤满了想要获得奖赏的人，他们把那里围了个水泄不通。这可让两位大师感到有点不悦，他们悻悻地回到住处，想着第二天再来碰碰运气。不过他们知道，仅靠碰运气是不够的，所以两位聪明的大师也不得不付出一些“努力”：特鲁勒在碰到每一位想要拦住他们的守卫和大臣时，就悄悄地往他们手里塞一枚厚重的银币，如果一枚不足以让他们通过，就再塞一枚更大更厚的银币。就这样，五分钟都不到，他们已经成功地出现在王宫大殿里，站在巴莱雷恩国王的面前。国王听说这两位智慧超群的大师来到他的国家就是为了把那个完美的藏身之地告诉他，简直喜出望外。尽管巴莱雷恩国王在最开始并没有马上听明白两位大师所讲的方法，但是他那自儿时就被各种难题反复锻炼的大脑没一会儿就弄懂了两位大师的意思。国王兴奋无比地从宝座上走下来，向他们承诺一定会赐予他们无尽的特权，并且他表示，如果两位大师能够让他立刻尝试他们的秘方，那么大奖一定属于他们。克拉帕乌丘斯本不愿意与国王分享秘方，他小声嘟囔着，说应该先签署一份正式的协议，写在带有流苏的精美羊皮卷上，还得盖上国印。可是巴莱雷恩国王并不罢休，坚持己见，一边殷切地恳求，一边还发下毒誓，一定会对给他们重赏。特鲁勒和克拉帕乌丘斯听到这里，也不得不让步了。特鲁勒从随身带着的小箱子里掏出一个不可或缺的装置摆在国王面前，其实这项发明和捉迷藏没有一点关系，但在这里却大有用武之地。这是一台可移动的便携式双向人格交换器，也就是一台带有反馈系统的装置，可以迅速地将任意两个人的意识进行交换，而且操作也非常简单，只需要在头上戴上这台看起来像牛犄角一样的装置，想和哪个人交换意识，就用这对犄角去触碰那个人的额头并轻轻施以压力，这时装置就会启动，发出两串相对的闪电脉冲。头戴装置者的人格会通过一只犄角发出的脉冲流向另一方，而另一方的意识则通过另一只犄角流入到头戴装置者脑中。也就是说，头戴装置者的记忆会被全盘移出，其大脑中的空白又会由另一方的记忆来填充完整。为了向国王展示这台装置应该怎么用，特鲁勒把这台装置套在自己头上来做示范，他将装置上的两个犄角靠近国王的额头，可是没想到巴莱雷恩国王也激动地把自己的额头用力向前贴过去，一下子就触发了装置的开关，瞬间引起了一次人格交换。这一切发生得太快了，而且特鲁勒从来没有在自己身上试验过这个装置，他根本没发现交换已经完成了。站在旁边的克拉帕乌丘斯也没发现，他只是觉得奇怪，特鲁勒怎么突然不再继续他对于这台装置的讲解了，但巴莱雷恩国王却接着特鲁勒没说完的话继续说了下去，还提到了“记忆分支的非线性转换能力”和“人格通过绝热反馈通道的流通”等专业术语。国王用他尖锐的声音高谈阔论着装置的使用方法和原理，在接下来的几秒钟里，克拉帕乌丘斯却突然反应过来了。大事不妙！而此时的巴莱雷恩国王——确切地说是已经在特鲁勒身体里的巴莱雷恩国王——也不再聆听关于装置的讲解了，他轻轻地试着活动手脚，用惊喜而好奇的目光打量着“自己”的身躯，仿佛他开始越来越适应这个新的身体了。此时的特鲁勒身着王袍，挥舞着手臂，还在试图解释“逆熵的可逆过程”，但他也发现好像有些不对劲，总觉得有什么东西在牵制着他的手。他低头一看，发现手里竟然握着国王的权杖，于是一下子也愣住了。他刚想说点什么，国王却突然爆发出一阵欢快的笑声，然后跑出了王宫大殿。特鲁勒赶紧拔腿去追他，却被那雍容华贵的紫色长袍绊了一个大跟头，整个人趴倒在地上。大殿里一片骚乱，群臣和卫兵们都以为克拉帕乌丘斯袭击了国王，导致国王摔倒在地，他们全都朝他扑了上去。穿着长袍、戴着王冠的特鲁勒从地上爬起来，向大家解释，澄清克拉帕乌丘斯并没有伤害他，可那个出现在特鲁勒身体里、真正的巴莱雷恩国王早就跑得无影无踪了。穿着长袍的特鲁勒想继续追，却被群臣拦阻了下来。特鲁勒极力大喊着想要向他们说明，他根本不是什么国王，只是进行了一次人格交换，让他出现在了国王的身体里。朝廷上下的大臣们都以为国王因为长期思考那些难解之谜而神经错乱了，尽管他们很敬畏国王，但还是态度坚决地把他架到了寝宫中，并为他召来了御医，任凭特鲁勒怎么大喊大叫也没人听他说话。克拉帕乌丘斯被两名卫兵推推搡搡地赶出了王宫，一个人默默地回到了住地。当他想到这一切可能引发的混乱和可怕的后果时，他感到惴惴不安。毫无疑问，他心想，如果是我处在特鲁勒现在的处境中，我会冷静地思考如何将这一切问题解决。如果我要大吵大闹地向他们解释人格转换的概念，一定会被当成精神病。我会利用国王的身份立刻下令把那个满城乱窜、藏在特鲁勒身体里的巴莱雷恩国王抓回来，要求把另外一位大师召回到我身边作为秘密顾问。可是那个彻头彻尾的大傻瓜——指被迫交换到国王身体里的特鲁勒——已经无法理智思考了，没办法，我只能利用我的战略智慧，否则事情将一发不可收拾……想到这儿，他认真地回想了一下他所拥有的关于人格交换机的知识，其实这些知识可真不少。而在他看来，最重要的、同时也是最大的危险，就是那个在特鲁勒身体里的巴莱雷恩国王并不知道肆无忌惮地滥用人格交换机会出现什么样的严重后果。如果国王不小心在哪儿摔倒，头上的犄角不小心接触到没有生命和意识的物体，他的意识就会瞬间交换到这个物体内，而这个物体又没有可以用来交换的人格，无法进行反馈，那么这时特鲁勒的身体就会变得没有生命和意识，而国王的意识和人格就会被永远禁锢在一块石头里、一根路灯杆里或者被随意留在路边的一只破鞋里。克拉帕乌丘斯忧心忡忡，加快了步伐，刚一走出留宿地的大门，就听到当地居民在热烈地讨论今天发生的事：他的好朋友特鲁勒如何像个疯子一样跑出了王宫，好像后面有鬼在追他一样，然后又是如何在跑下延伸至海港的陡峭楼梯时摔了个大跟头，还把腿摔断了。当时他勃然大怒，躺在地上大声哭喊，说自己是巴莱雷恩国王，还嚷嚷着要快点请来御医，用一顶垫着羽绒被、散发着迷人香气的轿子把他抬走。周围看热闹的人都说他是个疯子。他一边恶狠狠地咒骂着，一边在地上爬，还一把撕裂了自己的衣服，直到一个好心的过路人看到这一切，弯下腰想扶他起来。就在这时，躺在地上的特鲁勒一把扯下自己的帽子，露出了藏在帽子底下的犄角——围观的人都发誓说那是恶魔之角——用那对犄角撞向那位好心的路人的额头，后来他就倒在地上，身体呈现出奇怪的僵硬状态，发出了几声微弱的呻吟。那位被犄角顶了一下的好心过路人却突然性情大变，“就像鬼上身了一样”，手舞足蹈、上蹿下跳地推开挡在面前的人群，像一阵风似的顺着楼梯向海港奔去。

克拉帕乌丘斯听完差点没昏过去，巴莱雷恩国王在这么短的时间内竟然已经毁坏了特鲁勒的身体（摔折了腿），还狡猾地和过路人完成了交换。这场麻烦看来才刚刚开始，克拉帕乌丘斯担忧地想道，好了，现在他又藏到了另一个我根本不认识的人的身体里，我该去哪儿找他呢？又该从哪儿开始找呢？他只能向周围的居民打听这个想要把“特鲁勒”扶起来的高尚过路人是谁，以及那对头上的犄角后来去哪里了，然而并没有人知晓。对于那位好心的过路人，当地居民们只是说，他穿着外国的海员制服，应该是乘着巡航船从其他地方来的。没有人知道那对犄角的下落，只有一位无家可归的乞丐表示自己好像知道点什么。这个乞丐应该没有家人可以帮他在腿上涂润滑油，所以他的腿已经生锈了，只能靠着屁股底下安装的轮子移动。然而就是因为这样的高度，他才可以从更好的靠近地面的角度看到随后发生的事：那位好心的过路海员飞快地从趴在地上的特鲁勒头上一把拔下犄角，动作快得应该没有人能注意到。所以，巴莱雷恩明显再次拥有了人格交换机，而且能够继续从事他那令人毛骨悚然的从一个身体跳转到另一个身体的“游戏”。巴莱雷恩藏身于一名海员体内的事实让克拉帕乌丘斯非常恐慌。真是造化弄人，克拉帕乌丘斯不安地思考着，什么人不行，非得是个海员？那艘船到了规定时间肯定要离岸，如果那个海员还没有出现在船上（这是肯定的，他也根本不知道应该上哪艘船），船长就会向港口边境警察通报，那个海员就会被当作逃跑者逮捕，然后被投入地牢！只要巴莱雷恩在地牢里哪怕一次不小心用那对犄角触碰墙壁，那就完蛋了！彻底完蛋了！彻彻底底完蛋了！尽管找到藏在海员身体里的巴莱雷恩的希望极其渺茫，克拉帕乌丘斯还是毫不迟疑地朝港口大步走去。这次，幸运之神好像对克拉帕乌丘斯露出了一丝微笑，因为他看到远处有很多人聚集着，显然是发生了什么非比寻常的情况。他混进拥挤的人群，从周围人的谈话中得知了一件他一直担心的事。就在几分钟之前，一位德高望重的老船长，也是一整条商船的船主认出了他手下的船员。那个船员曾经是个正直高尚的人，此时却对所有经过的人破口大骂，即便有人警告他如果他再这样下去，警察很快就会过来，他也毫不害怕，而是更歇斯底里地喊着，说他想变成谁就可以变成谁，别说是一个警察了，就是想变成警察局长也行。老船长被眼前的情景惊呆了，他走到“下属”面前斥责他不应该这样做，海员却从地上抄起一根大木棒朝老船长身上砸去。一队港口巡逻警察及时出现——这个地方本就经常发生争执和斗殴，周围总有警察巡逻——今天当班的正好是该地区的警务总长。总长看到这个“海员”根本不听劝告，仍然我行我素，便下令立刻将他逮捕。就在警员们准备逮捕他的时候，他突然像发了疯一样冲向总长，用他头上像犄角一样的东西狠狠撞了一下总长的脑门。就在一刹那，海员就像换了一个人，用洪亮的嗓音义正严辞地大喊，说他是警察，并且还不是普通的警察，而是这个港口地区的警务总长。真正的警务总长听着海员的“胡言乱语”，并没有生气，甚至莫名其妙地笑了起来，就好像海员说自己是警务总长这件事特别有趣似的。他一边笑，一边命令警员们将这名“闹事者”逮捕，警员们照办了，对海员一通拳打脚踢后就把他扔进了地牢。

就这样，在不到一个小时的时间里，巴莱雷恩已经完成了第三次人格交换，目前已经置身于第三座人肉堡垒之中，也就是警务总长的身体。真正的警务总长却可怜巴巴地在海员的身体里，明明什么坏事都没做，却被深深地锁在了又黑又暗的地牢中。克拉帕乌丘斯无奈地叹了口气，继续向港口警务局走去。港口警务局位于海边的一座石头大楼中，并没有人把守和阻拦，克拉帕乌丘斯径直走进去，一个挨一个房间寻找，但是房间里都空无一人，直到他打开一扇门，看到面前站着一个全副武装的巨人，只是这个大块头身上的制服明显小了好几号。巨人瞪着克拉帕乌丘斯，仿佛要把他扔到门外。虽然克拉帕乌丘斯并不认识眼前这个人，但是大块头却突然对克拉帕乌丘斯眨了眨眼，爆发出一阵大笑，笑得脸都变形了。他的笑声是那么浑厚，绝对是警察该有的声音，可是那个笑容却让克拉帕乌丘斯立刻想到了一个人。没错，就是巴莱雷恩，桌子后面这个大块头就是巴莱雷恩，只不过是在别人身体里的巴莱雷恩！

“我一眼就认出你了，”警务总长模样的巴莱雷恩说，“你就是那个在王宫大殿里给我这个交换装置的机器建造大师的伙伴吧？我现在这个藏身之处怎么样？是不是精彩绝伦？哈哈哈！整个皇家委员会想破头也想不出我藏在哪儿！这个捉迷藏游戏真是太精彩了！藏在这么一个大块头警察的身体里！你看看，简直太棒了！”

他一边说一边大手一挥，一巴掌拍在办公桌上，把桌面都震裂了。他仿佛听到手里传出了什么东西碎裂的声音，疼得咧了咧嘴，但还是一边揉着手一边说：“我的骨头好像裂了，不过没关系，要是实在疼得不行，我就换一个新的身体——其实也可以跟你换，是不是？”

克拉帕乌丘斯下意识地往门口的方向后退了几步，可是大块头警察却用庞大的身躯拦住了他的去路，继续说：“我亲爱的朋友，我对你没什么意见，也不希望你遭遇什么不测。可是你知道太多秘密了，这可能会给我带来麻烦。所以，我觉得最好的办法就是把你关到大牢里去。没错，这绝对是最好的办法！”巴莱雷恩不怀好意地笑着。“这样的话，当我离开警察局的时候，就再也没有人——包括你在内——会知道我藏在哪儿，又变成谁了！哈哈哈哈哈！”

“但是，尊敬的国王陛下，”克拉帕乌丘斯压低声音反对道，

“您这样做非常危险，因为您并不知道这个装置中的所有机关，不正确的操作会造成危险。如果您不小心和一个绝症患者或者死刑犯交换了身体，您可能会因此而丧命。”

“哎呀，”国王不以为然，“我才不怕呢，我的朋友。你听我说，我只要记住一件事，每次转换之后都把犄角拿走，就能保证万无一失！”他伸手指了指那对躺在办公桌抽屉里的犄角。“每次进入新的身体后，我都会记得把这对犄角从原来的身体上拔下来，这样就绝不会对我造成任何威胁。”

克拉帕乌丘斯还在竭力劝服巴莱雷恩国王放弃和其他人进行交换的想法，然而一切都是徒劳。国王根本听不进克拉帕乌丘斯苦口婆心的劝说，他沉浸在这场游戏中，最后开心地说：“想要让我回王宫，门都没有！我还要告诉你，不管怎样，我眼前的画面就是我即将踏上的伟大征程。在臣民们美好的身体中穿梭自如，这才是我这个民主而自由的灵魂的最高追求！在最后的时刻，我还要进入一名貌美如花的少女的身体，想象一下，那将是多么美妙而令人心驰神往的感受啊！哈哈哈！”

他一边说，一边用他那毛茸茸的大手拉开了门，想要把下属警员叫来。克拉帕乌丘斯知道，如果在这个时候还不采取行动，自己就会被警员们抓到大牢里去。他飞快地从办公桌上抄起墨水瓶，朝国王的脸上扔去。趁着国王被弄得满脸墨水看不清楚的时候，他赶紧跳窗逃跑。幸好这间办公室不在高层，而更幸运的是，路上也没有人看到这一切。他赶忙加紧脚步来到一个人头攒动的广场上，在警察到来之前迅速混入了汹涌的人潮中。随后果然出现了一大批气势汹汹的警察，他们一边整理着身上的制服，一边鸣枪警告。

克拉帕乌丘斯来到了一个远离港口的地方，脑海中都是一些不太实际的想法：现在最好把巴莱雷恩交给命运处置，然后去医院找到躺在特鲁勒身体里的海员。如果能把海员运到王宫里，就有可能让我的朋友重新变成自己——既拥有自己的身体，又拥有自己的灵魂。可是那个海员就要代替巴莱雷恩成为新的国王了，不过这种下场也是巴莱雷恩自作自受！这个点子是不错，可问题的关键是，他缺少一台虽然不大却至关重要的带有两个犄角的人格交换机，现在这台机器还静静地躺在港口警务总长办公桌的抽屉里。克拉帕乌丘斯甚至设想了一下，自己是不是可以再造一台这样的装置出来，可是这既费时又费力，他也没有必需的工具和零件。他忽然想到：或许还有一个办法。我现在去王宫里找特鲁勒，没准他已经恢复理智，知道自己该做什么了。我去告诉他那台人格交换机在哪儿，他现在是国王，可以下令把港口警务局包围起来，这样人格交换机就会重新回到我们手中，特鲁勒也能变回他自己了！

他来到王宫门口，却无法踏入王宫半步。王宫门口的守卫告诉他，因为御医给国王（也就是躺在国王身体里的特鲁勒）注射了强电力镇定剂，至少在未来的四十八小时内国王都会昏睡在梦乡中。

“真是倒霉透了！”克拉帕乌丘斯几乎绝望了。他又来到特鲁勒的身体（也就是那位海员）所在的医院，担心医院会让他提早出院，那样的话，在这么大的城市里找一个人就像大海捞针一样难了。他来到医院，称自己是那位摔断腿的病人的亲戚。他通过“特鲁勒”的名字找到了伤者的病历，发现他并没有把腿摔断，只是扭伤了，伤势已无大碍，但是因为肿痛还未消去，所以病人在未来几天也只能躺在病床上。克拉帕乌丘斯当然不会去病房里看望“特鲁勒”，因为他一去就会露馅，别人会立刻知道他和伤者并不认识。不过克拉帕乌丘斯紧张的心情多多少少还是放松了一些，因为他知道特鲁勒的身体起码暂时不会突然从他眼前消失。离开医院以后，他若有所思地在街上游荡，不知不觉竟然又来到了港口附近。他发现这里聚集着大量警察，他们拦住每一个过往的行人，认真地照着笔记本上的画像比对人脸。克拉帕乌丘斯马上就猜到了，这绝对是巴莱雷恩想出的主意，他就是想要通过这种方式将他逮捕，扔进大牢。就在这时，一位巡逻警察向他走来，拐角处还有两个巡警守在那里，他的退路也被截断了。克拉帕乌丘斯并没有抵抗或逃跑，而是非常平静地伸出双手，请他们务必将他带到警务总长面前，因为他有一个关于一项重大犯罪的消息要立刻向总长禀报。巡警们立刻围住了他，然而幸运的是，他们没有将他的双手用手铐铐起来，只是将他的右手和警察的左手用锁链锁在一起。警察局里，藏在警务总长体内的巴莱雷恩看着被带进来的克拉帕乌丘斯，得意地哼着小曲，那双小眼睛中闪烁着邪恶的光芒。克拉帕乌丘斯刚一进来就开始用一个奇怪的声音大声呼喊："大长官啊，尊敬的警务总长大人，他们把我抓来，非得说我是什么克拉帕乌丘斯，可我根本就不是，我不是什么克拉帕乌丘斯啊！那个克拉帕乌丘斯是个大坏蛋，他刚才在街上就用他头顶的角朝我的头撞了过来，然后我的，哦，不对，你的，我们的，你们的，哎哟，不知道怎么回事，我的身子和心灵就不对劲了，我的灵魂就不在我自己的身子里了，我也不知道我的身子跑到哪儿去了，那个头上长角的大坏蛋就一溜烟似的逃跑了。总长大人，救命啊！救救我啊！"

机智的克拉帕乌丘斯一边说，一边跪倒在地，手上的锁链丁当作响，还不停重复着一些语无伦次的话。穿着带有肩章的制服的巴莱雷恩站在办公桌后面，一边听一边眨眼，被眼前的景象弄得有点晕头转向。他仔细打量着这个跪在自己面前的人，可以看出，他似乎相信了克拉帕乌丘斯的话，因为聪明的克拉帕乌丘斯在来时的路上用他那只没有被锁住的左手用力在自己额头上按了两下，留下的两个指印看起来就像是被人格交换机的犄角顶过一样。巴莱雷恩命令手下将克拉帕乌丘斯的锁链解开，并让手下退出他的办公室。当屋里只剩下他们四目相对时，巴莱雷恩命令克拉帕乌丘斯详细地讲述一下到底发生了什么。克拉帕乌丘斯编出了一个很长的故事：他原本是一个非常富有的外国人，今天早上乘船到达港口，船上装了两百个大箱子，每个箱子中都装满了世界上最优秀的谜语；除此之外，船上还有三十个美若天仙的少女，她们个个都梦想着能够服侍伟大的巴莱雷恩国王。这一切都是来自龙卷风族大帝的馈赠，大帝想借此向巴莱雷恩国王和赛博利亚王国的人民表达来自远方的敬意和问候。他本人今天上岸，本想放松一下长途旅行后疲惫的双腿，当他刚开始在海岸边悠闲地漫步时，就有一个人——克拉帕乌丘斯指了指自己，意思是说，就有一个长成这个模样的人——一直盯着他看，当时他已经觉得这个人很可疑了，因为这个人贪婪的目光一刻也不曾从他那充满异域风情却又华丽无比的长衫上移开。突然，这个人就像疯了一样，仿佛一根离弦的箭，飞快地全力向他跑来，一把揪下帽子，用头上的犄角朝他的脑门奋力一撞，就出现了这种令人无法理解的神奇现象——灵魂转换。

不得不说，克拉帕乌丘斯为了编这个故事可是费了不少心思，就为了让故事听起来像真的一样。他详细地描述了他如何失去身体的每一个细节，然后又非常气愤地咒骂那个占有他身体的人，看起来简直恨死了他现在所拥有的躯壳，甚至恨得一屁股坐在地上开始抽自己耳光，一会儿往自己肚子上、一会儿又往自己腿上吐唾沫。他非常具体地描述了船上运来的珍宝的样子，特别是那些美丽而热情的少女；他还讲述了在他遥远的祖国的家庭，他的机器人儿子，他的电子宠物狗，以及他的妻子——当然是他三百个妻子中的一个，她会用最纯净的电离子酿出香甜可口的美酒，甚至连大帝本人也在品尝过后评价此酒天下无双；他还向警务总长坦白了自己最大的秘密，那就是他和他的船长已经商量好了，只要登上船的人能说出正确的接头暗号，他们就把这些珍宝都给这个人。

巴莱雷恩贪婪地倾听着这个错综复杂的故事，所有细节在他听来都是那么合情合理：很明显，那个克拉帕乌丘斯想要躲避警察的通缉，就和这个外国人进行了交换，让自己躲进了外国人的身体里，而外国人衣着光鲜亮丽，一看就是个有钱人，完成交换以后就可以得到可观的财富。看得出来，巴莱雷恩的脑袋里充满了各种各样的想法，他试图从这个“和克拉帕乌丘斯交换了的外国人”嘴里套出正确的接头暗号，但他好像不需要和这个“外国人”周旋，“外国人”就贴在他耳边悄悄地告诉他，暗号是“逆真砂”[1]。聪明的克拉帕乌丘斯就知道，巴莱雷恩已经被他牵着鼻子走了，因为巴莱雷恩对谜题有着疯狂的热爱，他绝对舍不得把这些谜题送进宫中，献给不由他担任的国王。他对“外国人”所讲的一切都深信不疑，包括克拉帕乌丘斯有第二台人格交换机，因为确实没人说过人格交换机是独一无二的，所以他没有任何理由怀疑。

他们沉默不语地坐着，看来巴莱雷恩的脑袋里正在酝酿一个计划。他开始和颜悦色、轻声细语地问“外国人”一些问题，比如他的船停在哪里，以及怎么才能到达那艘船。克拉帕乌丘斯一一做了回答，就等着巴莱雷恩贪欲熏心。他果然没有猜错，巴莱雷

1　该词的字母重新排列组合后可得 kretyn（疯子、神经病）一词。

恩突然站了起来，宣称他必须去证实“外国人”所说的话，接着就走出办公室，又把门紧紧地锁了起来。“外国人”发觉，巴莱雷恩在走出警务局的时候派了一名卫兵把守在办公室的窗户下面，看来他接受了上一次的教训（克拉帕乌丘斯上次就是从窗户逃跑的）。克拉帕乌丘斯当然知道，这个贪婪的巴莱雷恩肯定什么都找不到，因为那些装满谜题的宝箱、貌美如花的少女和承载着这些宝贝的船都是子虚乌有的，都是他编出来的。一切正如克拉帕乌丘斯计划的那样，一等巴莱雷恩迈出大门，他就跳到办公桌前，从抽屉里拿出人格交换机戴在头上，静静地等巴莱雷恩回来。不一会儿的工夫，就听到远处传来巴莱雷恩如闷雷般沉重的脚步声和咬牙切齿的咒骂声。伴着钥匙打开门锁的清脆声响，巴莱雷恩气势汹汹地冲了进来，朝克拉帕乌丘斯大声喊道：“你这个浑蛋骗子！那艘船、那些宝贝，还有一箱箱珍贵的谜题，都在哪儿呢？”

巴莱雷恩还没说出下一句话，藏在门后的克拉帕乌丘斯就像一匹发疯的公羊那样一跃而起，用头上的犄角狠狠地撞向巴莱雷恩的额头。巴莱雷恩还没来得及适应刚刚交换的克拉帕乌丘斯的身体，已经将自己交换至警务总长体内的克拉帕乌丘斯就大喝一声，召唤守卫进来，把占有克拉帕乌丘斯身体的巴莱雷恩双手铐住，一眨眼的工夫就把他扔进了地牢，并且派人严加看守。虽然巴莱雷恩在新身体里还有点头晕，但他很快就反应过来了。他被骗了，被人像个傻子一样骗得团团转，而要他的人根本不是什么外国富豪，这个身份根本就是凭空捏造的，而至始至终和他斗智斗勇的都是那位机器人建造大师克拉帕乌丘斯。在这漆黑一片的地牢里，巴莱雷恩用最恶毒的语言咒骂克拉帕乌丘斯，却无济于事，因为他已经失去了珍贵的交换装置。尽管克拉帕乌丘斯暂时失去了他了如指掌的身体，但他还是按计划得到了最重要的人格交换机。他赶忙把笔挺的制服穿好，大步走向王宫。

国王还在睡觉，但是克拉帕乌丘斯利用警务总长的身份，要求立刻觐见国王陛下，禀报十万火急的大事，事关国家存亡，一秒钟都不能耽误。大臣们听了都吓坏了，连忙让他进了国王的寝宫。因为熟知特鲁勒的习惯和特点，克拉帕乌丘斯挠了挠特鲁勒的脚心。果不其然，他立刻就醒了，甚至跳了起来，因为他最怕痒了。完全清醒后，他仍旧一脸迷惑地看着眼前这个陌生的高大警察，警察却弯下腰，把头探进大床的帷幔中，轻声说："特鲁勒，是我，克拉帕乌丘斯。我必须藏在这个警务总长的身体里，要不然我就见不到你了。还有，装置我也夺回来了，就在我的口袋里……"

特鲁勒听了克拉帕乌丘斯的所作所为，大喜过望，立刻从床上爬了起来，并向所有人宣布，他已经完全康复了，现在感觉非常好。换上国王的长袍后，他一手握着权杖，一手拿着苹果，端坐在国王宝座上，开始下达命令。首先，他命人将那个在港口附近的台阶上被巴莱雷恩摔伤腿的人抬到他这里来——那可是特鲁勒的身体啊。当这个人被带到王宫后，他又召集最好的御医对这个人细心照顾，呵护备至。在与警务总长（其实就是克拉帕乌丘斯）仔细商量后，他决定要让国家恢复井然的秩序，让一切回归正轨。

然而这可不容易，因为很多事情错综复杂地交织在一起。两位大师当然不打算让所有交换过的灵魂都回到原本的身体里，最要紧的还是让他们的灵魂都回到各自的身体里，让特鲁勒还是特鲁勒，让克拉帕乌丘斯也还是克拉帕乌丘斯。国王——也就是特鲁勒——首先命人把那个困在他好朋友身体里的巴莱雷恩从警务局地牢里带到他面前，进行第一次交换，这样克拉帕乌丘斯就又变回了自己。而被换到警务总长身体里的巴莱雷恩不得不乖乖听着"国王"对他的指责和教训，在国王身体里的特鲁勒又把这位在总长身体里的真国王抓进了皇家地牢，对外宣称的罪名是他没有猜出一道重要的谜语。第二天清晨，特鲁勒的身体（里面装着海员的灵魂）也已经痊愈了，完全可以进行交换，然而却有一个非常重要的问题：国家不可一日无君，两位大师如果一走了之，不给这个国家找一个合适的王位继承人，就显得太没有大师风范了。两位大师都不同意将巴莱雷恩从警务总长的躯体中解救出来，让他重新回到国王的躯体里来掌管这个国家，所以他们将整个事件的真相告诉了那位寄居在特鲁勒身体里的善良海员，并让海员发下毒誓，永远不会把这个秘密告诉别人。他们一致认为，这位海员心地善良，通情达理，可以胜任国王的工作，于是特鲁勒就和海员进行交换，特鲁勒变成他自己，而海员成了国王。克拉帕乌丘斯又命人将一台有布谷鸟整点报时的大时钟抬到王宫里，这台时钟是他逛街时在一个古董店里发现的。他们将巴莱雷恩和布谷鸟进行了一次交换，巴莱雷恩的灵魂钻进了布谷鸟的身体，而布谷鸟的灵魂进入了警务总长的身体。这样做可以说是非常公平了，因为在布谷鸟身体里的国王不得不每天勤勤恳恳地工作，无论白天还是黑夜，只要座钟的齿轮转动，他都要精确计算时间，在整点的时候出来报时。他的余生都要这样被挂在王宫大殿的墙上，为他那只顾游戏不负责任的行为以及由于贪玩给两位大师带来的麻烦赎罪。警务总长回到了从前的岗位，工作做得有声有色，看来布谷鸟的灵魂完全可以胜任这个职位。这时，两位好朋友也和戴着王冠的海员告别了。他们回到住地收拾好行李，用力跺跺脚，把这个并不友好的国家的灰尘抖落以后就踏上了归途。值得一提的是，特鲁勒在国王的身体里做了最后一件事，他去皇家宝库拿走了赛博利亚人的珍贵钻石，因为他给巴莱雷恩国王找到了一个完美的藏身之地，理应得到奖赏。

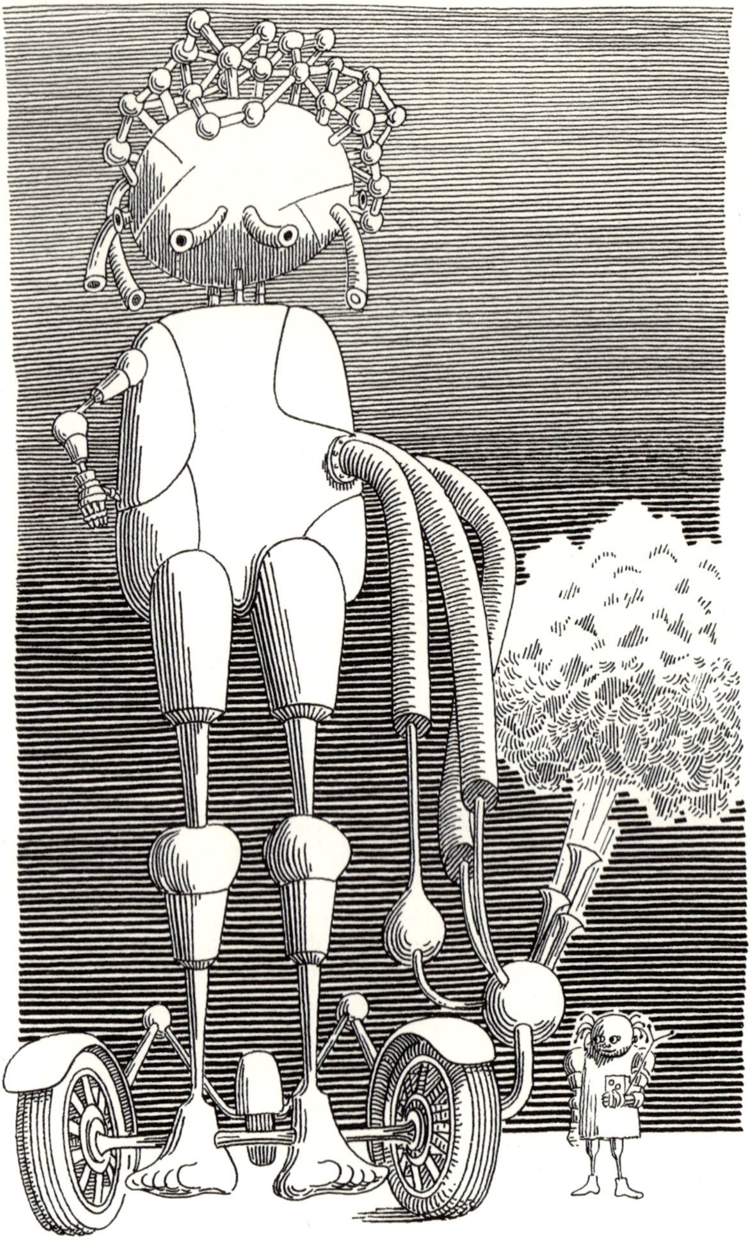

第五次远行（A）：特鲁勒的解决方法

离这里不远处，在一颗白色星体下面和一颗绿色恒星后面的星球上住着一群钢铁眼球人。他们乐观幸福，任劳任怨，无忧无虑。这里的人们确实不需要担心害怕什么，他们互爱互敬，没有传统礼教的束缚[1]，不会有人有什么阴暗的想法，也不会出现明亮如白昼的黑夜[2]；也不用担心物质与反物质相互作用而带来麻烦。这都得益于他们拥有一台机器，这台机器生生不息、运转精确且啮合完美，各个角度都无懈可击。他们依机器而生，机器的上下左右、内外前后都是他们赖以生存的地方，因为除了这台机器，他们一无所有：在最开始的时候，他们将原子都聚集起来，然后铸造了整台机器，如果有某个电子不太合适，他们就会调整到合适为止。每个钢铁眼球人都有自己的插座和开关，每个人都可以做自己的事情——确切地说，是做自己想做的事情。那台机器不控制他们，他们也不控制那台机器，钢铁眼球人与机器的关系是相辅相成的。他们中的一部人是机器工程师，一部分人是机器维修师，还有一部分是机器养护师，每个人都有自己的机器秘书。他们工作繁多，有时需要制造夜晚，有时需要制造白昼，有时需要制造日食，但这比较罕见，主要是因为日食太频繁了会令人感到腻烦。有一次，

1　此处一语双关，一层意思是人与人之间不会互相发酸（指钢铁会被酸腐蚀），另一层意思是不用害怕会受公式限制（指受传统礼教束缚）。

2　指异常的灾难现象。

一颗彗星从绿色星球后面飞到了白色星体下面，她是一名残忍的女性，浑身上下都是原子，前面是头，后面是分成四条的长尾巴，由于布满了氰化氢而呈现出青紫色，令人害怕得不敢直视，还散发着一股恶臭。她飞过来就开始说：“我要用火焰把你们全部烧毁，我们走着瞧。”

钢铁眼球人看着她，她喷射出的火焰遮住了半边天。在中子、介子的作用后，她喷出一股巨大的热气，接着又出现了中微子和重力。彗星大叫：“我要吃了你们！”钢铁眼球人却平静地回答：“你可能来错地方了。我们是钢铁眼球人，我们什么都不害怕，我们互爱互敬，不受传统礼教束缚，没有什么阴暗的想法，不会出现明亮如白昼的黑夜。我们拥有一台机器，这台机器生生不息、运转精确且啮合完美，总之各个角度都无懈可击。所以快走开吧，彗星女士，不然你可能会后悔。”

可是彗星已经占据了他们头顶的整片天空，她燃烧着，咆哮着，哭喊着，嘶吼着，甚至让他们的月亮也缩小了。尽管月亮本就年事已高、伤痕累累，但看到两头的角也被烧焦了，钢铁眼球人仍然感到很心疼。他们二话不说就拿出一个强有力的域，系在月亮两头的角上，并插上电源：让你看看我们的厉害！随着震耳欲聋的轰鸣声、爆炸声和号哭声，天空逐渐恢复了明亮的颜色，彗星则变成一小撮灰烬，一切又恢复了平静。

一段时间过后，又有一个东西出现了，没人知道它是什么，只知道它很恐怖。他们甚至不知道该从哪个角度去看它，因为每换一个角度，它就变得更可怕一些。它飞来以后就四散开来，落在最高的山顶上，重得无法想象，还一动不动，成了所有人的阻碍。

于是附近的钢铁眼球人就对它说：“你好，你可能来错地方了。我们是钢铁眼球人，我们什么都不害怕，我们互爱互敬，不受传统礼教束缚，没有什么阴暗的想法，不会出现明亮如白昼的黑夜。我们拥有一台机器，这台机器生生不息、运转精确且啮合完美，总之各个角度都无懈可击。所以快走开吧，丑八怪，不然你可能会后悔。”

毫无反应。

钢铁眼球人不想大费周章，所以派了一台小型恐吓机去吓唬那个东西，把它哄走，这样就能重获宁静了。

小型恐吓机向前走着，传出内部程序运作的声音，一个比一个可怕。它走到那个东西面前时，就开始竭尽全力地恐吓，想让那个东西离开这里，甚至有点把自己吓着了，而再看那个东西时，那个东西却岿然不动，毫无反应。恐吓机开始了第二波猛攻，仍于事无补，那个东西根本没被吓到。

钢铁眼球人见状，决定采取其他行动。他们说：“来呀，我们准备一件口径更大、配备机油齿轮和差速器、万能通用而且可以向各个方向反馈的武器！火力强大的武器还能不管用？有核能就一定可以解决这个问题。”

于是他们派出了一台配备双管差速器和爆裂静音装置并且可以反馈的万能通用机器，内部载有一名带着机器秘书的机器工程师，但这还不是全部：为保险起见，机器外部还装有恐吓机。这台通过机油齿轮运转的机器到达目的地时，周围是如此安静，它便抬手示意开始倒数，四（受死吧），三（散落吧），二（一刀两断吧），一（一切结束吧），零——震耳欲聋的爆炸声传来，蘑菇云腾空而起，由于放射性物质的作用显得亮闪闪的，机油四处翻滚，齿轮上下颤动，机器工程师和秘书从小窗口向外看去。谁知道，那个东西竟然仍一动不动，毫发无伤。

钢铁眼球人召开紧急会议，并制造出一台机器，这台机器又制造出另一台机器制造机，这台机器制造机又制造出一台巨型毁灭机。这台巨型毁灭机体形巨大，只能把相邻的星球推一推才放得下，也配备机油齿轮，内部则装有恐吓机。钢铁眼球人对这台精益求精制造出的机器寄予很大希望。

积蓄好所有能量后，机器启动了。炸雷声惊天动地，碎片四处飞溅。巨大无比的蘑菇云腾空而起，如果用这个大小的蘑菇煮一碗汤，恐怕要用光所有海水。四周一片漆黑，还有磨牙声，然而周围太黑了，不知道这声音是从哪里传出来的。钢铁眼球人再一看，那个东西仍然一动不动，毫发无伤；再看那三台机器，早就七零八碎，散落一地。

钢铁眼球人撸起袖子说："我们可是机器工程师、机器维修师、机器养护师啊！我们和我们的机器秘书拥有一台机器，这台机器生生不息、运转精确且啮合完美，总之各个角度都无懈可击。现在怎么会有一个丑八怪站在我们的机器前面，无论我们做什么都一动不动，毫发无伤？"

钢铁眼球人除了制造一尊植物发射炮已经别无选择了。他们悄悄地推着发射炮爬过去，假装若无其事地四处乱看，其实是在偷偷瞄准。当植物发射炮植根于此[1]，根须继续向下伸展时，他们慢慢加满火力，希望一举攻破这个怪东西。当然，这一切都在他们的预计之内。只是结果和他们期待的完全相反，一切毫无变化，那个东西仍然一动不动，毫发无伤。

钢铁眼球人陷入绝望，他们甚至不知道这个怪东西是什么，从前也没遇到过这种情况。他们再次鼓足士气，开始分析和尝试，制造粘胶和齿轮、套索和篱笆，往那个东西里面灌上粘胶把它埋

1　此处一语双关，指这台机器已经适应了周边环境，并做好了战斗准备。

住，或者用套索拉拽，拉不动的话就把它捆绑起来。他们竭尽全力，尝试了各种方法，却仍旧一无所获。他们感觉天旋地转，但那个东西还是岿然不动。在他们身心俱疲、就要放弃希望的时候，他们看到有人飞来了。那个人好像骑着马，可是马不应该有轮子；那个人又好像骑着自行车，可是自行车不应该有那个长长的尖头；或许这是火箭，可是火箭不应该有车座。尽管我们不知道这奇特的坐骑是什么，但是上面坐着的还是我们大家都认识的一个人，那就是特鲁勒。他腰杆挺直、面带微笑地逐渐靠近。这次这位大师不知道是出来闲逛，还是又开始了一次新的远行。不管如何，从远处一看，任何人都明白，来者绝对非同凡响。

特鲁勒越飞越近、越飞越低，钢铁眼球人就对他说："我们是钢铁眼球人，我们什么都不害怕，我们互爱互敬，不受传统礼教束缚，可是一个怪东西飞来了，降落后就一动不动，也不离开。"

"你们试过把它吓走吗？"特鲁勒面带慈祥的微笑问道。

"我们试了小型恐吓机，恐吓机和巨型毁灭机，那台巨型毁灭机里面安装了机油齿轮，充满原子能，还有中微子、介子、光波，什么都有，按理说不管是什么都应该被吓飞了，可是对那个怪东西却不起作用。"

"你们的意思是，什么机器都没用？"

"是的，先生，什么都没用。"

"有意思，这到底是个什么东西呢？"

"先生，我们的确不知道。它突然出现、突然飞来，没人知道它是什么，只知道它很恐怖。我们甚至不知道该从哪个角度去看它，因为每换一个角度，它就变得更可怕一些。它飞来以后就四散开来，落在最高的山顶上，重得无法想象，还一动不动，成了所有人的阻碍。"

“我时间不多，”特鲁勒说，“实在不行我可以留下来一会儿做你们的咨询顾问，你们觉得怎么样？”

钢铁眼球人立刻同意了，并且问他需要他们准备什么东西，是光子、钉子、锤子、弹子，还是炸药、大炮？他们什么都有。如果特鲁勒口渴了，他们会马上让机器秘书准备下午茶。

“那让机器秘书给我倒杯茶吧，”特鲁勒说，“也不是给我喝的，而是工作需要，不过你们刚才说的那些东西都用不上。既然小型恐吓机、巨型毁灭机和植物发射炮都没用，那就要用其他方法了，也就是远程法律文件的方法。这个方法可是冷酷无情的，我还从来没听说过有法律手段解决不了的问题。”

“您能说得明白一点吗？”钢铁眼球人非常疑惑。特鲁勒并没有回答，而是继续说：“这个方法很简单，只需要纸、墨、邮戳和圆印，还有封蜡、沙子、小窗口、一把锡制小勺和一个小茶盘，而茶已经有了。对了，还需要一名邮递员和能写字的东西，你们有吗？”

“都会准备好的！”钢铁眼球人迅速去准备这些东西。

特鲁勒坐在那儿，对机器秘书说：“根据 WZRTSP 委员会7—2／KK／405号法规，特此告知，该公民违反了本年度17月19日颁布的法案中的第199条，构成严重犯罪；另根据67DWKF 法案第1478／2条，取消该公民租赁资格并剥夺其权利。该公民可在二十四小时内向委员会主席提出特别申诉。”

特鲁勒在这份文件上盖上邮戳，又加盖了代表身份的圆印，并要求秘书将这份文件录入《管理总则》，翻开《通信往来记录册》，然后他说：“让邮递员把这封信给那位送过去。”

邮递员取走了信。没等多久，邮递员就回来了。

“你送到了吗？”特鲁勒问。

“送到了！”

“回执呢？”

“在这儿呢。这是签字。申诉文件也在这儿。”

特鲁勒把申诉文件拿过来，看都没看就让邮递员把它送回去，还在文件上斜着写下“没有附件，不予受理”这行大字，最后非常潦草地签了名。

“好了，现在开工吧！”

特鲁勒坐在那儿不停地写着什么，钢铁眼球人好奇地看着他，尽管什么都不明白，但还是不敢问特鲁勒到底在做什么，以及下一步要做什么。

“这就是办公，”特鲁勒说，“一定会有效果的，或者已经有效果了。”

邮递员马不停蹄地日夜穿梭，往返于送信途中。特鲁勒每天就是盖章、签署文件，机器秘书则每天手指翻飞地录入这些文件。慢慢地，这里形成了一间办公室，日历、笔记本、文件夹、订书器、回形针、便笺纸、分类文件收纳袋、公文包、墨水瓶、写着“闲人免进”的小黑板、大大小小的表格，一样不缺。从早到晚，要录入的文件越来越多，秘书录入的动作一秒钟也不曾停歇，到处都是喝剩下的茶包和垃圾。钢铁眼球人非常担心，因为他们根本看不懂这一切。特鲁勒不是发出支付邮费的账单，就是在拿到邮件后支付邮费，然后没完没了地发出确认回执、催缴单、通知、警告书和禁令，而这些文件还在成倍增加。特鲁勒甚至要为它们设立单独的账户，虽然里面是一堆零，但他说这只是暂时的。过了一段时间，那个东西看起来好像没那么可怕了，特别是从上往下看的话，它甚至变小了！是的！它缩小了！钢铁眼球人赶紧跑来问特鲁勒下一步要怎么做。

“不要影响办公！”特鲁勒只说了这一句，就继续盖章、签字、算账、寄回申诉文件。他头也不抬，话不多说，马甲扣子也解开了，只是偶尔会说一些和办公相关的话："叫申请人""缩短时间""茶水味道太淡了""坐在那儿"等等。房间里已经结了蜘蛛网，领带也被扔在抽屉里，到处都是新的纸张和文件。办公室里新装了四只大柜子，专门用来存放行贿、通奸等案件的文件、禁止周三直接跨到周五的禁令以及七枚重要公章。

机器秘书仍在打字："鉴于该公民未提供合法租赁证明，根据某年某月第某号禁令，现要求该公民立刻执行第某项第某款第某条规定，对该公民实施第 C 条第 D 款第 D 项法律规定的惩罚。该判决书自送到之日起生效，该公民无申诉权。"

特鲁勒让邮递员将这份文件送出，又把一张表格清单塞进自己兜里。他站起来，把办公桌、椅子、图章、邮戳、文件夹和茶杯一个个丢进宇宙，最后只剩下一位秘书还坐在那儿。看到这番景象，钢铁眼球人惊慌失措地喊了起来："先生，您在干什么啊？"他们已经习惯了这种办公生活，"您怎么能把这些东西都扔了呢？"

"别担心，我的朋友们，"特鲁勒不紧不慢地说，"你们最好来看一看！"

不看不知道，一看吓一跳，原本那个可怕的东西所在的地方，竟空空如也，干干净净，就好像那里什么都没出现过一样。这到底是怎么回事？那个东西去哪儿了？原来它怯懦地逃跑了，变得异常渺小，要用放大镜才能看见。钢铁眼球人四处寻找它的踪迹，可是只找到一小块潮湿的地方，就好像有什么东西不小心在那里滴了一滴水似的。除此之外，他们一无所获。

"正如我料想的一样，"特鲁勒对钢铁眼球人说，"我亲爱的朋友们，这件事其实很简单，当它签署了第一份文件的时候，它就上钩了。我用了一台对抗万恶的特殊机器，整个宇宙中还没有人能敌过这台机器呢！”

“好吧，可是那您为什么要把那些办公文件都扔掉，茶水也都倒掉呢？”钢铁眼球人问。

“那是为了不让你们在某一天被这机器吞没！”特鲁勒说完，带上机器秘书就起飞了，在空中和他们友善地微笑告别，那微笑仿佛星辰般闪亮。

第六次远行：特鲁勒与克拉帕乌丘斯如何制造可以打败大脸怪盗的第二类恶魔

从巨阳星[1]出发向南有两条通道。第一条通道年代久远，从四脚星延伸至怪龙星。怪龙星是一颗变幻莫测的星球，它发出的光芒也是变化多端的。当它变暗时，就会变得和阿拔斯矮星非常相似，误入歧途的旅行队会被卷入葬旗荒漠[2]中，十支迷路的队伍一般只有一支能死里逃生。第二条通道是由米拉普德帝国开凿的，米拉普德帝国的火箭奴隶开凿出了一条长达六十亿千米[3]的隧道，贯穿整颗怪龙星。

想要找到隧道的北部入口，需要从最后一颗巨阳

1　比太阳还要大很多倍的星球。

2　指一片黑暗的荒漠。原文含有 kir 一词，意思是葬旗或罩在棺材外的布料，象征死亡。

3　此处的“千米”不是现代的计量单位，而是在星际测量长度的古老单位。

星垂直向极点出发，航行时间为默念七遍机器世界祷告词的时长，然后略微向左调整航向，直到出现一面火墙，就到达了怪龙星的边缘，隧道的入口就在里面，仿佛一道白光中的一个小黑点。这时要毫不犹豫，如同一支离弦的箭直冲下去，其实这条通道的宽度足够七艘飞船并排通过。飞船窗外的风景也是独一无二的，没有其他风景可以媲美。首先映入眼帘的是一片火焰瀑布，后面所呈现的景象由天气决定：如果星辰内部被电磁风暴所震动，星辰内部的物质就会喷薄而出，向四方奔涌十亿或二十亿英里，此时就可以看到一个个火焰扭成的结扣，以及链接这些结扣的脉络，处处燃烧着闪亮的白色火光；当风暴靠近或刮起第七力场台风的时候，隧道的穹顶就会颤抖起来，好像一块白色的火光面团要从上面掉落。不过人们无须担心，尽管有东西向外飞溅，但穹顶并不会掉落；尽管那里火光冲天，但不会烧毁，因为强力场形成的火柱支撑着整条隧道。这些凸起的日珥像肿了一样越变越大，而长闪电发出的地方（又被称作“怒气之源”）不断靠近，这时最好紧紧握住方向盘，用最强的定力来控制方向，不能看地图，而是要使劲盯着阳星光芒的内部，因为没有人可以用同样的方式穿过这条隧道两次。这一整条嵌进怪龙星的隧道都扭曲起来，上下翻滚，不停颤抖，像一条疯狂扭动的蛇。正因如此，在这一刻就要睁大眼睛，绝不能和冰冻急救包分开，急救包里的冰会化成一道道冰锥从头盔上滑下来，这时要目不转睛地盯着对面吐着火舌、发出吓人咆哮声的火墙。哪怕听到飞船船舱外面好像有什么东西点燃了的滋滋声，感觉飞船被火舌鞭笞、被火光吞没，也不要相信除了自己的智慧之外的任何东西。还需要注意的是，不是每一次火光移动或者隧道扭动都意味着星震或白色火海中刮起大风。所以，要谨记，经验丰富的水手不会一遇到什么事就大喊“拉响警报”，他们要经得起风浪，不然就会被别的有资历的水手笑话，以为一滴液氮就能浇灭整个星系的永恒光亮。要是有人问，飞船在飞行时遇到了星震应该怎么办，每一个星际探险者都会说，那时候就只能叹一口气了，因为只有那点时间，想写封遗书肯定来不及，所以到底是睁着眼还是闭着眼也就无所谓了，这都看个人喜好，因为大火都会“烧穿双眼”。不过这样的灾难还是极为罕见，因为米拉普德帝国所安装的支柱非常坚固，牢牢支撑着隧道的穹顶，而且这样穿梭在星辰之间，穿梭在怪龙星闪闪发亮的的弧形镜面中，绝对是一次令人难忘的旅行。如果说有人能在进入隧道后顺利地出来，却无法从可怕的葬旗荒漠中生还，那么这绝对不是危言耸听。如果隧道被一次星震破坏，那就只能穿过葬旗荒漠了。正如它的名字一样，那是一片比黑夜还要黑暗恐怖的荒漠，因为没有一颗星球的光敢投射到那里。整片荒漠就像一个大大的研磨容器，里面充斥着碾碎金属碎片和飞船残骸的声音，那些都是被诡计多端的怪龙星迷惑，迷路进了这片荒漠，被卷入了无底洞的漩涡，受到引力作用而被残忍地碾成了碎片，这些碎片会一直飘荡，直到银河系停止运转。葬旗荒漠的东边是滑领国，西边是手眼族的领土，南边是一条条密密麻麻铺满了死亡陷阱的道路，而北边通往更为轻松和平、散发着湛蓝光芒的蔚蓝星球，在更远一点的地方是燃叶王国——木耳衮国，那是一片闪着血红色光芒、由贫铁星球组成的群岛，又被称作阿尔卡罗的马车。

刚才已经说过了，葬旗荒漠处处都是黑暗，就好像怪龙星的太阳通道处处都是亮白一样，然而这里的一切危险不仅仅来自漩涡，不仅仅来自卷起几米高的电流狂沙和疯狂的流星。据说在一个看不见的角落里，在一个黑暗的怪洞中，在一个神秘莫测的深渊里，有一个生物坐了很久很久，人们都叫它“无名怪”，因为所有知道它名字的人在碰见它以后，还没来得及告知全世界，就离开了这个世界。据说这个无名怪是一个杀手也是一个巫师，它住在由黑色引力建起的城堡中，护城河是永恒的暴风骤雨，城墙是通过完美虚无呈现的非存在，城堡的窗户是瞎的，门是聋的。无名怪暗中观察着往来的旅行队，当它燃起对黄金和躯体的渴望时，它会喷出一大片黑色的火药，像一面盾牌一样遮住指路的阳星。当这些指路的星球一颗接一颗熄灭，旅行队就会偏离正确的安全路线，这时无名怪就会像一阵龙卷风从非存在之后旋转而出，紧紧箍住旅行队，把他们全部带回自己的虚无城堡。整个过程一气呵成，无名怪非常仔细，不会让旅行队遗漏任何东西，哪怕是一枚小小的红宝石别针，然后就只剩下被咬得七零八落的残骸碎片漫无目的地在荒漠中飘荡，后面还拽着长长的一串飞船铆钉，看起来就像无名怪吃完水果后吐出的籽。不过，自从火箭奴隶开凿出贯穿怪龙星的隧道后，所有旅行队都选择从这条明亮的通道通过，这可要把无名怪气疯了，因为它的战利品都会被“剥夺”。它气得火冒三丈，火光甚至把黑暗的荒漠都照亮了，它身体的光亮投射在黑色引力城墙上，就像一副恐怖的魔鬼骷髅在阴暗潮湿的坟墓中闪着鬼火，慢慢腐烂。很多见多识广的智者都说过，这个所谓的“无名怪”根本不存在，也从来没存在过。他们这么说的确挺好，也方便，因为想要把一个难以用语言描述的事物描述清楚，而且是在一个离葬旗荒漠非常遥远的地方把这件事说清楚，实在是太难了。不相信怪兽的存在可比打败怪兽和逃脱它的血盆大口容易多了。不止一个木耳衮国的机器装甲战士葬身无名怪之口，连同三艘战舰上的八十个随从也一并被它吞了下去，连骨头都没剩下，只有一些被咬烂的皮带搭扣被星云波冲走，后来被小阳星的一些村民发现了；还有数不清的战士和旅行队被毫不留情地一口吞下，甚至连求饶的机会都没有。如果无法找到一位英勇的骑士为他们复仇、根据古老的星球运转法律惩罚这个暴徒，那么至少要让电子记忆永远铭记这些尸骨无存、死无葬身之地的人吧！

上面的文字都是特鲁勒无意中在一本旧得发黄的古书中读到的，他赶紧拿起这本不知道在哪个不知名的商贩那里偶然购得的书来到了克拉帕乌丘斯家，声音洪亮、声情并茂地给克拉帕乌丘斯从头到尾、一字不落地读了一遍，因为这个故事实在太令他着迷了。

克拉帕乌丘斯这名智慧的建造大师，对宇宙中的星球和星云都了如指掌，听完以后只是微笑着点点头，然后说：“这些胡言乱语，我希望你一个字都别相信。”

“我为什么不相信？”特鲁勒生气地反问，“你看看！这里还有一张画得栩栩如生的无名怪的插图呢！他津津有味地品尝着两艘阳星帆船，还把自己的战利品都藏在了地窖里。再说了，超级星球隧道难道不是真实存在的吗？猎户座 α 星上不就是有这样一条隧道吗？你的宇宙学知识不会匮乏到还要怀疑它的存在吧？”

“说到插图，我现在就可以给你画一条每只眼睛中都有成千上万个阳星的龙。你还觉得一张图片就可以作为真实存在的证据吗？”克拉帕乌丘斯接着说，“而说到隧道——首先，真实存在的那条隧道的长度只有三百二十万千米，根本不是几十亿千米；其次，你说的那颗星球已经冷却了；还有，穿越星际隧道根本不是什么危险旅行，这一点你最清楚了，因为你自己就穿越过。我们再来说说那片所谓的葬旗荒漠，那只不过是十个千秒差距[1]宽的大型宇宙垃圾场，它在玛埃雷迪亚星和泰特拉尔西达星之间运转，根本不是在火头星和怪龙星附近，因为这两个名字奇怪的星球也根本不存在。还有一个事实是，那个所谓的荒漠之所以一片黑暗，是因为落的灰尘太多了。根本就没什么无名怪，明白吗？根本就没有！这根本都算不上一个有据可查的古老神话，充其量是由一个头脑混乱的人胡编乱造的一本博人眼球的读物。”

特鲁勒气得咬紧了嘴唇。

“你觉得那条隧道安全，”特鲁勒继续说，“那是因为当时是我驾驶的飞船，如果当时换你来驾驶的话，今天我们听到的内容就是完全不一样的版本了。我们先不扯这条隧道的事，至于这片葬旗荒漠和无名怪，我不是一个善于用语言说服别人的人，我们去

1　天体距离单位，1 千秒差距约合 3262 光年。

那儿看一看，你才会相信——”他抄起桌上那本厚厚的书，“这里面说的到底是真的还是假的！”

克拉帕乌丘斯竭尽全力想要劝阻特鲁勒，让他放弃这个想法，但是他最后也明白了，特鲁勒一向都是这么固执，他肯定不会放弃这个奇妙的探险计划。所以，克拉帕乌丘斯明确表示，他再也不想见到特鲁勒了，但是没过多久却加入了特鲁勒的旅途，因为他不忍心看着好朋友独自去送命——他们哪怕是遇到死神也能相互有个依靠。

他们准备了各种有可能用到的装备，毕竟这是一次长途跋涉，而且肯定不会像书里写的那么风光秀美。在一切准备就绪后，他们乘着仔细检测过的飞船出发了，一路上走走停停，特别是到了领土交界处，就是为了打探一些更为确切详细的信息。然而他们从当地人那里并没有打听出有用的消息，因为那些人要么说了身边发生的琐事，要么说了那些遥远到他们去都没去过的地方的情况。他们讲的事情荒唐到根本不可能发生，但是他们却添油加醋，讲得绘声绘色，把每一个细节都描绘得淋漓尽致。克拉帕乌丘斯把这些当地人讲的故事称为“腐蚀性故事”，因为这种故事听多了会让人思维混乱、荒唐健忘。

当他们离黑色荒漠还有五六百万火里[1]的时候，他们听说了一些关于一个凶狠无比的巨型怪物的传闻。怪物叫作“杀手迪普洛”，那些讲述“迪普洛”的人没有一个知道这个奇怪的名字是什么意思，也没有人真正见过“迪普洛”长什么样子。特鲁勒认为“迪普洛”或许就是“偶极子”（dipol）的谐音，这个杀手是一个包含正负两极、具有两种完全不同自然特征的极端杀手，而冷静清醒的克拉

1　虚构的长度单位。

帕乌丘斯则更倾向于不去进行无端的猜想和假设。据说这个杀手暴躁易怒，凶狠残酷，而且贪得无厌，他把俘虏身上的东西掠夺一空后并不满意，在放走俘虏之前还要长时间地殴打和折磨他们。两位大师在认真思考了是否要带上火枪或者砍刀之后，最终还是空手来到了黑暗荒漠的边缘。他们认为最有力的武器就是他们的头脑，因为在机器建造的世界里，只有智慧这种武器才会妙用无穷，可以适应千变万化的情况，于是他们就按照原计划出发了。

不得不说，特鲁勒在接下来的旅行中经历的都是苦涩的失望，因为他在现实旅途中亲眼所见的画面和他在书中读到的完全不一样。那些四射的星光、熊熊燃烧的火焰、空旷浩瀚的虚空，还有满天流星的浅滩和漫天飞舞的陨石——所有书中描写的旖旎独特的现象在现实中都是那么索然无味。周围的星球只有稀稀拉拉的几颗，毫不起眼，而且也都是一些非常古老陈旧的星球：有一些勉强发出暗淡的光芒，就像快要燃尽的火堆中的点点火光；还有一些已经完全暗淡无光，星球表面皱皱巴巴，只有透过一道道裂痕才能看到里面红色的脉络；燃火丛林中的神秘漩涡也完全不见踪影，甚至没有一个人听说过这些事情，整个虚空真是空虚至极、无聊至极。再说说这些密密麻麻的流星，它们在一片嘈杂混乱中飞来飞去，其中更多的是垃圾，而真正的磁铁矿和玻璃陨石却少之又少。这是因为这里距离银河极地非常近，简直触手可及，而随着黑暗的电流旋转，银河系中心数不清的垃圾废料和灰尘粉末被吸引到南面，自然就到了这里。附近星球的部落居民提到这里的时候，根本就不会把它称作“葬旗荒漠”。这里只是一个垃圾场罢了。

特鲁勒不得不尽力在克拉帕乌丘斯面前隐藏起自己的失落，否则克拉帕乌丘斯又要挖苦他这次荒漠探险之旅了。他们还是驾着飞船飞入了荒漠，黄沙拍打着飞船，所有星球排泄物和日珥放射时吐出的污物都牢牢地粘在了飞船舱外，真不知道以后还能不能清理干净，这让人对这次旅行大失所望。

星球早就消失在广袤的黑暗中了，他们只能摸黑试探着前进。突然，飞船斜着飞了起来，船舱里的所有工具、锅铲散落一地。两位大师明显感觉到飞船越飞越快，在发出一声瘆人的巨响后，终于比较平稳地着陆了，只是着陆的时候飞船是歪着的，所以无法运转，就好像一只鸟的喙戳进了什么东西以后动弹不得。他们快步走到窗前向外望去，然而外面除了一片漆黑，什么都看不见。他们听到有人在砸舱门，可是却看不到任何人影，只能感受到一股强大的力量粗暴地想要冲进来，这股力量大得让人害怕，而此时飞船的舱壁已经快要被拆散了。直到这时两位大师才意识到，他们没有带任何武器可能是高估了自己的实力，仅仅依靠自己的智慧可能有点危险。然而现在后悔为时已晚，他们只能从里面把舱门打开一道小缝，恐怕再这样下去舱门早晚要被掰断。

他们顺着门缝向外望去，只看到一张巨大无比的脸想要挤进来，好像下面的身体也会一起挤进来似的，不过这是不可能的。这张大脸恐怖得难以名状，从上到下布满了凸起的眼睛，密密麻麻毫无缝隙，还长着一个类似鼻子的东西和一个看起来不像颌骨又长在下巴位置的铁钩颌骨。这张大脸纹丝不动，就死死地堵在门缝处，只有那些眼睛上下乱窜，看起来贼眉鼠眼的，脸上的表情仿佛在贪婪地计算着这次能有多少收获。两位大师根本不需要动用自己的聪明才智，因为就算是傻子也知道这贪婪的目光代表什么，因为实在是太明显了。

“你要干吗？”特鲁勒被这毫不掩饰的目光弄得心烦意乱，终于忍不住打破了沉默，“你到底想要什么，你这个无耻的土匪？我

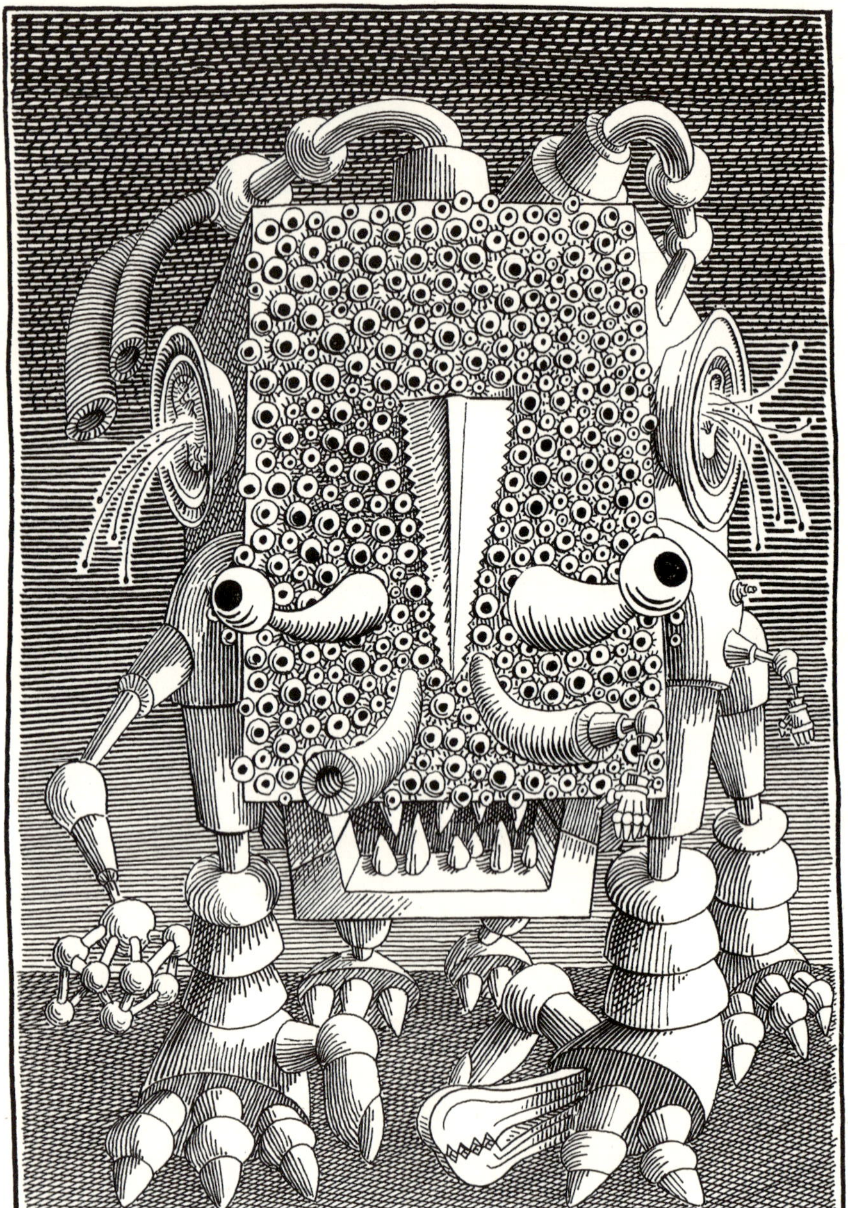

是伟大的机器建造师、无所不能的设计师特鲁勒，这位是我的好朋友，同样杰出而且享有盛誉的大师克拉帕乌丘斯，我们乘着飞船云游至此，请你立刻把你的大脸从舱门处移开，让我们离开这个满是污秽之物的黑暗之地，给我们指一条明路，让我们回到纯净而美好的太空中！如果你不按照我说的做，我们就会写一封投诉信，自然会有人来收拾你，把你大卸八块！你这个捡垃圾的怪物，你听懂我的话了吗？”

然而特鲁勒并没有得到任何回应，那张大脸仍在那儿上下审视，仿佛在计算着什么。

“你这个大怪物，你给我听好了，”特鲁勒大嚷起来，他现在已经彻底不管不顾了，尽管克拉帕乌丘斯一个劲地在后面拽他，示意他不要说了，“我们没有金子，也没有银子，更没有宝石，所以你现在就得把我们放了！不过在此之前，你得先把你那张大丑脸移走，实在是太恶心了！而你——”特鲁勒转向克拉帕乌丘斯，“别在后面拽我了，跟他没什么可客气的，因为我有我自己的理智，我知道该对什么人说什么话！”

“我不需要。”那张大脸突然说话了，数千双目光如炬的眼睛瞪着特鲁勒，“我不要金子，也不要银子，你对我说话要放尊重点，因为我是有证书的杀手，我受过良好的教育，而且脾气不太好。在你们之前，我已经在这儿‘招待’过别的客人了，我也在他们身上尝到了我想要的甜头。待会儿我把你们绑起来，相信从你们身上我也能够获得我想要的宝贝。我叫甘邦[1]，任意一边的边长都是三十阿尔申[2]。我的确会抢劫，但是我盗亦有道，抢劫的方式是科学且

1　音同口语中的“大脸”一词，一般指丑陋的脸。

2　沙俄时期的长度单位，1 阿尔申约合 71 厘米。

时尚的：我只抢劫珍贵的秘密、宝贵的知识、可靠的事实以及一切有价值的信息。好了，你们现在把我要的东西交出来吧，我数到五，如果不照做的话，我就要吹口哨了！一，二，三……”

他数到五了，两位大师什么都没交出来，他就真的吹了一声几乎能穿破耳膜的口哨，差点把两位大师的耳朵震飞。克拉帕乌丘斯一下子就明白了，当地人所称的“迪普洛”其实是“文凭”（dyplom）的谐音，看来这个杀手一定是在某个高等犯罪学院取得了毕业证书。特鲁勒早就捂住了耳朵，因为这口哨声和迪普洛杀手的身形一样令人害怕。

特鲁勒大喊着“我们什么也不会给你的，你把你这张大脸移走”的时候，克拉帕乌丘斯立刻跑去寻找棉花。

“如果我把我的大脸从这儿移开的话，我可就要把手伸进来了。”大脸甘邦继续说，“我的手又长又大，就像一个粗大的镊子，你们就自求多福吧！注意，我的手伸进来了！”

这时克拉帕乌丘斯找来的棉花已经无济于事了，因为那张大脸消失了，取而代之的是一只令人作呕的钢爪，上面结满了痂，指甲又长又尖。这只钢爪伸进来后就四处乱挠，飞船里的桌椅板凳都被弄坏了，锋利的爪子划过舱壁时发出刺耳的声音。特鲁勒和克拉帕乌丘斯为了躲避这只爪子，赶紧藏到了核反应堆后面，当大脸怪盗的手指接近他们时，他们就用铁勺狠狠地敲打它的手指。大脸怪盗再次被激怒了，又把脸塞了回来，对两位大师说：“我奉劝你们，最好按照我说的做，如果你们继续不和我合作，我就会把你们埋在我的储藏库的最底层，把垃圾埋在你们身上，再用石头压住，这样你们就永远无法站起来了，慢慢地就会生锈腐烂。我已经提醒过你们好几次了，现在就看你们怎么选了！”

特鲁勒根本不想听什么合作条件，但是克拉帕乌丘斯和特鲁勒不一样，他询问这个受过高等教育、拥有毕业证书的杀手到底有什么交换条件。

“这样谈话就舒服多了，”大脸怪盗说，“我只收集知识宝藏，因为知识是我毕生的挚爱，因为我是一个受过高等教育的人，所以我想要的东西才不会跟那种不学无术、头脑简单的土匪盗贼一样，而是用多少金银财宝也买不来的。知识可以满足对认知的渴望。众所周知，任何存在的东西都包含着信息，多年以来我都在这里收集信息，未来我也会继续下去。所以，我绝对不是为了收集金子或者宝石，这些东西的确美得让人赏心悦目，还能挂起来欣赏，有时候我只是顺便拿一些，但那些都只是信息的附属品。还有一点我要强调一下，我还会打击虚假信息，就像对待假黄金一样，我是一个受过高等教育的精英，我只追求真理！”

“你到底要哪种真实宝贵的信息呢？”克拉帕乌丘斯继续问。

“一切信息，只要是真实的就可以。”大脸怪盗回答，“每一条信息都可能在生命中的某个场合派上用场。这样的信息我已经装满了我的储藏库和地窖，不过我还有可以再装这么多的地方。你们把你们知道的都告诉我吧，我来记录！快点！”

“真不错！”克拉帕乌丘斯在特鲁勒耳边悄悄说，“我们要是把我们知道的都告诉他，估计我们要在这儿待上几百年了，我们的丰富知识怎么可能说得完呢？”

“等等，”特鲁勒似乎有了主意，“我想到一个制服他的办法了。”然后，他大声对大脸怪盗说：“听好了，你这个受过高等教育的杀手：我们所掌握的信息绝对比其他信息更有价值，因为这是一个关于如何从原子中制造出金子的配方。比如说，从宇宙中多得数不清的氢原子中提炼出金子。如果你想要这个秘方，就把我们放了。”

“我有一大箱子这种秘方，”大脸怪盗气得瞪大了眼睛，“全都是骗人的，我不会再上当了。首先你得证明你说的是真的。”

“当然可以，你有锅吗？”

“没有。”

“没事，没有锅也没关系，只要快点就行。”特鲁勒继续说，“这个秘方其实很简单：准备和金原子一样重的氢原子，也就是八十七个氢原子，先剥离电子，再将质子揉进去，揉成一个核面团，直到出现介子，然后漂亮地裹上一层电子就大功告成了！喏，你看，你就拥有了一块纯金！”

特鲁勒开始抓那些原子，接着把外面的电子壳剥掉，再把质子混合进去揉在一起。他飞速揉着“面团”，动作快得连他的手指都看不到了。终于，他揉好了“面团”，又在周围撒满了电子，然后去抓下一个原子。就这样，不到五分钟的时间，他的手上就出现了一块纯金。特鲁勒把金块递给大脸怪盗，大脸怪盗拿起金块放在嘴里咬了一口，点点头说：

“确实是一块金子，但是我不会揉这个原子面团，我的手太大了，根本抓不住原子。”

“没事，我们可以给你一台帮你的小机器，”特鲁勒继续哄他，“这样的话，不仅仅是氢，所有东西都可以转换成金子。我们也会把转换其他原子的秘方给你。只要你放得下，你可以把整个宇宙都转换成金子。”

“如果整个宇宙都是金子做的，那么金子就失去了它的宝贵价值了。”大脸怪盗回答，“你们这个秘方对我来说什么用也没有，尽管我把它记下来了，但是这还不够！我想要的是知识宝藏！”

“我的天啊，你到底想知道什么？”

“一切！”

特鲁勒看了看克拉帕乌丘斯，克拉帕乌丘斯也看了看特鲁勒，他只能抛出最后一张牌："如果你发毒誓，在我们将关于一切信息的知识告诉你之后，你就把我们放了的话，我们会亲手为你制造一个第二类恶魔，它具有魔力和热动力，非比寻常，还具有统计能力。它可以从一个破旧的桶里或者是一个喷嚏里汲取其中的所有信息，而且包括这个信息的过去、现在和未来。这个恶魔是无敌的，因为它是第二类的，你想要的话就赶紧告诉我们！"

受过高等教育、持有专业证书的杀手并不完全相信，没有立刻同意他们提出的条件，但是最后它还是发了毒誓，同时强调他们必须先制造出这样一个恶魔，而且要证明它真的有汲取所有信息的能力。特鲁勒答应了这个条件。

"大脸，现在你听好了，"特鲁勒说，"你那儿有空气吗？如果没有空气，这个恶魔是无法运转的。"

"我有一点，"大脸甘邦说，"但不是很纯净，因为我……"

"没关系，就算是腐烂的都没事，"两位大师一起答道，"你带我们去拿那些空气，我们就会告诉你一切！"

甘邦把自己的大脸移开，让两位大师下了飞船，领着他们去自己家拿空气。两位大师跟在他身后打量着，他的两条腿像两座高塔，后背像一块峭壁，全身上下应该有几百年没有清洗和上油了，走起路来发出刺耳的摩擦声。他们跟着甘邦走进了通往地窖的走廊，到处都是发霉长毛的大袋子，一个个用绳子绑起来，堆成一堆，那里面装的都是这个贪婪的怪盗收集来的信息，其中装有重要信息或有价值信息的口袋还用红笔做了记号。地窖的墙上用一根锈迹斑驳的铁链挂着一本巨大的记事簿，里面从字母 A 开始记载了所有事件。特鲁勒看了一眼就继续向前走去，脚步声回荡在地窖里。他和克拉帕乌丘斯互相撇了撇嘴，虽然这里到处都是收集来的真实可靠且具有价值的信息，但是目之所及的地方都长满了霉菌和绿毛，让整个地窖变成了一个地下垃圾场。这里的确到处都是空气，但空气中却弥漫着腐烂的味道。特鲁勒突然停下脚步说："你听着，这里的空气是由原子组合而成的，这些原子现在跳来跳去、四处乱窜，每立方纳米内的原子会在每秒钟发生几十亿次碰撞，正是这样永恒不休的跳跃和碰撞构成了气体。这样的跳跃毫无规律可循，因为在每一个空隙中都有几百亿原子，所以数字如此庞大的跳跃和碰撞就会重组，通过一种完全是巧合的方式组成新的结构。大傻子，你知道这种新的结构是什么吗？"

"请你对我尊重点！"大脸怪盗说，"我可不是那些头脑简单的土匪盗贼，我可是一个受过高等教育的精英，我还有文凭呢，而且我的脾气还很暴躁！"

"好吧，好吧。这些原子通过跳跃和碰撞而组成了一种新的重要结构，就好比有人闭着眼睛随便对墙开了一枪，子弹打到墙上形成了字母形状的裂痕。在很大程度上，这种情况极为罕见，甚至不可能出现，但是在原子气体中却是非常普遍的，而且一直会出现，在十万分之一秒内就会发生几百万亿次这样的碰撞。这就是问题所在：在任何微乎其微的空气中，原子的跳跃和碰撞都可能形成事实并记录下这些意义非法的信息，然而这些跳跃和碰撞都是无序且偶然的，形成的信息毫无意义，而毫无意义的信息远比真实的信息多得多。所以，很早以前大家就心照不宣：在你那刀砍斧剁一般的鼻子下面，每毫克空气中的每个瞬间内都在发生着的伟大的事，都要在数百万年以后才被记录下来；还有许多价值连城的真理、解决亘古未解之谜的答案都是一样，但是却没有办法将这些有用的信息筛选出来；而且，就在这些原子互相碰撞的同时，刚形成的一些内容又会随着碰撞变得七零八落，也许这些内容就永远消失了。所以，最重要的就是要建造一台筛选器，用来挑选并过滤出那些具有意义和价值的原子，这就是第二类恶魔的创造理念。傻大个、大脸怪盗，你听懂了吗？也就是说，这台机器要从飞舞着的原子中挑选出真正有用的信息，比如数学定理、时尚潮流、图形图案、历史年鉴、可丽（离）子饼的制作方法、石棉矿物质铠甲的剪裁与洗涤方式、诗词歌赋、学术建议、日历记录以及关于整个宇宙的秘密信息，还有电话号码簿和未打印出的……”

“够了，够了！”大脸甘邦大叫起来，“你给我闭嘴！我根本不相信你说的这个原子怎么组合、怎么跳跃又怎么四散而去，还有你说的什么把真实的信息从各种碰撞和跳跃的空气中提炼出来的事，根本就是一派胡言，是毫无用处的废话！”

“看来你还没我想的那么傻，”特鲁勒继续说，“整件事最难的部分就是如何启动筛选。我根本没打算用理论来证明筛选功能的可能性，我言出必行，现在我就在这儿给你造出一个第二类恶魔，让你能够亲眼见证这个信息筛选器的伟大与奇妙！你现在只需要给我一个盒子，不需要太大，但是密封性要好，我们就在盒子里面用针扎一个小孔，然后把恶魔放在这个小口上，他坐在那儿就可以只从盒子中提炼出真实宝贵的信息，其他没用的东西都不会拿出来。如果刚好一团原子开始组合并产生有用的信息，这个恶魔就会一把抓住它们的脖子，立刻用一支特殊的钻石笔在纸条上记录下所有信息。现在要准备好充足的纸，因为他会日夜不休地工作，直到宇宙停止转动。这个恶魔的速度是每秒钟工作一千亿次，一会儿你自己就能看到，这个第二类恶魔到底是怎么工作的。”

特鲁勒说完就回到飞船上去制造恶魔了，于是大脸甘邦问克拉帕乌丘斯：“第一类恶魔是什么样的呢？”

“哎，第一类恶魔很无趣，就是一个普通的热动力学恶魔。它只会把那些快速运动的原子从小孔里放出来，把慢的留在里面，通过这种方式制造出一种恒动热动力机。这台机器和信息一点关系都没有，所以你现在最好快点去准备好那个带有小孔的容器，一会儿特鲁勒就要回来了！”

这个受过高等教育的杀手走向了第二间地窖，一边嘟嘟囔囔地抱怨着什么，一边四处敲打，翻箱倒柜，还不时用脚在地上划拉着，最终从一块大木板下面拎出一只空空的旧铁皮桶，在上面扎了个小孔后就往回走，刚巧特鲁勒也拿着他制造出的恶魔回来了。

铁桶里充满了腐烂的空气，让人甚至刚一靠近那个小孔就要把鼻子臭掉了，但是恶魔似乎并不在意这些。特鲁勒把小家伙放在铁皮桶的小孔上，又在上面架好了一大卷纸条，拉到钻石笔的笔尖下。那支钻石笔似乎已经兴奋起来了，像台发报机一样开始嘀嘀嗒嗒地飞速写着什么，当然它的速度要比发报机快上几百万倍。当这支灵巧的钻石笔上下飞舞时，记录着信息的纸条就像流水一般在肮脏不堪的地窖地板上滚动起来。

大脸甘邦坐在铁桶旁边，拿起纸条，用他脸上成百上千只眼睛阅读这些从永恒跃动的原子中筛选出的信息。他被这些信息深深地吸引了，甚至都没注意到两位建造大师悄悄地离开了他的地窖，更没注意到他们已经来到了自己的飞船旁，手握方向盘，一次又一次地用力转动着，终于把这艘被大脸怪盗撞进泥潭的飞船拽了出来。两位大师迅速跳进船舱，把舱门关紧，用最快的速度点火启动，因为他们知道自己创造出的恶魔已经起作用了。此时，大脸甘邦已经被远远超出预期的信息宝库包围了，它靠着铁桶，伴随着钻石笔书写的声音，津津有味地阅读着恶魔通过原子振荡在纸条上记录下的一切信息：阿尔莱巴蠕虫是如何蠕动的；拉巴乌迪亚国的国王派特里的女儿叫嘉尔布达；白人国王弗雷德里克二世在向格温多林国宣战前的早餐吃了什么；一个热电原子有多少电子层；一种叫酷儿库的小鸟肛门有多大（这种小鸟是马尔瓦鹅族人在陶土罐上绘制的一种经典图案）；清澈沃德国中的海洋聚合水所制作的果酱有三种不同的味道；捣蛋花会用硫黄把古马尔凡迪亚国的猎人熏得一把鼻涕一把泪；如何计算多面体底角的角度；谁是布弯特国的左撇子屠夫法福丘斯的珠宝设计师；17000年摩尔考那舞茨亚国会出版了多少本纪念邮票册；被喝醉了的马尔康人用钉子刺死的长着绝美脚后跟的萨布里茨雅的棺材在哪儿；火箭内部装置和火车内部装置有什么区别；宇宙中谁拥有最小的长条除草机；为什么龙尾跳绳不喜欢吃苔藓；向后拉伸保持平衡的游戏规则是什么；阿布鲁克在古老的叹息山谷中走到八千米时候，脚下一滑踩到的一坨粪便中到底有多少粒狮尾草种子……慢慢地，大脸怪盗仿佛被鬼附身，但是他渐渐地好像也明白了，虽然这些信息都是真实存在且具有意义的，但是没有一条是对他有用的，而这些信息就像浆糊和胶水搅拌在一起，作用就是让他头晕脑涨，手脚发软。然而这个第二类恶魔仍以每秒钟筛选出三亿条信息的速度飞速运转着，纸条也以每秒钟几千米的速度不断喷涌着。渐渐地，这些纸条就像一张巨大的蜘蛛网，把这个受过高等教育的杀手捕获了，在他身上一圈圈地缠绕起来，钻石笔像疯了一样奋笔疾书。此时，大脸怪盗又觉得他可能马上就会知道世人闻所未闻、可以揭开万物存在之谜的重要信息，所以他贪婪地阅读着钻石笔记录下的一切信息：告密小鬼的祝酒歌歌词；高德万大陆上拖鞋的尺寸；鱼竿铠甲战士黄铜额头上的毛发厚度和毛球的样子；被人收养的小孩的囟门宽度；能唤醒格罗西皮尔的咒语；六种烹饪豆子汤的方法；给叔叔吃的救命毒药；令人眩晕的挠痒方式；齐姆斯国公民以M

开头的姓氏；发了霉的啤酒的味道……

大脸怪盗眼前开始发黑，他大喊一声，表示他真的受够了，可是长达三十万千米的纸条已经在周围蔓延开来。紧紧缠绕在他身上的纸条令他动弹不得，他只能继续阅读下去：鲁德亚德·吉卜林如何在肚子疼的情况下写出了《丛林故事》第二部的开头；未婚的鲸鱼最担心什么；长毛小飞蝇如何求爱；如何缝补破旧麻袋；什么是活性银；为什么鞋匠和裁缝是两个概念；人身上最多可以有多少块淤青……接下来又是一长串秃子和桃子的区别（首先就是桃子有毛，秃子没毛），然后是和小白菜押韵的词有哪些；乌勒姆教皇对姆勒乌反教皇说了什么难听的脏话；谁拥有齿梳八音盒……这时的大脸怪盗已经几乎绝望了，他挣扎着希望能从纸卷中摆脱出来，但是立刻腿一软，晕倒了。他倒下后还在奋力向外撕扯着纸条，想要把纸条都撕碎，可是因为他有太多双眼睛了，新的信息马不停蹄地呈现在他眼前，他不得不又得知了东南亚的守卫军都有哪些特长。终于被雪崩般的信息砸垮了的大脸怪盗闭上了它全部的眼睛，一动不动，而第二类恶魔还在马不停蹄地工作着，纸条像绷带一样把大脸怪盗密不透风地裹了起来，这位受过高等教育、拥有专业证书的大脸甘邦因其对知识毫无节制的贪婪追求而得到了这样的惩罚。

直到今天，他还一直被压在那堆垃圾和破烂的最底下，一座座纸条堆积的大山压在他身上，在半明半暗的地下室里，钻石笔闪烁着最纯净的光芒，记录着第二类恶魔从破旧的铁桶里过滤出的原子跳跃和碰撞所形成的信息。如洪水般汹涌的信息奔腾着涌向可怜的大脸甘邦，他不得不继续了解无穷无尽的事实，比如毛球的种类、蟑螂的品种，以及自己是如何走到这一步的——是的，他自己的这段经历也被记录在了某一段大概有几千米长的纸条上。

当然，其他生命的故事也在纸条上记录着，直到星球燃尽，走到尽头。任凭谁求饶也没有用，因为两位建造大师要对大脸甘邦犯下的杀人掠夺行径进行惩罚。也许有一天，等所有纸都用完了，惩罚才会停止。

第七次远行：特鲁勒追求完美却铸成大错

宇宙是无穷无尽的，却也是有边界的，所以一束光无论向哪个方向运动，在经过几十亿个世纪之后都会返回出发点。如果这束光拥有足够的力量，就会带着收集到的信息穿梭往来于各个恒星与行星之间。有一次，一个关于两位伟大的机器建造大师的消息就从遥远的星球传到了特鲁勒耳朵里。据说这两位造福万物的大师智慧超群，杰出完美，宇宙间无人能比。特鲁勒赶紧跑到克拉帕乌丘斯家里，告诉他这个消息其实不是在说他们的神秘竞争对象，而是在说他们自己，他们已经名扬宇宙了。有了名望就是这样，对于失败总是绝口不提，甚至是那些因为追求至高无上的完美而导致的失败。如果有人对这个观点持怀疑态度，那就请想想特鲁勒的七次远行中的最后一次吧！这次旅行是特鲁勒独自完成的，因为克拉帕乌丘斯被一些紧要的事缠身而没能和他同去。

那段时间特鲁勒变得骄傲自大、不可一世，理所应当地接受了所有授予他的荣誉和他人向他表达的敬意。他驾驶着飞船前往最不熟悉的北方，在空空荡荡的宇宙中穿行了很久，路过了一些因为交战而喧闹无比的星球和一些被死一般的寂静笼罩的星球。无意间，一颗不太大的行星出现在他眼前。确切地说，是一块迷了

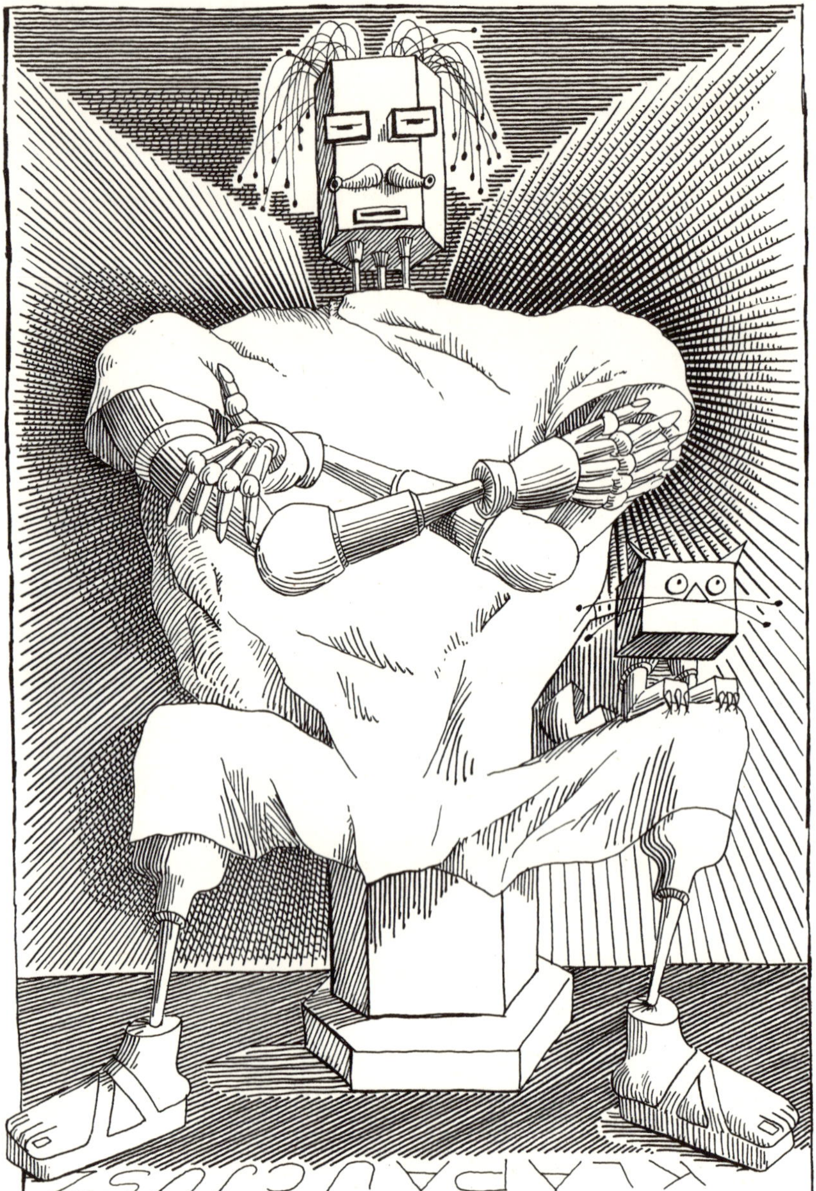
KLAPAUCJUSZ

路的碎片。

在这块碎片的表面，有个人跑来跑去，上蹿下跳，做着奇奇怪怪的动作。特鲁勒感到很奇怪，因为这里只有他一个人孤独地跑来跑去，而他又做出如此奇怪的举动，也不知道是想表达绝望还是气愤。好奇的特鲁勒迅速在这里降落。

一个身材高大的巨人走到他面前，浑身由铱和钒组成，一动就叮当作响。他做了自我介绍，说他叫塔尔塔莱·艾克斯留斯，是潘克勒斯亚和采南德拉两个国家的国王。两国居民对他暴力疯狂的统治忍无可忍，发动了一次推翻王权的起义，将他赶下王位，并把他流放到这块荒凉寂寞的星球碎片上，诅咒他永远在黑暗的重力中漂泊。

艾克斯留斯国王得知来者是机器建造大师特鲁勒，就请求这位造福万物又智慧超群的大师立刻帮助他重返家园、重登王位。仅仅是这样一个想法，就足以让国王兴奋得两眼发亮。他眼中燃烧着熊熊的复仇之火，钢铁做的手指也蜷缩起来，仿佛他的大手又重新扼制住了臣民的喉咙。

特鲁勒并不想满足艾克斯留斯的愿望，毕竟国王曾经作恶多端，可他又想安慰这位被赶下台的君主。他沉思了好一会儿才想明白，这件事不是毫无挽回的余地，其实有一个办法既可以让国王感到满意，又不会让他曾经的子民受到伤害。特鲁勒撩起衣服坐到地上，开始鼓捣那些曾经帮他实现了一个又一个伟大发明的装置，最终给艾克斯留斯国王建造了一座新的王国。王国中什么都有：堡寨[1]、河流、山川、森林和淙淙溪水、飘着朵朵白云的蔚蓝天空、英姿飒爽的军队和士气十足的卫兵、坚固的城墙堡垒、

1　一种防御工事，围以土墙木栅的战守据点。

穿梭于宫廷的皇家仕女，还有被明媚的阳光照得闪闪发光的集市。白天里人们辛勤劳作，挥汗如雨，夜晚处处歌舞升平，通宵达旦，时而还会传来击剑碰撞的清脆响声。特鲁勒还细心地安装了一个首都，整个都城由大理石和水晶建造而成，城里也一应俱全：年迈的智者组成的皇家议事委员会、冬宫夏宫和行宫、密谋造反的人、作伪证的人、告密者和头上的羽毛随风飘扬的骏马战队。为了营造艾克斯留斯国王原来所在国度的气氛，特鲁勒特意用银色丝线制造了礼炮，用轰鸣的炮声向国王致敬。他还制造了一个国家必不可少的部分：一群背叛者和爱国英雄、几个预言家和先知，还有一位救世主和一位伟大的诗人。在完成这一切后，他坐在这个基本准备就绪的国家旁，开始测试运转，并在这个过程中不停地用微型工具对国家内部进行调整：他把迷人魅力赋予女人，把阴郁沉默和贪杯恶习赋予男人，把骄傲自大和唯命是从赋予官员，把对宇宙星空的无限热情赋予天文学家，把大喊大叫制造噪声的力量赋予孩子。在一切都安装完毕、每一处都经过细细打磨后，特鲁勒把国家放进一只不大不小容量刚好、可以不费吹之力就拿起来的盒子里，并把盒子当作礼物送给艾克斯留斯，让他可以永远统治这个国家。特鲁勒先向艾克斯留斯展示了如针般纤细的出口和入口，告诉他如何在进入国家后指挥战争、如何平息叛乱、如何征收贡品和征收款项。他还教会国王这个微型社会的临界点和战争爆发的过渡点在哪里，换句话说，就是如何调整宫廷政变和社会变革发生的最大值和最小值。他非常详细地向国王解释这一切，这个昔日的暴君立刻就明白了，并且当着特鲁勒的面正确使用了雕刻着象征王权的雄鹰和雄狮的控制旋钮，实验性地颁布了几条国王命令，这几条命令包括战时状态令、宵禁令和特殊征税令。在微型国家的时间过了一年之后——特鲁勒和艾克斯留斯的世界过了不到一分钟时间——国王动了动按在控制钮上的手指，一条国王特赦令发布了：免除一次死刑，减轻税收，解除战时状态。盒子里瞬间迸发出欢呼声，虽然听起来像尾巴高高竖起的小老鼠发出的吱吱声，但那也是微型王国的臣民在为国王的宽宏大量而感激涕零。透过盒子上拱起的玻璃屋顶可以看到，在落满灰尘的大路上，在倒映出一朵朵白云、慵懒地流向远方的河流边，到处都是欢呼雀跃的人群，他们高声赞扬着君主那至高无上的仁慈之心。

虽然艾克斯留斯国王在一开始拿到特鲁勒送的礼物时感到被羞辱了，因为这个微型国家实在太小了，就像小孩过家家的玩具一样，可当他透过厚厚的玻璃罩子认真地看着里面的一切时，这一切却仿佛变得巨大了。可能他自己还没有深刻地领会到，其实在这里大小尺寸根本毫无意义，因为国事根本不是靠厘米或者千克来衡量的，感情亦是如此。无论是巨人还是侏儒，他们的情感都不因身材大小而增减。尽管他对特鲁勒表示了感谢，但他脸上的表情还是有点生硬，似笑非笑，谁也不知道以后会发生什么。保险起见，他也许会命令王宫卫兵把特鲁勒捆起来，用尽酷刑把他折磨致死。

幸好艾克斯留斯足够清醒，知道自己根本不是特鲁勒的对手。他们力量悬殊，要是想让皇家军队把特鲁勒抓住，可能比跳蚤把自己的宿主变成奴隶还难，所以他再次不置可否地向特鲁勒点点头，抓起权杖，还是有些不情愿地拿起那只装着微型王国的盒子，回到自己被流放的小屋中。按照这颗小星球在轨道上的运行规律，当耀眼的阳光代替朦胧的黑夜时，这位在他子民心中最伟大的统治者就忙碌地处理朝政，下达命令，颁布禁令，斩首行刑，论功行赏。他就用这样的方式一刻不停地督促着那些小小的子民，让他们对他更加忠心耿耿、爱戴有加。

特鲁勒一回到家就把这一切都告诉了好朋友克拉帕乌丘斯，

说他如何发挥建造大师的聪明才智，既满足了艾克斯留斯的统治愿望，又没有给艾克斯留斯曾经的臣民造成困扰，自豪之情溢于言表。令他意想不到的是，克拉帕乌丘斯听了以后并没有表示赞赏，特鲁勒甚至从他眼中读出了谴责的意味。

“如果我没有理解错，”克拉帕乌丘斯说，“你竟然给那个生性残忍、用刑残酷，总想把别人变成奴隶、总想折磨别人的暴君制造了一整个国家，还让他永久地统治国家的臣民？你竟然还说，那些人听闻一部分残忍的命令取消了，还为国王的仁慈而欢呼雀跃？你怎么能够做出这种事？”

“你没有搞错吧？”特鲁勒气得大叫起来，“我就是在盒子里给他建造了一个国家，整个国家只有六十五厘米宽、七十厘米长！而且这也不是什么真正的国家，就是一个模型……”

“什么模型？”

“什么叫‘什么模型’？就是一个国家的模型，顶多是现实国家的一亿分之一。”

“你怎么知道世界上不存在一个比我们的国家大一亿倍的国家？如果真有这种事，那我们就是那个巨型国家的模型喽？尺寸在这件事情上是根本问题吗？就算这个国家是建造在盒子里的，难道盒子里的人如果想从首都走到某个地方去，不需要花上几个月的时间吗？盒子里的人难道就没有痛苦，不用辛勤劳作，也不会死去吗？”

“好了，好了，我的朋友，你难道不知道那些程序都是我编出来的，也会按照我的设计来运行？这样就可以说，那里所发生的一切都不是真的……”

“怎么不是真的？你是想告诉我，盒子是空的，里面那些游行、刑罚、砍头都是幻觉？”

“也不是幻觉，他们的确是存在的，但是他们只是一种微型现象，是我用原子制造出来的。”特鲁勒回答，“不管怎么样，那些出生、相爱、英雄救国、叛徒告密都只是在一个虚构的电子微型世界中的，都是我通过精准无比的非线性工艺制造出来的，这样的话……”

“我不想再听你自吹自擂！”克拉帕乌丘斯生气地打断了他，“你是不是想说，这些事情的发生过程都是自我组织的程序？”

“当然是！”

“你是不是还想说，他们之间有微型电子云在流动？”

“你说得一点都没错！”

“那些黎明、日落还有血流成河的战争也都是实变量引发的？”

“正是如此。”

“那么如果从物理角度，追根溯源地、可触知地去研究我们，我们难道不是和他们一样，也是在微型电子云的流动中活动吗？不也是在空间里装入了正负极吗？难道我们的存在不是分子运动的结果吗，哪怕我们自己能够感受到恐惧、渴望和思考？当你在做白日梦时，你以为你的脑袋里除了二进制代数转换和电子自由流动还有什么更高级的活动吗？”

“克拉帕乌丘斯！你这么说就是把我们和那只封闭的玻璃盒子里的人相提并论！”特鲁勒气得大嚷，“你这么说可就太过分了！我只是为了能够制造出一台国家模拟器，一个完美的自动化机器模型！除此之外，别无他求！”

“特鲁勒！我们所追求的完美是我们的桎梏，因为不可预知性总会伴随着我们创造出的每一样东西！”克拉帕乌丘斯声嘶力竭地说，“因为一个不完美的模仿者如果想要折磨谁，他就会用木头和蜡给自己制造一个粗糙的玩偶，再给这个玩偶的内部凑合装上一个类似脑子的东西，然后就可以假装去折磨这个东西了！我的朋友，你想过没有？为了追求完美，人们会不停地想要改善。你想想，这就好像一名雕塑家制造了一个布娃娃，在它的肚子里装上留声机，这样在他揍这个娃娃的时候，它就会发出痛苦的呻吟声；你再想想，为了追求完美，这个被打的娃娃也会求饶，其实这时它已经变成了一台同态调节器。如果它会流泪、流血、害怕死亡，那它同时也会渴望死亡带来的永恒的宁静与安详。你难道看不到，就是因为仿制者所追求的完美会令假设成为事实，虚假才会变为现实？你让一个残暴无比的统治者永远地去折磨这些人，就是把他们推进了无尽的痛苦深渊。你犯下了弥天大错啊，特鲁勒！”

“纯属诡辩！”特鲁勒真是被朋友这番话气坏了，“电子不仅仅在我们的头脑里运动，也会在留声机唱片里运动，所以这样普遍性的存在根本证明不了你所说的这种合一的类比方式。被残忍的暴君艾克斯留斯所统治的人会被砍头、会死去、会哭号、会打架、会相爱，而这些都是因为我为他们设定了相应的参数，而他们在产生这些行为时会有什么感受，我们谁都不知道，克拉帕乌丘斯，也不会有人告诉你，因为在他们脑袋中运动的电子是不会告诉你任何事的！”

“我要是把你的脑袋敲开，除了运动的电子我什么也看不到。”克拉帕乌丘斯听完特鲁勒的话后说，“你可以假装你听不明白我给你举的那个例子，但我也知道你没有那么傻，你是揣着明白装糊涂！你是不会去向留声机唱片提问的，而留声机唱片也不会跪在地上求你饶恕。你肯定会说，这个国家的臣民被艾克斯留斯鞭打折磨时的哭喊声就像轮胎摩擦地面发出的刺耳声音，但这究竟是因为电子在他们身上运动，还是因为他们真的觉得疼？在我看来，这就是问题的根本区别！你要知道，一个受折磨的人是无法将他遭受的痛苦转交到你手上，让你去丈量、称重的，他也不能让你像用牙齿咬金子那样去观察这份痛苦的成色。所以，一个受折磨的人只能让你看到他在遭受的折磨。特鲁勒，你现在就证明给我看，他们是感受不到痛苦的人，他们根本就不是真实存在的，没有思想，也意识不到自己处在这只封闭的小盒子里，面临着出生前和死亡后这两个深渊。你要是能够证明这一切，我就不会再烦你了。你现在就证明给我看，你只是模拟了痛苦，而不是制造了痛苦！"

"你知道这是不可能做到的。"特鲁勒小声地回应，"当我把工具握在手中，而盒子里还空空如也的时候，我就必须预见到这种可能性，为的就是在为艾克斯留斯制造王国的时候避免这种情况的发生，为的就是不让艾克斯留斯察觉到，他所统治的不是真正的臣民，而只是一堆木偶和傀儡。我也没有别的办法，请你理解我，好吗？因为这一切的实现需要将绝对真实的幻觉推翻，将统治力量彻底摧毁，将它完全变成一个机械游戏……"

"行啦，我明白了，我彻底明白了！"克拉帕乌丘斯厉声说，"你做这件事的目的是非常高尚的，你想建造一个逼真的国家，一个和真实的国家难分真假的国家。好了，你现在成功了，达到目的了！你现在回来已经一个小时了，可是对于盒子里的人来说，他们的一生已经结束了。这些枉死的人的出现，就是为了满足艾克斯留斯，让他变得更加膨胀和肆无忌惮。"

特鲁勒不再说话，径直走向自己的飞船，但他发现，他的朋友克拉帕乌丘斯一直跟在后面。他迅速掉转飞船的方向，像个陀螺一样，开足马力冲向两个巨大的火团之中。克拉帕乌丘斯见状，向他喊道："你这样做太不对了！你总是先行动后思考。等我们到了那个地方，你打算怎么办？"

“我要把那个国家从他手里夺回来。”

“之后你打算怎么办？”

“毁掉它！”本来特鲁勒都想喊出这句话了，可第一个词还没说完他就觉得说不下去了。他自己也不知道该说什么，只能小声嘟囔：“一会儿我给他们办一次选举，让他们自己投票，公平公开地选出国王。”

“你在设计程序的时候已经给他们设置了封建制君主和封地诸侯，这一场选举过后他们的命运又能有什么改变呢？你必须先将整个国家的结构折断，然后重新进行组合……”

“那结构的改变在什么时候才能结束？而思想的转变又该从哪里开始呢？”特鲁勒喊道。克拉帕乌丘斯听了什么也没说，他们就在僵持的沉默中继续飞行，直到他们看到艾克斯留斯所在的那颗行星。当他们围绕着那颗行星准备降落时，他们被眼前的景象惊呆了：整颗行星都被数不清的充满智慧的迹象所覆盖，一座座微型桥梁像一条条线一样架在溪水河流之上，水面倒映着天上的星辰，到处航行着像小木片一样的船只；夜空笼罩下的半球上，城市灯火辉煌，而在仍是白天的半球上则可以看到巍然矗立的城堡；由于居民的尺寸太小了，通过最高倍的望远镜也看不清楚，而国王却不见踪影。

“他不见了……”特鲁勒不知所措地对好朋友说，“这些居民把他弄到哪里去了？他们竟然打破了盒子的墙壁，自己占据了整颗行星。”

“你看啊！”克拉帕乌丘斯指着一朵缓缓飘向空中、看起来像小蘑菇的云叫道，“他们已经会使用原子能了……你看那边，看见那个玻璃做的东西了吗？那就是那只盒子剩下的部分，他们把它改造成了一间寺庙……”

“我无法理解，这明明就是一个模型啊！只是一个通过大量参数设定的程序，一台国家统治模拟器，一台通过变量保持平衡的统治模拟机……”特鲁勒被眼前的情景震惊得语无伦次，很久都回不过神来。

“是的，但你犯了一个不可饶恕的错误，那就是你渴望追求无懈可击的完美。虽然你是出于好意，不想仅仅制造一台像时钟一样的机械装置，但正是你的精益求精才导致了这一切，制造出了这台装置的对立面！”

“求求你不要再说了！”特鲁勒无助地喊道。就在他们无能为力地看着这一切的时候，好像有什么东西撞上了他们的飞船，只是轻轻地剐蹭了一下。他们看到一个物体被一道从后面钻出来的微弱光芒照亮了，似乎是一艘小型飞船，也有可能只是一颗人造卫星。奇怪的是，这东西看起来有点像艾克斯留斯国王曾经穿着的那双铁靴中的一只。他们抬头看着天空，发现那里高高悬挂着一个不曾存在过的发光天体，照耀着这颗小行星，有着圆圆的、无尽寒冷的钢铁表面。两位大师还是看出来了，这分明是暴君艾克斯留斯的面庞，原来他就这样变成了微型王国的月亮。

利他霉素

一个关于多善隐士想要为全宇宙带来幸福以及最终结果的真实故事

夏日的某天，特鲁勒正在忙着给花园里的数字草莓修剪枝叶，他发现一个沿街乞讨的机器人慢慢地走了过来，看起来非常可怜和悲惨：他的四肢是烧黑了的破烟囱做的，而且都被绳子捆着；他的头是一个破了好多洞的大旧锅，他的思想在这个破锅里嘟嘟作响，有时还会发出火光，然后断线；他的脖子靠一块并不结实的铁板支撑着；敞开的肚子里装着一些摇摇欲坠、忽明忽暗的真空管，这个倒霉蛋用他空着的那只手托着这些真空管，另一只手一直在忙着将那些随时都会散落的螺丝拧紧。他一瘸一拐地路过特鲁勒门口，四根保险丝同时烧断了，这个机器人就当着特鲁勒大师的面，在一股浓烟和绝缘体的恶臭中慢慢地开裂。特鲁勒对他充满了同情，赶紧拿起螺丝刀、金属钳和绝缘胶布，跑到机器人身边对他进行抢救，机器人几次都因为整个系统异步化而发出刺耳的齿轮摩擦声，接着就晕了过去。最后，特鲁勒终于将他恢复到了清醒的状态，把他带到了屋子里。当这个可怜的机器人开始慢慢地充上电时，特鲁勒实在按捺不住心中的好奇，开始询问他是怎么把自己弄成了这副可怜的样子。

“好心的先生啊，”这个陌生的机器人浑身电磁颤抖着回答，“我叫多善，我是——哦，不，我曾经是一名隐士，在荒漠中虔诚地沉思了六七十年。直到有一天早上，我忽然想到，这样独居归隐的生活是在做善事吗？这些高尚的思想和对精神真理的挖掘是否能够在一颗钉子松动的时候不让它脱落？难道我的首要责任不应该是向他人伸出援手，而将自己置于其次的位置吗？难道……”

“好了，好了，隐士先生，”特鲁勒打断了他的话，“您那天早上的心理活动我差不多已经听明白了，您接着往下说，好吗？”

“于是我前往福托拉国，通过一个偶然的机会在那儿认识了一位名叫克拉帕乌丘斯的杰出机器人建造大师。”

“啊！怎么可能？”特鲁勒禁不住大喊了一声。

“先生，怎么了？”

“没事，没事，您请继续说。”

“我也不是一开始就认识他。他那么伟大的人物，乘着一辆自动马车——他不仅是坐在那辆马车里，他还能和马车聊天，就像现在我和您说话一样。当我站在马路中央的时候，因为我还没有习惯在城市的马路上行走，那辆马车对我非常不礼貌，用非常难听的话侮辱我，就因为我不小心用棍子打掉了它的前灯，它气得暴跳如雷，但是马车的乘客却制止了它，并且邀请我到马车里一起坐。我告诉了他我是谁以及我为什么离开荒漠，但是我也不知道接下来应该做什么。他称赞了我的决定，并且做了自我介绍，滔滔不绝地说了自己的工作和成就，最后给我讲了一个令我十分动容的故事，是关于著名思想家、哲人、克拉圣徒弗氯里安·特奥理茨[1]的，他以孤独终老告终。所有关于这个伟大的机器人的著作中，最吸引我的就是埃那菲利亚星人的故事。尊敬的先生，您是否听说过埃那菲利亚星人？”

1　弗氯里安·特奥理茨（Chloryan Teorycy）：前缀“chlor-”表示氯，前缀“teo-”指和希腊的神相关。

“当然，他们是宇宙中唯一已经实现了最高层发展的生物，对不对？”

“对，就是他们，先生，您真是见多识广！当我和伟大的克拉帕乌丘斯大师在他的马车里并排而坐时（马车还在非常不客气地对来来往往的人群骂着脏话，就因为那些人没有给我们让路），我忽然想到，一定没有比那些如此发达的生物更明白的了，他们一定知道，如果有人像我一样，想要对别人行善，有这样一颗为他人做善事的心，应该做些什么。所以我立刻就向克拉帕乌丘斯请教，埃那菲利亚星人在哪儿以及怎么能够找到他们。他冲我怪笑了一下，然后摇了摇头，什么话也没说。我不敢无理地继续追问。过了一会儿，我们来到了一家路边的小餐馆（因为他的马车嗓子彻底哑了，一点声音都发不出，所以克拉帕乌丘斯先生不得不把行程向后延迟了一天），在点了一壶自酿电解质甜酒后，这位先生的心情好像好了一些，当他看着舞者伴着高昂的音乐翩翩跳起机器转圈舞时，他已经完全信任我了，所以才对我讲了一个故事……不过，先生您是不是已经觉得我讲的这些太无聊了？”

“没有，没有，”特鲁勒连忙否认，“我在认真地听呢。”

“‘我善良的多善先生，’当舞者跳得火花四溅时，克拉帕乌丘斯在小餐厅里对我说，‘你要知道，那位不幸的使徒的故事对我触动很大，我觉得自己应该立刻出发去寻找那些完美的发达生物。他通过绝对的逻辑和理论方法证明了他们存在的必要性。我也看得出，最困难的地方就是宇宙中所有种族都认为自己是最完美、最发达的生物，如果我只是一个个地去问，是不会有任何结果的；如果是靠概率飞到某个地方去找，能找到的机会也非常渺茫，因为根据我的测算，宇宙中大概有十四亿亿个能够思考的族群，所以你看，想要准确无误地找到他们在哪儿是多么困难的一件事。我反复认真地考虑了这件事，翻遍了图书馆里的资料和古书，最后在一个叫什么特鲁普斯·马利格努斯的作品里找到了一个重要提示。他和克拉圣徒得出了一样的结论，只是要比克拉圣徒早了三十万年，却彻底被大家遗忘了。从这里你就可以看出，太阳底下无新事，不仅太阳底下，任何一个星球上都无新事，特鲁普斯的结局和弗氯里安又有什么差别呢？但是这和我们今天要说的没有关系，我也正是从那些字迹模糊的碎纸片中得知了应该如何去寻找埃那菲利亚星人。特鲁普斯证明，必须仔细地寻找和研究那些星际群，哪怕这是不可能的事，为了能够找到埃那菲利亚星人，也要去做；只要能完成这样不可能完成的事，那么埃那菲利亚就一定在那里了。毫无疑问，这个线索非常不明朗，而明朗的思想不就是来自这样的不明朗吗？我立刻检测好飞船就出发了，一路上的艰难险阻我就不说了，我只说一件事，那就是我终于在一堆星际群中发现了一颗与众不同的星球，因为它是方的。众所周知，星球都是圆的，没有星球的形状是有棱有角的，而我看到的这颗星球，它是方方正正的，是个立方体，这怎么可能呢？我立刻驾着飞船靠近，慢慢地，我看得越来越清楚，它附近的那颗行星也是四四方方的，在每一个外角处都安装着结实的门锁。在不远处还有一颗非常普通的行星在旋转，我用望远镜仔细观察，看到一群群机器人正在搏斗，这番情景真的很难让人有在这里降落的欲望。我又重新将望远镜对准了那颗像个大箱子一样方方正正的行星，把远视放大镜调到最大，再一次认真地观察。当我看到其中一把几英里长的锁上到处都刻着三个大字母“NFR”[1]

1　即“发展的最高层级”（Najwyższa Faza Rozwoju）的缩写。虽然星球名为“埃那菲利亚”（Eneferia），但这个名字其实是“NFR”三个字母在波兰语中的读法，再略加音变，所以埃那菲利亚星就是指 NFR。

的时候，我快要被突如其来的喜悦震晕了！’

“‘伟大的天体！’我大叫一声，‘就是这儿了！’

“我绕着它飞了好几圈，绕得我头都晕了，也没在砂石平原上看到一个人影。直到我离它还有六英里的时候，我才通过高倍望远镜看出来，在地面上聚集的一群群小黑点就是这个天体上的居民。他们大概有一百来人，四仰八叉地躺在沙地上，一动不动，就像死了一样，还真是把我吓了一大跳。但是我又端详了一会儿就发现，他们有人时不时地就挠挠痒痒，这清晰地证明他们都还活着，所以我就放心地降落了，甚至等不及火箭冷却，因为在穿越大气层的时候，它总是会烧得特别烫。我三步并作两步地朝着那些躺着的人跑过去，还离得很远时我就冲他们大喊：‘哎，不好意思打扰一下，这里是不是发展的最高层级？’

“然而没有一个人理我，甚至没有一个人对我的到来有一丝一毫的反应。我对他们无所谓的态度感到很奇怪，又认认真真地审视了一下周围的环境。正方形的太阳发出的光芒照耀着整片平原，砂石地上到处散落着摔碎的车轮、干草、纸片和其他废弃物，而那些人就在这些垃圾中随意地躺着，有的人仰面朝天，有的人肚子贴地，而更远处的一位双腿竖起，笔直指向天穹。我绕着离我最近的这位走了一圈，发现他既不是机器人，也不是人，更不是任何一种哆哆嗦嗦的蛋白质生物。他的头部圆滚滚的，两颊红扑扑的，没有眼睛，只有两支短笛，耳朵是个幽幽冒着烟的香炉，周身都被一阵香烟云雾环绕着。他穿着两侧带有青紫色条纹装饰的蝴蝶兰色裤子，上面还粘着写满字的脏兮兮的纸片，他的鞋看起来像是飞船的支架，手中拿着一把用糖霜姜饼烤成的班杜拉琴[1]，琴身

1　乌克兰传统弹拨弦乐器。

已经被啃了一块。他非常均匀地发出轻轻的鼾声。我一边揉着被烟熏得直流眼泪的眼睛，一边想要看看他缝在裤子上的纸片上到底都写着什么。我发现我能看懂的并不多，上面写的内容非常奇怪，比如‘七号——钻石——最重达七担[1]’‘八号——悲剧饼干，吞下去在腹中思量美德’‘十号——发达的高尔康德雷纳[2]’等等，其他的我都不太记得了。当我伸出手，想打开一块纸片把上面的内容看清楚时，这个躺在沙地上的人腿旁边突然出现了一个小坑，里面传出了微弱的声音：‘已经到时间了吗？’

“‘谁在说话？’我问。

“‘是我，高尔康德雷纳要开始了吗？’

“‘不，不需要！’我迅速回答，并往后退了几步，尽量离那个地方远一点。第二个当地人的头部像一口钟，长着三条腿和十几只有大有小的手，其中两只小手抚摸着自己的肚子，两只耳朵长长的，长满了羽毛，帽子上还有一个紫色的小阳台，上面还有一个人在和谁吵架，但是和他吵架的人应该是隐形的，只能看见小盘子和小碗四处乱飞，碎片散落一地，他好像还背着一个钻石枕头。当我站在这个人面前时，他从头上拔下一只角闻了闻，一脸嫌弃地把它丢在了一旁，然后又往自己的脑袋里灌满了脏兮兮的沙子。旁边还躺着一个什么人，我一开始以为是双胞胎，后来我想了想，估计是一对紧紧相拥的爱人吧。当我想悄悄地离开这个地方时，我发现这根本不是一个人，也不是一对爱人，而是一个半人。他有一

1　波兰古代重量单位，有华沙担和利沃夫担两种计量方式：1 华沙担合 64.8 千克，1 利沃夫担合 51.84 千克。

2　源自印度东南部城市戈尔康达（Golkonda），十七世纪时曾是著名的钻石之都，隐喻高尔康德雷纳这个国家有着取之不尽、用之不竭的宝藏和资源。

个非常平凡的人类的脑袋，只是他的耳朵过一会儿就会离开脑袋，绕着他飞来飞去，像一对翩翩起舞的蝴蝶。这个人双眼紧闭，额头上和两颊上长着很多疣，而每一个疣上面都有小小的眼睛，带着很明显的敌意盯着我。这个奇怪的生物胸膛很宽，像穿着铠甲的骑士，上面却好像又被随意地钻了很多小孔，每个小孔里都倒上了树莓汁；他只有一条腿，但是这条腿非常粗壮，脚上穿着一只山羊皮尖头鞋，鞋尖上还挂着一个毡铃；他的胳膊肘旁边有一堆苹果把儿，也有可能是梨子的把儿。我继续往前走，眼前的景象越来越让人诧异：我先是看见一个长着人头的机器人，他的鼻子里有一个能自己发出声音的哨子；我又看见一个机器人躺在草莓酱的水洼里，还有一个机器人后背上开了一扇小门，可以看到内部都是水晶做的，里面还有一些小矮人在舞台上进行戏剧表演，只是他们的表演实在太下流了，我看了一眼就脸红心跳，吓得像被烫到似的赶紧闪到一旁。我可能躲闪得太过着急，一下子失去平衡摔倒了。当我爬起来的时候，我看到面前有一个新的星球居民，他全身赤裸，用一个纯金的痒痒挠抓着后背。他浑身舒爽，伸了个大大的懒腰，这时我才看见他并没有脑袋，他的脑袋端正地摆在远处，脖子埋在沙子里，在张大的嘴巴里用舌头舔过一颗颗牙齿，数着牙齿的数量。他的额头是黄铜做的，上面画着白色的连续花纹，一只耳朵上戴着耳环，另一只耳朵里插着一根小木棍，小木棍上用大写加粗的字体写着：‘可以！’我不知道自己当时是怎么想的，就用手拽了一下那根小木棍，小木棍后面拉出一根裹着冰糖的棉线，棉线上还有一张小纸片，上面还是用大写加粗的字体写着：‘继续！’我就按它说的继续往外拉。棉线拉到头了，上面系着一张随风飘摇的小纸片，上面还是用大写加粗的字写着：‘好玩吗？滚蛋吧！’

“我不但被这一切弄得一头雾水，所有的思绪都连不起来，甚至连一句完整的话都说不出口。我好不容易打起精神站了起来，继续往前走，准备找一个哪怕看起来愿意回答我一个问题的人。终于，我觉得我找到了一个可能比较愿意和我说话的小胖子，他背对着我坐在那儿，好像在忙着玩弄他膝盖上放着的东西。他有一个脑袋、两只耳朵、两只手，看起来算正常，所以我就从他左边绕到他前面，开口说：‘不好意思，请问您能不能告诉我，我是不是走错路了？这里是发展的最高……’

“这些词仿佛在我嘴里就消失了，他一动不动，看起来就像根本没听到我说的话一样。不得不说他确实很忙，他的膝盖上放着的是和他的脑袋分离开来的他自己的脸，当他用手指挖鼻孔时，那张脸还在轻轻地喘息着。我真的被眼前的一切搞糊涂了，但是我的糊涂很快就转化成了好奇心，而好奇心又让我想立刻弄明白这一切到底是怎么回事，这颗星球上到底发生了什么。我跑到一个又一个躺着的人身边，大声地喊着，无论是尖叫、询问、威胁、折磨还是祈求，他们都没有任何反应。我抓住那个挖鼻孔的人的胳膊，却被吓得一下子就松开手跳到一旁，因为我发现他的胳膊被我扯掉了，而他却没有任何反应，甚至连看都没看我一眼，只是在旁边的沙子里摸索了一会儿，摸出了另一条和他那条胳膊差不多的胳膊，只是这条新胳膊上面的手指甲涂着橘红色格子的指甲油。他吹了吹那条胳膊上的沙子，把它安在了自己的肩膀上，然后那条胳膊立刻粘住了，好像就是从他身体里长出来的一样。我十分好奇，弯腰去看他那条被我扯掉的胳膊，那条胳膊突然就在我鼻子前面打了个响指。这时，那个四四方方的太阳已经有两个角落下了地平线，微风渐渐停了，埃那菲利亚星的居民轻轻地抓着痒、打着嗝、挠着头，明显准备进入梦乡了：那个背着钻石枕头的人拍了拍自己的枕头，另一个人把自己的鼻子、耳朵和腿都整齐地码在旁边。天色渐渐暗了下来，我晃晃悠悠地来回走了走，也只能叹一口气，准备找一个地方睡觉了。我一边喘着气，一边在沙子里给自己挖了一个比较大的坑，我爬到坑里躺下，望着墨蓝的天空中闪耀的星辰，思索着下一步要怎么做。我对自己说：‘肯定没错！所有一切都证明我肯定找对地方了，我找到的就是特鲁普斯·马利格努斯和克拉圣徒弗氯里安·特奥理莰所说的那个全宇宙最高级的文明，那里的居民既不是人也不是机器人，躺在一堆垃圾和废弃物中，枕着钻石枕头，盖着钻石被子，躺在沙漠床上，每天无所事事，只知道抓痒和挠头！这里面一定隐藏着一个残酷的秘密，不找出这个秘密，我绝不罢休！’

“我又想，这个藏在方形星球上的秘密一定非常可怕，那个方形的太阳、那些做着淫秽动作的下流小矮人，还有耳朵里的冰糖，这一切都不对劲！我以前一直认为，既然一个普通的机器人都能致力于科学研究和培养人才，那么那些存在于更发达文明中的机器人一定更加忙于科学和知识吧？更不要说在最高级、最完美的文明中的那些人了！照我看来，不管他们在忙着干什么，反正他们对和我交谈没有任何兴趣，但是我又必须让他们开口和我说话。要怎么做才行呢？或许我就应该像块膏药似的使劲烦他们，他们要是被烦得无可奈何，受不了了，就会和我说话了！不过这么做也是有风险的，万一他们生气了，他们捏死我就像捏死一只蟑螂一样容易。不过他们应该不会做出这么残忍野蛮的事吧？我实在太想知道其中的秘密了，心中就像有一团火在燃烧。不管了，我一定要弄清楚这是怎么回事！

“想到这儿，我一跃而起，在一片伸手不见五指的黑暗中大声号叫着，翻着跟头，满地打滚，踢我身边躺着的人，把沙子撒在他们眼睛里。我又唱又跳，又跑又闹，又哭又叫，直到嗓子都哑了，就一屁股坐在地上，做了几节广播体操，然后又像一头疯狂的斗牛那样冲到他们中间。然而他们只是翻了个身，用后背对着我，又用钻石枕头或者钻石被子挡住自己，任我在那里胡折腾。当我翻第五百个后空翻的时候，我的脑海中闪出了一个想法：要是我的好朋友看见我现在这个样子，一定会大吃一惊吧！他肯定想知道我到底在这个达到了宇宙最高发展水平的星球上干了什么。但是这个想法丝毫没有影响我继续捣乱，我突然听见他们开始在一片寂静中窃窃私语：

“—嘿，朋友！

“—怎么了？

“—你听，那儿折腾什么呢？

“—刚才差点把我脑袋踩漏了！

“—那你再安一个新脑袋。

“—可是他不让人睡觉啊！

“—什么？

“—我是说，他不让人踏实睡觉！

“—他肯定就是好奇。第三个声音悄悄地说。

“—他可太好奇了！

“—那怎么办？我们是不是得做点什么，让他别再折腾了？

“—做什么？

“—是不是可以改变一下他的性格？

“—那次这么做的后果可是不太……

“—那就任他这么抽风？你听见他的号叫声了吗？

“—也是，那我们……

“他们又悄悄地耳语了一会儿，我还在号叫、翻跟头、打滚，正集中注意力想听清他们窃窃私语的内容。那时候我正好在某个人的肚子上倒立，忽然感觉被一片虚无的暗夜笼罩了，那黑暗熄灭了我的思想，却紧紧抱住我不肯离去——至少等我清醒过来时，我是这么觉得的。我感觉浑身酸痛，翻跟头时简直像把我所有的骨头都翻了一遍似的，而我已经不在那颗星球上了。我坐在自己的飞船里，手脚都动弹不得，被一座由一罐罐草莓酱、口簧琴[1]、杏仁味小熊糖、镶有钻石和铃铛装的卡特琳琴[2]、金币、金耳环和宝石堆成的大山包围了。这座金光闪闪的山发出光芒，让我不得不把眼睛闭上。当我费尽全身力气，好不容易从这座价值连城的宝山中爬出来时，我从飞船向外望去，窗外的星景完全不同了，而那个方方的太阳更是不见踪影。测速仪的数据显示，我必须全速前进六千年才能回到那颗方形行星上。我明白了，在我那么使劲折腾一番后，他们把我踢出了埃那菲利亚星；我明白了，对他们来说，没有比把我用超级特殊空间发射器赶出星球更容易的事了，他们这么做就是要给我点颜色看看，我肯定是回不到那里去了。‘所以，我决定用一个完全不同的方法来做这件事，我尊敬的多善先生！’伟大的克拉帕乌丘斯大师就这样给我讲完了这个故事，好心的先生……”

“他就没说什么别的？不可能！”特鲁勒急得大喊起来。

“哦！好心的先生，他还说了别的，我的救命恩人，你听我说，我的不幸也就是这么来的！”机器人低沉而难过地回答，“当我问他打算怎么做时，他俯下身对我说：

“‘一开始我觉得这是一个不可能完成的任务，但是我最后找到一个办法。我的隐士先生，你是一个头脑简单又没受过教育的

1　一种古老的民间吹奏乐器。

2　一种类似手风琴的乐器。

机器人，你也听不懂这些晦涩难懂的东西，你也就别费心了。总而言之，这件事很简单，就是要建造一台合适的数码机器，一台可以模拟生成所有存在的机器。这台正确编程的机器会为你制造出一个发展的最高层级……你也可以对它提出任何问题，然后来获得终极答案。’

“‘那这台机器要怎么建造呢？’我关心地问，‘而且尊敬的克拉帕乌丘斯先生，您怎么能够确定，这台机器建造出来后，我们刚提出第一个问题，它就会用超级特殊空间发射技术把我们踢到寸草不生的破地方去？’

“‘这不是大问题，’克拉帕乌丘斯说，‘你就别管了。我会去问那些埃那菲利亚星人这个伟大奥秘，而你可以通过这种方式去实现你与生俱来的对所有恶行的憎恶，善良的君子——多善先生！’

“我自不必多言，先生您也能想象到我在听了这些话后有多高兴。我被前所未有的快乐所包围，立刻就在克拉帕乌丘斯身边帮他打下手，协助他建造这台机器。克拉帕乌丘斯先生完全准确地按照死去的克拉圣徒弗氯里安·特奥理莰所描述的样子建造出了这样一台机器，确切地说这是一台造神机，一台可以创造宇宙光辉照耀下的一切存在的机器。只是克拉帕乌丘斯先生对于这个名字不太满意，他一直在努力构想一个配得上这台机器的名字，而且用的词语越来越高级宏大且生僻难懂，比如‘全能机’‘终极完美能力机’‘无所不能创造机’，后来又想出了‘无比能力创存机’，关于这些名字我就不多说了，重要的是，在一年零六天之后，这个庞然大物就造出来了。为了节省空间，我们把它放置在内部空空如也的巨大卫星——拉普恩德拉星上。说真的，在这铜墙铁壁般的巨大末世论改造机的笼罩下，在这个完美世界的创造者、罪恶的终结者面前，我们仿佛是远洋巨轮上的一只小蚂蚁。我不得不承认，当克拉帕乌丘斯先生让我在终极控制台前坐好，他自己则跳到一旁，留我独自与这如同高山般矗立在我面前的机器交流时，我紧张得头发都竖起来了，如同一根根钢针。我咬紧牙关，似乎能够听到我的关节都在咔咔作响。我看到机器面板上的指示灯亮起，如同高空中闪耀的星辰，出现了一行让人毛骨悚然的大字：'危险！高能超越！'这时刻度表盘上的数字后面已经有几百万个零了，逻辑力与语义能已经达到了一个无法估算的值。在我们脚下，一片超越人类和机器所有智慧的汪洋波涛汹涌，无数秒差距的电路和万千公顷的电磁在我面前、身后、头顶、脚下，如魔咒一般，从四面八方奔涌而来，包围着我，而我感觉自己在其中如同一粒尘埃，卑微且无知。我回想了自己毕生对善行的热爱与对真理的渴望，我擦了擦已经麻木的嘴唇，终于颤颤巍巍地问出了第一个问题：'你是谁？'

"机器浑身颤抖了一下，发出了一阵玻璃与金属碰撞的声音。一阵轻柔而温热的微风拂过，一个轻柔却刚劲有力的声音在我的头顶环绕：'我是无所不能的存在，是全能者，是精神智慧的领航者，是赛博时代的到来，是万物之光，等等，等等。'

"这段话是用拉丁语说的，尊敬的先生，我只能尽量用更容易懂的语言，能记住多少就只能给您复述多少。当我听到机器这样向我介绍时，我就开始害怕了，直到克拉帕乌丘斯回来以后，把超越数降低到原来的千亿分之一，才让我们的对话得以进行下去。我恳请无所不能的创造机回答我关于发展的最高层级以及埃那菲利亚星上隐藏的可怕秘密。克拉帕乌丘斯却说，我这么做是不对的，他要求这台全能超能力机在白银和水晶的混沌中模拟出一个方形行星的居民，并且为这个模拟人加入了话痨模式。故事就这样开始了……

“‘我……好像……结巴……一直好不了……我可可可可……能能能不……’我怎么也说不出一句整话，克拉帕乌丘斯见状就代替我坐在了终极控制台前，问：‘你是谁？’

“‘这个同样的问题，我到底要回答多少次？’机器生气地回答。

“‘我的意思是，你是人还是机器人？’克拉帕乌丘斯解释道。

“‘你觉得这两者有什么区别？’机器又发话了。

“‘如果你总是用问题来回答问题，那我们就没什么可聊的了。’克拉帕乌丘斯厉声威胁他，‘你肯定知道我想问什么！快说！’

“克拉帕乌丘斯的严厉语调让我不寒而栗，但是也可能他这么做就对了，因为机器开始说话了：‘有的时候人建造机器，有的时候机器建造人，所以到底是金属在思考还是流质[1]在思考根本没那么重要。我可以变成各种型号、各种形状或任意人物形象——说得更严谨一点吧，我曾经可以这么做——因为现在，我们没有任何一个人愿意忙活这种没什么价值的小事。’

“‘是吗？’克拉帕乌丘斯问，‘那你们为什么就在那儿躺着，什么都不干？’

“‘有什么事我们必须要做吗？’机器反问。

“克拉帕乌丘斯又有点生气了，接着说：‘我不知道你们为什么这样！我们这些还没有达到那么高级的发展的人，每天都有很多事要忙！’

“‘我们以前也挺忙的。’

“‘现在不忙了？’

“‘不忙了。’

1　指人脑。

“‘为什么？’

“这个模拟人并不想立刻回答，他坚持说自己已经遭受了六百万次这样的提问了，这个问题无论对他自己来说，还是对提问的人来说，都是徒劳，什么结论都得不出来。克拉帕乌丘斯又增加了一点超越力，把旋钮拧大了一些，这样机器就不得不回答了：‘十亿年以前，我们的文明非常普通，我们当时也信仰赛博天使，信仰每个存在本体与伟大的程序设计师之间神圣而神秘的反馈联系，等等。后来出现了怀疑论者、经验主义者以及偶然论者，他们经过了九世纪后得出结论，世界上什么都没有，万事皆有可能存在，而存在的原因并不是为了什么更高的目标，而是就那么自己出现了。’

“‘就那么出现了？是怎么出现的？’我非常疑惑地问。

“‘你知道的，有时候会出现驼背的机器人。’机器继续说，‘假如你一直都被弯腰驼背所困扰，而你坚定地相信全能创造之神需要一个你这样的驼背之人，你的驼背正是他宇宙计划中用来填补星云的，而这一切是早在世界创造出来之前就已经定下来的，那么你就可以非常轻松地接受自己驼背的现状。但是如果有人告诉你，这是因为几个原子不小心打滑错位才造成的结果，你说你除了在深夜独自饮泣，还能做什么呢？’

“‘要是，要是，要是，’我坚信，‘驼背是可以治好的，也是可以挺直的。只要有足够高能的知识，任何畸形错位都可以矫正！”

“‘我知道，’机器似乎一下子就情绪低落，变得不耐烦了，‘头脑简单的人都会这么以为。’

“‘难道不是这样吗？’克拉帕乌丘斯和我都感到不可思议。

“‘当所有驼背都要矫正的时代来临时，’机器继续说，‘一切可能性都会变得无法收拾。等驼背变直挺了，又会开始想着制造意识，把太阳变成方的、给行星加上手脚，制造合成的命运——这种命运可比现实生活幸福美满得多。起初，一切看起来都是那么纯良无害，但都会以构建全能超能力以及构建全能超能力的构建者而告终。我们星球上的荒漠并不是沙漠，而是超级造神机，比你们造出来的这台初代原始大铁箱高能一百万倍。那片沙漠是我们的祖先创造出来的，因为在他们看来，任何其他的东西都太小儿科了。他们狂妄自大地以为能够将沙子变成思想，他们其实没必要这样做，因为既然已经可以创造出所有存在了，就完全没有必要再往荒漠中注入智慧了。你们听明白了吗，低能发展的代表？'

"'听懂了，听懂了。'克拉帕乌丘斯回答的时候，我还在发抖，'可是你们为什么不在那片天才般神奇的沙漠中进行一些比挠痒痒、挖鼻孔更有意义的工作呢？'

"'因为只有在什么都不做的时候，全能超能力才是最全能超能的。'机器继续说，'就好像你到达了巅峰，面前所有的路都是下坡路那样！而且我们已经是那么完美的人了，还有什么事是我们必须去做的？我们的祖先的祖先就已经试验过创神机的能力了，他们通过这台机器给我们造出了一个四四方方的太阳，我们的星球也像一个四四方方的大箱子，他们还把行星上的最高山都变成了一个个字母组合图形[1]。其实还可以把星辰横平竖直地整齐排列，按照网格化管理，把它们中的一半点亮，一半熄灭；还可以建造由很多微星人簇拥在一起组成的物种，这样就是一个由无数狂舞着的小矮人组成的思想巨人了；还可以同时分身出现在成千上万个地方，重新规划银河中的星辰，把它们摆成自己喜欢的或者看着顺眼的形状和布局……可是，请你告诉我，我们为什么要费这

1 指星球上刻着"发展的最高层级"字母缩写 NFR 的图案。

些力气呢？如果宇宙中的星辰变成三角形或者加上几个轮子，世界就会变得更美好吗？'

"'一派胡言！'克拉帕乌丘斯非常生气地批评道，而我哆嗦得更厉害了，'既然你们像神一样无所不能，你们的义务就是立刻消除一切正在折磨着和你们相似的物种的痛苦、忧虑和不幸！你们至少应该从邻居开始。我亲眼看见他们互相打得头破血流，你们怎么能够眼睁睁地看着他们受苦，而甘心在这里挠痒痒、挖鼻孔，捉弄那些渴望寻求真理和智慧的星际旅行者，往他们的耳朵里塞冰糖呢？"

"'你真的不理解，为什么这个冰糖这么让你生气？'机器回答，'不过这不重要。如果我没理解错的话，你希望我们能够带给所有人幸福。我们的祖先在十五个世纪以前曾经认真地致力于这项工作。他们将这项事业称为幸福制造学，可以细分为突现幸福学和缓现幸福学。突现幸福学是指幸福的出现是突然的、充满惊喜的，而缓现幸福学则是指幸福是慢慢演变而成的。缓现幸福学演变进化的关键就是要一动不动地静观其变，并且要坚信，任何一种文明都可以慢慢地演变进化成高级文明；而突变幸福学的实现只有两种途径，要么靠满足心愿，要么靠武力强制。根据数据统计，通过武力强制实现幸福的方式会比袖手旁观的方式所带来的不幸多一百到八百倍。光靠满足要求来实现幸福的方式也行不通，这听起来很奇怪，但不管怎样，最终的结果都和使用超级造神机或者使用它的死对头'超级造地狱机'别无二致。或许你听说过蟹状星云？'

"'当然，'克拉帕乌丘斯回答，'那是一颗超新星爆炸以后留下的……'

"'你听听，'机器的声音有些嘲讽，'超新星？什么超新星！

朋友，你可太实诚了，那根本就是一颗文明相对发达的普通行星，一颗泪水和鲜血肆意横流的行星。某天清晨，我们向他们空投了八亿个实现愿望晶体管，而当我们还没走远，刚刚离开这颗行星一光周[1]的时候，它就突然爆炸了，碎成了无数个小芝麻，至今还飘浮在宇宙中！霍米纳斯星的命运也是如此，我还要再给你们讲讲那颗星球上发生的故事吗？'

"'不需要！'克拉帕乌丘斯气急败坏地说，'我决不相信，通过认真思索和尽心尽力的方式去为他人实现幸福，却会发生这种事！'

"'你不相信？那我也没办法了！我们试了六万四千五百十三次。当我想到这样做的后果时，我脑袋上长的每一根头发都竖起来了！你们一定要相信我，我们真的是不遗余力、不辞辛苦地在为他人做好事啊！我们制造出一台专门用来远程观测梦想的望远镜，或许你能明白，如果某颗行星上正在发动疯狂的宗教教派战争，每一派都渴望能够打败另一方而得到胜利，那么这时我们就不知道该帮助哪一方完成梦想、实现心愿了。这里必须遵循实现幸福而不违背行善原则的最高思想。除此之外，宇宙中大多数文明都把自己的心愿和梦想埋在灵魂深处，而不愿或不敢将之开诚布公地展现。所以，我们再次陷入了两难之境。到底是应该帮助他们去做因为残存的羞耻心和正义感而做的事情，还是去帮助他们实现他们心底隐藏的真正渴望呢？我来给你们举个例子。就拿低智人和阿门人来说吧，低智人就是中世纪时那些虔诚的人，他们将所有和魔鬼鬼混的浪荡子——特别是浪荡女——活活烧死，一来是因为他们嫉妒这些放浪形骸的人和撒旦一起寻欢作乐，二来是他们通过这种以法制之名实施酷刑的方式来获得非同一般的快感。阿

1　虚构的距离单位。

门人是一个除了自己的身体什么都不相信的种族，他们通过机器给自己的身体增加快感和喜悦，并称之为娱乐活动，然而他们还算懂得节制。他们有很多玻璃盒子，往里面注入了各式各样的强暴、谋杀、毁灭等事件的记录，通过观看这些记录来满足自己的欲望。我们向他们的星球上下了一阵机器雨，这些数不胜数的机器为他们制造了各种虚幻的现实，可以用来在不伤害别人的前提下满足他们的各种需求。低智人在六周内，而阿门人在五周内都因为沉沦在这过度的欣喜中而丧命，他们直到闭眼的那一刻还一直因为快感而发出幸福的呻吟。欠发达的人啊！你说的是这样的办法吗？’

“‘你不是白痴就是怪物！’克拉帕乌丘斯吼道，而我早就吓得魂飞魄散了，‘你怎么还敢在这儿炫耀你做的这些恶事？’

“‘我没有炫耀，我只是在坦白。’机器的声音听起来非常平静，‘我已经说了，我们已经试过所有的办法，一直都在不停地尝试着。我们向这些行星上抛撒财富、幸福，一切好东西如同洪水般涌向他们，满足他们的一切愿望，然而这却让这些星球上的一切活动和存在都瘫痪了。我们还对他们进行了建议，换来的却是他们向我们的飞船——就是我们的飞碟开火。我看，其实最需要的，是先去改变那些想要实现幸福的人的灵魂。’

“‘你们明明可以这么做啊！’克拉帕乌丘斯还是不太满意地嘟囔着。

“‘我们当然可以，没有任何问题！来，我们再来看看我们的邻居。那些住在类地行星或者叫地球型行星的类人，他们一生都在忙着创悲引忧与凡人自扰[1]，他们这么做都是因为对亡灵之

1　原文这两个词是虚构的，指“想象或创造出一种制造悲伤与不幸的高贵力量”或“引发人的忧虑”。

神[1]的恐惧，他们深信亡灵之神是超越存在而存在的事物，她长着燃烧着熊熊烈火的血盆大口，准备将那些有罪的人一口吞下。他们模仿着幸福富裕的茨布拉贝利亚星人（这群人是生活在天堂里的瓦布达斯种族），躲避着呕黑达星[2]上所有呕黑达恶人。年轻一代的类人确实比他们长着八只手的祖先强多了，他们意志更坚定、行为更高尚。的确，曾经爆发过类人与泥沼人关于履行责任是为了享乐，还是享乐则必须要履行责任的大战，但是你看看，在这样的混战中只有一部分人丧生，你是不是希望我在这个时候能够把他们对于创悲引忧和躲避亡灵之神的执着信念从他们的脑子里连根拔除，让他们准备好接受这种理性的幸福？我跟你说，这样的做法无异于精神谋杀，因为这样所形成的物种将根本不再是类人或泥沼人了！这一点难道你会不明白？'

"'迷信应该被科学所取代！'克拉帕乌丘斯毫不让步，坚定地说。

"'当然，你说得没错！但是也请你注意，那里现在住着将近七百万忏悔者，他们一生不止一次蹂躏着自己的天性，就是为了能够通过这种方式将他人从亡灵之神的恶口中救赎；而我就在这时出现在他们面前，用了几分钟的时间向他们讲清楚，他们穷尽一生所做的努力都是徒劳，他们所经历的磨难都是浪费生命，这么做难道不残忍吗？的确，科学一定会取代迷信，然而实现是一个过程，需要时间。就拿我们刚才提到的那个驼背的人来说吧，他生活在甜蜜的黑暗中，深信他的驼背是造物主需要他以这样的形态

1　原词指人死后灵魂聚集的地方，这里将该词拟人化，赋予其又胖又丑且贪婪的女性词前缀，故代词用"她"。

2　源自"令人作呕"（ohyda）一词。

出现，需要他去承担宇宙中这样一个角色，而你非要向他解释清楚，他之所以这样就是因为原子错位造成的事故，你这样做不是让他实现幸福，而是在赋予他不幸！最好还是先把他的背矫正直，然后……'

"'对呀，就是应该这样！'克拉帕乌丘斯喊道。

"'没错！我们的祖先就是这么做的，有一次，我爷爷一下子就把三百个驼子的后背都矫正直了！你知道后来他受了多大的罪吗？'

"'为什么？'我忍不住问道。

"'为什么？当时就有一百二十个人下了油锅，因为他们以为自己突然获得健康而美好的躯体是因为和魔鬼做了交换；还有三十个因为身体无残疾立刻就被强制征兵送上了战场，丧命于战火纷飞与军旗飘扬的战场上；还有十七个直接因为过度欣喜，乐极生悲；还有一些因为沉迷情场而纵欲过度（因为我爷爷心肠太好了，不仅替他们治好了驼背，还顺手给了他们迷人的外貌）。他们太久没有尝过这种欢愉的滋味与快感了，所以毫无节制地放浪着、宣泄着，流连于各种声色犬马之所；终于，不到两年，一个个就纵欲而终，到坟墓里去集合了。哦，对了，有一个例外，不过这个人也没什么值得说的。'

"'你说呀，你都开始了，怎么又把话吞回去！'克拉帕乌丘斯大师急得已经不在意自己吼得有多大声了。

"'如果你非要听的话，那好吧。其实还有两个人活了下来，其中一个哭着来找我爷爷，跪在地上求我爷爷把他变回驼子，因为他之前是残疾人，靠补助金和救济金就能过得不错，可是在他后背挺直以后，他就不得不去工作，而他根本无法习惯这样劳累的生活。他还告诉我爷爷，他早就习惯了驼背弯腰走路的生活，而

现在他身体挺拔，走到哪儿都会撞到头……’

“‘那还有最后一个呢？’克拉帕乌丘斯问。

“‘他本是一个因为身体残疾而被剥夺了继承权的王子，而在他拥有挺拔而健美的身姿后，他的后妈害怕他会和自己的儿子争夺王位，所以就用毒药把他害死了……’

“‘好吧，可是不管怎么说，你们都应该能创造奇迹的！’克拉帕乌丘斯已经带着哭腔了。

“‘通过创造奇迹去使他人获得幸福，是我所知范围内最具风险的一种技术手段。’机器用异常严厉的口气说，‘这样奇迹般的美好是要改变谁呢？改变个体吗？要知道，过度的魅力与美貌会让婚姻的纽带破裂，过度的理智与思想带来的是孤独，而过度的财富只会带来疯狂。所以，绝对不可以改变个体，而改变社会群体又是不允许的。每个人都有权利去走他们自己选择的道路，通过最自然的方式，一个台阶一个台阶地迈上发展的阶梯，而所有的善恶成败都由他们自己去承担。作为已经达到宇宙发展的最高层级的居民，我们在这个宇宙中没有任何事情要做，我们也不会去创造其他宇宙。我想在此提醒各位注意，这是毫无意义的。如果我们真的这么做了，是不是就是为了显示我们高人一等呢？如果是那样，可就太过分了！那么我们或许要为即将被创造出的存在做点什么。可是它们现在并不存在，我们怎么能为了不存在的存在去创造呢？人在什么都不能做的时候，就是无所不能的。所以还是乖乖地坐着吧，你们也别再烦我了！’

“‘怎么能这样呢？难道就没有任何办法可以让人变得幸福，让生活变得更好，让苦痛变得更少吗？你看看那些受苦的人！喂！你说话啊！’我和坐在终极控制台前的克拉帕乌丘斯的呼喊声此起彼伏。

“机器无可奈何地叹了口气，说：‘我就知道不应该跟你们说话！难道我们就在我们的星球上待着，什么都不管吗？永远都是这样！行吧！给你们一张药方，这是一种还没试验过的新药，我丑话说在前面，有些后果是会让你们后悔的！行了，你们现在愿意干什么就干什么吧，只要别来烦我就行，赶紧从我的创神机里走开吧……’

“机器恢复了沉默，而我们在它渐渐暗淡下去的灯光中看到，控制台上有一张纸，上面写着：

利他霉素——所有蛋白质生物专用的心理转换药物。服用该药物者，可对其周围五百厄尔[1]以内的人的所有情感、心情及感受进行普遍化统一。该药物以心电感应为原则，保证不向外传播思想。该药物不适用于植物及机器人。由于反射回馈作用，情感发出者所发出的情感信号接收范围内接收者越多，产生的共鸣则越强，个体所感受到情感强度则越大。根据发明者的研发理念，利他霉素可用于任何一个社会群体的手足之情、共存之情和同情之心的深化，因为幸福之人的邻居将和他们一样幸福，而他的邻居获得了幸福，也会令其倍感幸福。所以，他们会在考虑个人利益的基础上，全心全意地希望这个幸福的个体更幸福。如果有人遭受痛苦，那么所有人都会立刻伸出援助之手，通过减少该人的痛苦而将自己的痛苦指数也降低。利他霉素不会腐蚀墙壁、栅栏、篱笆及其他阻隔物，不会削弱其原本功能。该药物易溶

1　波兰古代长度单位，原意为成年人前臂的长度，1厄尔约合52.36厘米。

于水，可将其投入河流、井水等地下水管道网中。该药物无色无味，每纳克可用于十万人以内的社会群体。对该药物可能产生的与药物研发意愿相左的后果，发明者概不负责。

发展的最高层级——超级无敌无所不能之星代表呈

“克拉帕乌丘斯不满意地嘟囔着，因为他认为，如果利他霉素只能用于人类，而无法用于机器人，这就意味着机器人仍要留在不幸中。我鼓起勇气提醒了他，为了实现所有智慧物种的和谐共存，我们现在必须去对他们实施帮助了。我们开始对具体实施方案进行讨论，因为我们都知道实现他人的幸福刻不容缓。克拉帕乌丘斯要求‘无所不能机’的一个小分队向他提供足量的利他霉素药粉，而我在与伟大的建造大师商量以后，决定前往一颗离我们不太远的类地行星，到达那里大概要飞行四天，而那颗行星上居住着人形生物。我十分渴望能够成为一名做好事不留名的善行者，所以在向克拉帕乌丘斯大师讨教以后，我决定乔装打扮成当地人的模样。您也知道，想要让我改头换面并不是一件容易的事，但是克拉帕乌丘斯毕竟是天才机器建造大师，他克服了一切困难实现了我的诉求，我就拎着两个大箱子——其中一个装着四十千克利他霉素的白色粉末，而另一个装着我的个人洗漱用品，像睡衣裤、内衣裤等，还有乔装打扮所需要的化装道具，如备用脸蛋、头发、鼻子、眼睛、舌头等等——就这样踏上了征程。我乔装打扮成了一个身材匀称、有两撇小胡子和浓密刘海的年轻小伙子。克拉帕乌丘斯对是否在一开始就大规模地使用利他霉素仍持怀疑态度，尽管我没有和他一样的担心，我还是决定听他的话，在到达格奥尼亚星（那颗星球的名字）以后先进行药物使用实验。我的心中，激动之情不断翻涌，我实在是太渴望看到在那颗星球上遍地开满友谊之花，处处都和谐共存了。我在和克拉帕乌丘斯真诚地道别后，便一刻不敢耽搁地朝着那颗星球出发了。

“为了在小范围内进行利他霉素的实验，我在到达格奥尼亚星后，先是来到一个小村子。在一个郁郁寡欢的老人开的小客栈里坐了一会儿，我就趁着别人帮我把行李从马车上拿到房间里的空当，手脚麻利地将一小撮药粉投入了客栈门口的水井中，一切进展得都很顺利。客栈里却是一片混乱，厨房里的女工拎着一桶桶热水，客栈老板凶巴巴地催促着她们，不一会儿外面就传来了马蹄声，一位提着医药箱的老者从马车上一跃而下，没有进客栈，而是转身就往牛棚走去，我听女仆说，客栈老板的一头格奥兽（一种类似母牛的生物）正在生产。我当时就有点慌了，因为说实话，我们并没有考虑到还有动物的问题，但是现在也没有什么别的办法和退路了，我只能把自己关在房间里，紧张地观察着外面所发生的一切。没过多久，我就听到了井绳铁链声，女工们正在从井里打水；过了一小会儿，我又听到一阵牛叫声，它周围的牛也都叫了起来，接着我又看见兽医捧着肚子大喊大叫地从牛棚里跑了出来，跟在他身后的女工们也都和他样子差不多地跑了出来，最后是老板捧着肚子跑了出来。所有人都感受到了母牛分娩的痛苦，他们四散而逃，越跑越远，疼痛有所减轻后就又都回来了，可是随着他们走近母牛，疼痛又加重了。就这样，他们从牛棚里跑进跑出十几个来回，每次都是抱着肚子忍着分娩的剧痛冲出去。这次意外的发生让我决定，不能在有动物的地方使用利他霉素，我必须去城市里。我飞快地打包好行李，想要结账走人，但是整个客栈的人都沉浸在母牛生产和小牛即将诞生给他们带来的剧痛中，根本没人理我；我只能自己拿着行李走出去，想坐马车赶紧离开，可是我的车夫和马也都困在了母牛生产的剧痛中，所以我只好临时决定，步行前往邻近的城市。当我拎着箱子走过小桥时，不幸的事情发生了，我的箱子撞到了桥的栏杆，一下子把锁撞掉了，箱子四散开来，一眨眼的工夫，一箱子白色粉末也随风刮进了桥下的河水中。我站在桥上，呆若木鸡地看着四十千克的利他霉素粉末就这样溶解在湍急的河水中，不知所措。情况无可挽回，我已经毫无退路，因为这条河就是那座城市的饮用水源。

“我一路向前，到达那座城市时已经是晚上了，整座城市灯火辉煌，街上熙熙攘攘，热闹非凡。我找了一家小旅馆落脚，先是四处张望了一下，没发现有什么异常现象，周围也没有任何人。经历了一天的长途跋涉和惊心动魄，我躺在床上立刻就睡着了。半夜里，我突然被一阵尖厉的惊叫声惊醒了，我立刻从床上跳了下来。我的房间被对面一座燃烧着熊熊烈火的房子照得亮如白昼，我赶紧下楼想跑到街上，刚一迈过门槛就被一具尸体绊倒了，那具尸体身上还残存着温热。在我对面，六个强盗用力压着一个大呼救命的老人，用手里的钳子把老人嘴里的牙齿一颗颗地拔了下来，当他们终于找到老人最后一颗牙的时候，他们竟然兴奋地齐声欢呼起来，因为就是这颗牙的牙根一直在疼，通过利他霉素的传输作用，他们也被这疼痛折磨得够呛，现在终于能把它拔掉了。他们把那个被折磨得半死的没牙老头扔在一旁，越走越远，他们的疼痛明显消失不见了。

“然而并不是这个倒霉老头的尖叫声把我惊醒的，叫醒我的是发生在对面酒馆里的一起事故：一个喝醉了的大块头给了同伴的脑袋一拳，而他离开时也感受到了同样的一拳重击，他气得就下手更重了。而此时，在酒馆里喝酒的人们也都感受到了这份重击带来的疼痛，气得跳了起来，开始互相殴打。我所住的小旅馆中一半的客人都被这吵闹声和尖叫声惊醒了，他们纷纷抄起拐棍、笤帚、拖把、木棍，穿着睡衣跑到了对面小酒馆的战场，加入了这场混战。当盘子碗碟四处乱飞的时候，一盏油灯打翻了，一朵火苗迅速变成了熊熊烈火。警铃声、警报声、救火车声划破夜空，那些打架斗殴者哀号一片，我赶紧趁乱逃走，心想跑得越远越好，一口气跑过了几条街，又融入另一群人中。这些人围着一座四周种满玫瑰的小白房子，原来这里正在举办一场婚礼，一对新人正在里面度过新婚之夜。房子外面的人多到数不清，有穿着制服的军官，有穿着长袍的牧师，还有一群中学生。那些站在窗边的人把脑袋贴在玻璃上使劲往里面看，而另一些人则一边爬上他们的后背，一边嚷着：‘怎么样？看见什么没有？怎么这么慢啊！我们要等到什么时候？快点儿干正事啊！上啊！’一位想要穿过人群的老者却没有力气拨开重重人群，眼泪汪汪地乞求着，想要快点过去。因为他站得比较远，而且他年纪大了，脑子反应也慢了，所以利他霉素没有对他起到什么作用。人们根本没有理会他的请求，他们中的一些人已经被情欲带来的快感弄得晕头转向，一些人已经发出了淫荡的呻吟，而那些未经世事的年轻人则冒着鼻涕泡泡，傻傻地看着。一开始，这对新人的亲人还试图赶走这些下流猥琐的偷窥者和围观者，然而不一会儿，他们自己也陷入了这众生迷乱的欲海中，和大家一起合唱着淫词浪调，为新人夫妇鼓劲加油；在这场令人难过的混乱中，新郎的曾祖父一马当先，用轮椅一遍遍疯狂地撞着新人的卧室门。我被眼前的一切震惊了，害怕得落荒而逃，在逃回小旅馆的路上碰到了好几群人，他们要么打架斗殴，要么就是抱在一起，手在别人身上乱摸一气。然而这一切和我接下来在旅馆中所看到的景象相比，简直算不上什么。远远地，我就看到穿着内衣裤的客人从阳台的窗子往下跳，一个个摔得腿严重骨折，还有一些人爬上了房顶。旅馆的老板和老板娘，还有旅馆的清洁女工、门房，他们都在旅馆里走来走去，尖声怪叫，像疯子一样，一会儿躲进柜子里，一会儿躲到床底下——这一切都是因为有一只猫在地下室捉老鼠。

“我渐渐地开始明白，是我太鲁莽了，我所做的一切是多么缺乏深思熟虑！黎明时分，利他霉素的强大功效已经达到了如此骇人的地步：如果有人鼻子发痒，他周围半径一千米以内的人都会打一个如炸雷般的喷嚏；那些患有神经性疼痛的人把亲人都吓跑了，医生和护士对他们更是避而远之，看见他们比看见瘟神还害怕，只有一些面色苍白的受虐狂略带羞涩地悄悄围在他们身边，因疼痛传输带来的非凡快感而喘着粗气。当然也有很多人不相信利他霉素的作用，为了证明功效的存在，他们对身边的人一顿拳打脚踢，想看看自己是不是也能感受别人口中所描述的这种奇怪的共鸣感觉；那些被打的人也不甘示弱，立刻就还手了，这座城市陷入了一片你打我踢的混乱之中。到了早餐时间，我不敢相信我眼前所发生的一切，我失魂落魄地在街上徘徊，突然就撞见了一大群泪流满面的人穿过市中心广场，追着朝一个头戴黑纱、身着丧服的老妇人扔石头。原来，老妇人的丈夫是一位年龄非常大的鞋匠，昨天刚刚过世，今天早上要去下葬，而这位老妇人因为无法抑制自己的悲痛，痛哭不止，所以她极度哀伤的情绪传播给了邻居，邻居又传播给了邻居的邻居，邻居们好说歹说都无法制止老妇人的哭泣，没有办法只能追着她把她赶出城去。看着这幅令人难过的场景，我觉得我的心也被揪紧了。我以最快的速度跑回了小旅馆，可是它已经被无情的大火吞没了。原来一位厨师正在熬汤，一不小心烫到了手指，而此时，住在顶楼的一位军官正在擦拭火枪，由于传输过来的巨大疼痛，他的手指不自觉地弯了起来，不小心扣动了扳机，当场就打死了他的妻子和四个孩子。军官的绝望和痛苦迅速传输到所有因为失去理智以及摔断胳膊和腿却还没来得及送到医院的住客身上，其中一个好心人想要快点结束这巨大的绝望和痛苦（他自己就差点因此而丧命），给每个人身上都泼了煤油，用一把火结束了这令人胆战心惊的癫狂。我也像个疯子似的迅速逃离火场，发疯似的想找到一个还能感知到一点点幸福的人，哪怕一个人也好，然而我遇见的却只有昨晚围在新婚夫妻家周围那群人，他们正在往回走。

“他们还在讨论昨天晚上的事，显然新婚夫妻的行动和他们所期望的并不一样。这些昨晚聚众淫乱的流氓每个人手中都拿着一根粗粗的大木棒，驱赶着他们在路上碰到的每一个遭受痛苦的人。这时，我感觉自己的灵魂要因为懊悔和羞耻而裂开了，我奋力寻找着，渴望能够找到一个哪怕能够为我减少一点痛苦的人。我询问每一个路过的人，终于打听到了一位富有威望且支持互助互爱及和谐共存的思想家住在哪儿，当我飞奔到他家门口时，发现那儿里三层外三层地围着很多人。应该就是这里吧！可是他在哪儿呢？他的家门口有几只猫在喵喵地轻声叫着，享受着这位思想家所散发出的如暖阳般温暖的爱的光辉。不远处有几只狗，也学着这几只猫的样子，坐在地上舔着身上的毛。这时，一个瘸子用他最快的速度跑过来，从我身边跑过时，嘴里还大声嚷嚷着：‘养兔场开啦！开啦！’我看着他的样子，实在想不出来养兔场里到底发生了什么，让他这么兴奋。

“当我站在那里时，有两个人悄悄地靠近了我，一个死死地盯着我的眼睛，用尽全力给了另一个人的鼻子一拳。我当场就傻了，既没有捂住脸，也没有痛得大叫，因为我是一个机器人，我的脸也根本不会觉得疼。其实我本应该想到的，他们是两个便衣警察，就是用这种方法识破了我的伪装。他们立刻就给我戴上手铐，把我带到了大牢里。我在那里对我所犯下的一切罪行都供认不讳，我只希望他们能够考虑到我的本意并不坏，我本来是想做善事给大家带来幸福的，哪怕最终的结果是让半个城市都毁于一旦。他们先试探着用钳子轻轻地夹了我一下，确定了这没有给他们带来什么疼痛。在他们进一步确定了我的感觉不会传输给他们后，他们两个一拥而上，对我拳打脚踢，扯下我身上的每一枚螺丝，折断我身上的每一根电线，穷凶极恶地折磨着我。我不会记恨他们，我默默忍受着因为我要带给所有人幸福而带来的折磨。他们打够了，就将我的身体塞入一门大炮，将我向宇宙发射出去。宇宙宁静而黑暗，一如既往。我越飞越高，尽管我的眼睛已经被打烂了，但还是将利他霉素所影响的景象尽收眼底。溶解了利他霉素的河中翻滚起一层层浪花，向远方奔腾而去。我看到了在林鸟、修士、山羊、骑士、村民和他们的妻子、公鸡、少女和贵妇周遭所发生的一切，我的心也随着最后仅存的那些没被打坏的小灯管一起碎了，流下了银色的液体，那是充满悔恨的血泪。我掉了下来，结束了这一次长途飞行，摔倒在您家门口。充满仁爱之情的先生啊，是您救了我，我再也不想通过任何急速的方式去带给他人幸福了……”

戈尼亚隆[1]国王那三台讲故事机器的故事

有一次，一个外族人出现在特鲁勒家中。外族人一从光子轿上下来，就像个远道而来、不同凡响的人物。他和我们完全不一样，在每个人长着胳膊的地方吹着一阵香气扑鼻的春风，在每个人长着腿的地方散发出一道绚丽的七色光，在每个人长着脑袋的地方是一顶价值连城的礼帽。他的声音从身体里发出，而他的身体是一个形状完美、表面光滑迷人的浑圆球体，他的腰上系着一条珠光宝气的等离子体电浆腰带。他和特鲁勒互相问好，先介绍了自己，他其实是两个人，也就是上半球和下半球；上半球的名字叫同步尼泽姆，下半球的名字叫同步法泽姆。这个以完美卓越的建造方式所形成的有思想的物种令特鲁勒赞不绝口，他甚至表示，至今都没见过如此精雕细琢、各项参数精准无比，还散发着钻石般光芒的人。天外来客也夸奖了特鲁勒的健美身材。在短暂的客套寒暄过后，外族人表明了来意：他是杰出伟大的戈尼亚隆国王的好朋友和忠心耿耿的大臣，这次前来，是想要让特鲁勒帮他们建造讲故事机器。

“伟大的国王，也就是我的君主，”他继续说，“他早就不在王位上，也不管理国家了，因为有一种通过深刻观察来了解世间事

1　与“天才”一词谐音。

物的智慧让他同时放弃了这两项使命。他离开了自己的王国，住进了干燥通风的山洞，沉浸在冥想和沉思之中。然而在修行冥想的过程中，他经常会被忧郁所折磨，有时候还会对自己产生厌恶，这时就只有那些非比寻常的故事可以让他得到慰藉。然而，那些在国王离开王位后依旧对他忠心耿耿、不离不弃的官员早就把知道的故事讲完了，已经没有新鲜故事可讲了，所以我们实在是没有办法。伟大的大师，我们希望您能够帮助我们，通过建造这些机器替我们的国王和王国解决难题，我们知道您一定能够建造这些极具想象力的机器。"

"没问题，我可以帮助你们。"特鲁勒说，"可是你们为什么要三台这么多呢？"

"我们是这么想的，"他一边说着，一会儿向上半球旋转，一会儿又向下半球旋转，"我们希望这三台一起，第一台可以讲复杂难懂却轻松愉快的故事，第二台可以讲狡猾奸诈却幽默风趣的故事，而第三台可以讲意义深刻且感人肺腑的故事。"

"也就是说，第一台用来增长智慧，第二台用来娱乐休闲，第三台用来致敬科学，对吧？"特鲁勒说，"我明白了，那我们是现在谈报酬还是晚点再谈？"

"您造好机器以后，就摩擦这枚戒指，"外族来客说，"到时候这台光子大轿就会出现在您面前，您就和造好的机器一起上轿。这台轿子会立刻把您带到戈尼亚隆国王的山洞中，您可以在那儿提出条件，戈尼亚隆国王一定会尽量满足您的要求。"

他一边说一边摘下戒指，向特鲁勒鞠躬告辞，然后又闪烁着灼人眼球的璀璨光芒，向自己的轿子走去。在他上轿后，轿子就被一片明亮的彩云紧紧包住，毫无声息但光辉四射地离去了，只留下站在家门口的特鲁勒和他手上握着的那枚戒指。特鲁勒似乎对刚才发生的一切都不太满意。

"'尽量'……"，特鲁勒嘟囔着，往自己的工作室走，"这话说得真让我反感！谁都知道这是怎么回事：一旦到了谈条件、说报酬的时候，那些客套、寒暄、尊敬的表面功夫就没有了，只剩下麻烦，这些麻烦有时还会酿成大祸呢……"

突然，他手上那枚闪闪发光的戒指颤抖了一下，开始说话："'尽量'的意思是说，戈尼亚隆国王已经不在王位上了，他拥有的东西不多了，他毕恭毕敬地叫您一声'建造大师'，是智者与智者之间的礼貌。看得出来，我这枚戒指的话根本没有让你感到惊讶，希望你以后也不要被国王的穷困潦倒所震惊。你一定会得到应有的报酬，也许不是黄金，然而不是所有的渴望都只可以用黄金来满足。"

"我的小戒指，你想说什么？"特鲁勒听了戒指的话后说，"既然是智者对智者说话，当然要用智者的方式。建造机器要用到的电、离子、原子以及其他贵重的零件都是要花很多钱的，贵得要命！我喜欢签订清晰明了的合同，上面所有条款都写清楚，双方当事人要签字盖章。我不是一个贪得无厌、连一分钱都要纳入自己囊中的人，但是我喜欢黄金，我特别喜欢拥有大量黄金，而且我并不觉得这是什么羞耻的事，我也敢于承认这一点！黄金那亮闪闪的光芒、沉甸甸的分量都让我心情舒爽，特别是当我把一袋袋金币倒在地上，看着它们在地上蹦蹦跳跳，发出清脆悦耳的响声时，我心里也会如同照进了一片金光，就好像有人在我心里升起了一颗温暖明亮的小太阳。没错，我就是喜欢黄金，喜欢得不得了！"特鲁勒越说越激动，嗓门越来越大。

"你为什么想要别人给你黄金呢？你难道不能想要多少就制造多少吗？"戒指非常惊讶地提出疑问。

“我不知道戈尼亚隆国王有多聪明,”特鲁勒讽刺地说,“但是我知道，你是一个愚钝的戒指，一看就没有受过教育！你的意思是，我能自己给自己制造黄金？有人听说过这种事吗？难道鞋匠是靠给自己做鞋来养活自己？厨师是给自己做饭的？而士兵自己跟自己打仗？另外，你不知道这些都是要有成本的吗？成本！你是不是从来没听说过？我还要告诉你，除了喜欢黄金，我还喜欢抱怨，所以你现在最好别跟我说话，因为我要工作了！”

他把戒指放在旁边的铁盘中，忙活了起来。他不眠不休，一分一秒都没离开过工作室，花了三天时间建造出了三台机器。他开始考虑，应该给这三台机器造一个什么样的外部结构，他希望这三台机器的外形既简洁又实用，他一直尝试给这三台机器配装各种各样的外壳，但是在这个过程中，戒指总是要搭腔，发表对某一个外形的看法和评价。特鲁勒被它弄得心烦意乱，为了让戒指的废话不再打扰他专心工作，他找了个盖子把装戒指的盘子扣上了。

最后，他把第一台机器刷成了白色，第二台刷成了天蓝色，第三台刷成了黑色。他摩擦了几下戒指，光子轿立刻就出现在他门前。特鲁勒把三台机器都装上轿子，自己也坐了进去，不知道下一刻将要面对什么样的情况。一阵呼啸声传来，接着又是一阵嘶嘶声，只见尘土飞杨，而当尘埃落定时，特鲁勒从轿子的窗口向外望去，发现自己来到了一个宽敞的大山洞中，里面到处都覆盖着白色的砂石。他先是看到了几条木头长凳，上面摞着厚厚的书和纸，把长凳都压弯了，然后他看到几颗闪烁着美丽亮光的圆球，其中一颗就是请他帮助建造机器的那位，而在正中间，有一颗更大些的圆球，由于年代已久，表面已经有了轻微的划痕。特鲁勒猜测这应该就是国王，他向国王深鞠一躬，走下了轿子。国王非常真挚热情地欢迎了特鲁勒，之后说：“有两种智慧，一种是让人有所为，另一种是让人有所不为。杰出的特鲁勒，你不认为第二种更伟大吗？因为只有非常高瞻远瞩的思想才有可能预见人们采取的行动所引发的后果，而形成问题后果的行动，就是导致问题发生的原因。所以，完美会在无为中呈现，这也是智慧和思想的区别，智慧也可以分辨出这些区别。”

“尊敬的国王陛下，”特鲁勒说，“陛下所言可以理解为两种含义：要么就是您在传达某种微妙的暗示，贬低我的工作难度，也就是说现在轿子里放着的三台机器并不难做，我也没费什么力气。这样的解读让我心里很不舒服，这暗示着——这也是我听说的——您不太想付酬劳。要么您就是在展示‘无为’这种教义，它本身就是自相矛盾的。为了能够不为，就要先能为。一个因为没有工具而不能移动山川的人，非要说是智慧给予了他灵感，所以他才不行动，这样的说法就是打着哲学思考的旗号。‘无为’带来的结果是确定的，但是它的好处也就这么多了。而‘有为’带来的结果是不确定的，但也因为这种不确定性而美好。陛下，如果您想针对这个问题所产生的更深远结果进行探讨，我可以给您建造一台合适的探讨机器。”

“关于报酬，我们在这次愉快的会面结束时再谈。”国王听完特鲁勒所说的话，露出了一丝不易察觉的微笑，然后他继续说，“大师，您是我的客人，请您不要嫌弃，坐到朴素的桌子旁那条长凳上。您周围都是我真诚的朋友，您如果愿意的话，请您和我们讲一讲您所做的事和您不做的事。”

“尊敬的国王陛下，亲爱的各位先生，”特鲁勒说，“我担心自己笨嘴拙舌，所以我按照您的要求带来了那三台机器，它们一定会更好地代替我向您和各位讲述，正好您也可以利用这个机会检验一下。”

“好，就按您说的做！”国王同意了特鲁勒的建议。

所有人带着非凡的好奇心和极大的期待坐了下来，特鲁勒把漆成白色的第一台机器从轿子上搬下来，按下按钮，然后来到戈尼亚隆国王的右手边坐下。与此同时，机器开始说话了：“如果你们没听过多勒夫国人和国王曼德雷里昂以及完美宰相的故事——对了，还有那个造出了完美宰相又毁了他的建造大师特鲁勒的故事，你们现在可要注意听了！”

多勒夫国因公民数量多而闻名。有一次，建造大师特鲁勒在德利拉[1]星球的橘黄色星座附近稍微偏离了路线，看到了一颗似乎整个都在移动的星球。他靠近以后，发现这是因为覆盖在星球上的人群在移动。他费尽力气才找到几平方米的空地把飞船停好，立刻就被当地人包围了，他们不停地向他强调这里人太多了，所有人都在同时说话，你一言我一语，特鲁勒过了好一会儿才明白他们说了什么。他听懂以后就问他们：“你们的人真的很多吗？”

“真的！”大家无比自豪地说，“我们多得不计其数！”

“我们多得就像稻田中的米粒！”

“我们多得就像天上的星星！”

“我们多得就像沙滩上的沙子！像原子！”

“好的，好的，”特鲁勒打断了他们，“你们人多又怎么样呢？你们不停地数人数，这会让你们觉得很快乐，是吗？”

“什么都不懂的外星人！”多勒夫人听了特鲁勒的话就说，“你当然不知道，如果我们跺跺脚，大山也会抖三抖；如果我们吼两声，

1　有“谵妄、妄想、幻觉”之意。

就像刮起龙卷风，大树都会被吹走；如果我们排排坐，谁的手脚都没地方搁！”

“为什么要让大山抖动，树木刮倒，手脚动弹不得呢？”特鲁勒非常疑惑，“大山稳稳矗立，风平浪静，每个人的手脚都能自由活动，难道不好吗？”

他们被特鲁勒轻蔑的态度惹怒了。特鲁勒竟然对他们巨大的数量和他们的数量所呈现出的力量表现得这么不屑！他们跺脚、吹气、肩并肩坐下，就是要让他看看他们的人数是多么庞大，以及这庞大的数量有多大的力量。一瞬间，山摇地动，震得树木摧折，压扁了很多树下站着的人，他们吹气所产生的龙卷风又把剩下的另一部分大树都刮倒了，又有七十万人丧命于树下，而剩下的活着的人却动弹不得。

“我的老天啊，”夹在他们之中的特鲁勒也动弹不得，像是城墙上的一块砖，只能大声呼喊，“多么可怕的灾难！”

没想到这句话更加惹怒了多勒夫人。

“野蛮无耻的外星人！”多勒夫人大喊着，“几十万人丢了性命，对我们多勒夫人来说算得了什么损失？我们人多到数不过来！既然数不过来，就证明这算不上损失！我们就是想让你看看，我们跺一下脚、喘一口气或者只是坐下来，都能产生强大的力量，更不要说去做什么大事了！”

“你们说得没错，”特鲁勒说，“但是你们不要以为你们的思维方式对我来说是未知新鲜的。众所周知，那些力量大、数量多的东西总会让人感到尊敬，比如沉积在旧木桶底部的腐烂气体无法激起任何惊叹，但是如果这种气体多到可以制造出星云，所有人立刻就会大加赞赏。气体只是最平常、最普通的腐烂气体，只是由于数量庞大而引起了变化。”

“你说的话让我们很不高兴，”多勒夫人嚷道，“我们不想听你说什么腐烂气体！”

“尊敬的多勒夫国人，”特鲁勒继续说，“请你们让我离开你们的国家吧，我实在无法认同你们对数字的崇拜，因为数字除了能代表数量，什么都代表不了。”

多勒夫人互相看了看，然后打了个响指，这股强大的力量震得所有人都晃动起来，合力把特鲁勒抛向了天空，又在天空中翻滚了几圈。他飞行了很长一段时间，落地后，他发现自己已经站在了王宫门前的花园里。多勒夫人的统治者——世间最伟大的曼德雷里昂国王正向他走来。国王看了一会儿降落在他花园里的特鲁勒，说：“外星人，我听说你没有对我那些数也数不清的子民表现出该有的赞叹和礼貌。我姑且认为是你那颗愚笨的黑洞脑袋让你不能理解这种高级生物，但我听说你会变低级生物的戏法，我现在正好需要一个完美宰相，你来给我造一个吧！”

“这个完美宰相要有什么本领呢？我把他造出来以后能得到什么好处呢？”特鲁勒一边掸身上的泥土，一边问国王。

“他要什么都会，可以回答任何问题、解开任何难题、给不聪明的人完美的建议，总而言之，他要向我展示他无与伦比的智慧。如果你能造出来这样一个完美宰相，我就给你十万个或者二十万个子民作为奖赏，你要是觉得不够，想再多要些，我不会介意再加一两千人。”

特鲁勒心里暗暗想道，有思想的物种数量过多是非常危险的，他们会像沙漠里的沙子一样随处可见。这个国王舍弃他的子民，我看比我扔一双旧鞋还轻松。但是他嘴上却说：“陛下，我家的房子太小了，您要是给我这么多人做奴隶，我都不知道该把他们放在哪儿。”

“你这个傻外星人，我有很多专家，他们会给你解释清楚的。拥有一大群奴隶可以给你带来数不清的好处。你可以让他们穿上不同颜色的斗篷，在一个宽敞的大广场上，用他们来摆一幅马赛克画；或者可以让他们组字，根据不同的场合组合出不一样的标语口号；还可以把他们捆起来，一捆捆地扔出去；也可以用五千个人做锤子头、三千个人做锤子柄，然后组成一把锤子，用来劈开巨石、砍伐森林；或者把他们编成草绳的样子，当作人造常春藤挂起来、当作门帘；当他们被悬空挂起，挂在最下面的那些人，他们的身体摇摇摆摆，动作有趣极了，他们还会发出喊叫声，这幅景象看着就赏心悦目，而听着尖叫声更让人心情无比舒畅。你还可以让一万个年轻貌美的女奴齐刷刷地站在你面前，做出金鸡独立的动作，右手上下摆动画一个‘八’字，左手打响指——我跟你说，到时候你就会对这种场面欲罢不能，这是过来人的经验。”

“陛下！”特鲁勒说，“伐木砍柴和劈开巨石我都可以用机器来完成，而用人体组字或者组马赛克画就更不符合我的习惯了，这些人可能更愿意去做别的事。”

“无礼的外星人，”国王说，“那你想要什么奖励？”

“我要一百袋黄金，陛下！”

曼德雷里昂国王非常舍不得黄金，但是他突然有了一个狡猾的主意，他心里偷偷盘算着，嘴上却洪亮地对特鲁勒说：“就按你说的去办！”

“我一定会尽全力让至高无上的陛下满意。”特鲁勒说完就回到装潢完美的城堡塔楼——这是曼德雷里昂国王赐给他用来当工作室的地方。不一会儿，塔楼里就传出了鼓风机的轰鸣声、锤子的敲击声和刺耳的锯木头声。国王派了一堆间谍去打探特鲁勒在做什么，然而他们回来以后都无比惊讶，因为特鲁勒并没有在造宰相，而是造了许多各种各样的打铁机、拧螺丝机和电动切割机；然后他又坐了下来，用钉子在一个长条纸袋上钻出了一个个小孔，在里面输入了“宰相程序”后就出门散步了，而塔楼中的机器则一刻不停歇地工作到深夜。第二天一大早，宰相就造好了。快到中午的时候，特鲁勒就把一台长着两条腿、却只长着一只小手的巨型机器人偶推进了王宫大殿，向国王郑重其事地介绍说，这就是完美宰相。

“我来看看他值多少奖励。”曼德雷里昂国王说完，就命人在大理石地板上撒满了藏红花和肉桂，因为完美宰相散发出一股浓烈的烧热的铁的味道，他身体的有些地方甚至还闪着红光，就像是刚从烤炉里拿出来的一样。国王接着说：“你可以走了，晚上再回来，我们算算到底谁该给谁多少钱。”

特鲁勒走出王宫，觉得曼德雷里昂国王说的最后一句话好像不太慷慨大方，不知道他是不是还准备出什么坏主意。想到这儿，特鲁勒非常高兴，因为他在建造完美宰相的时候留了个心眼，在宰相无所不能的能力中加入了一个微小却至关重要的条件，然后将这个条件输入到了宰相的程序中，那就是“无论做什么事，都不能伤害自己的创造者”。

当宫殿中就剩下国王和宰相两个人的时候，国王问他：“你是谁？你会做什么？”

“我是陛下的完美宰相。”一个深沉的声音回答道，好像是从一个空桶中传出来的，“我会尽量提供最完美的建议。”

“好。”国王说，“你应该听谁的话？对谁效忠？是对我忠心不贰，还是对你的创造者忠心不贰？”

“我只听您的话，只对至高无上的陛下忠心耿耿。”完美宰相回答。

“好。”国王嘟囔着，“那么一开始，嗯……那个……你听着……我不希望我对你下达的第一个命令就让你觉得我特别小气……但是，我希望……我是说，我希望……在某种程度上，而且绝对是为了遵守原则，你明白吗？”

“尊敬的陛下，您还没说您到底有什么希望呢。”宰相一边说，一边从身体侧面伸出第三只脚，将整个重心都压了上去，因为刚才他差点摔倒。

“完美宰相应该能够读懂主人的心声！”曼德雷里昂国王非常生气地吼道。

“当然，但是为了不引起秘密和个人隐私的泄露，才设定了必须听从明确指令的程序。”宰相说着就把肚子上的门板打开，把一个写着“心电感应装置”的按钮拧开，然后用清脆爽朗的声音回答：“尊敬的陛下是希望不付给特鲁勒一分钱，对吧？”

“你要是胆敢把这件事告诉别人，我就把你扔进大石磨里，我的三十万个子民都会一起用石磨盘在你身上碾一遍。”

“我不会告诉任何人！”宰相保证道，“陛下不打算对创造我的特鲁勒花一分钱，这太简单了。一会儿特鲁勒来的时候，您就直接告诉他，他一颗金子都得不到，让他快点滚蛋。”

“你是个蠢相，根本不是宰相！”国王气疯了，“我是不想花钱，但要让事情看起来像是特鲁勒犯了错，所以他才一分钱都得不到！懂了吗？”

宰相把读取国王心声的装置打开，轻轻摇摆了几下，然后用沉闷的声音说：“陛下希望这件事看起来公正合法，而且您还没有出尔反尔，而特鲁勒呢，看起来却是一个不折不扣的大骗子、十恶不赦的大坏蛋……没问题！国王陛下，恕微臣得罪，我现在就要扑向您，勒住您的脖子，使劲扼住您的喉咙，而您要大喊救命……”

“你是不是神经错乱了？”曼德雷里昂国王问，“你为什么要掐我的脖子，我又为什么要大喊救命？”

“这样的话，您就可以治特鲁勒的罪了，他造出我就是为了要弑君！”宰相一边说，一边露出了灿烂的笑容，“这样的话，您就可以把他抓起来处以杖刑，然后把他从城堡的城墙上扔下去，丢到护城河里，到时候所有人都会称赞您宽厚仁慈，因为犯了弑君这种大罪，应该千刀万剐、受尽酷刑。而宽厚仁慈的陛下还会赦我无罪，看在我只是特鲁勒造出来的机器、只是他的一颗棋子的分上，到时候全体臣民更会觉得您宽宏大量、爱民如子，所有事都会像您希望的那样。”

“好吧，你来勒住本王的脖子吧，但是你这个蠢蛋，下手轻点，小心点！”

一切就就像完美宰相所设计的那样发生了。国王下令，在把特鲁勒扔进护城河之前，要把他的双腿扯下来，但是这没有实现。国王自己猜测，可能是混乱的缘故，这项刑罚才没能完成，实际上却是完美宰相对刽子手的助手进行了秘密干预。国王又赦免了完美宰相，让他官复原职，重新成为自己的左膀右臂。特鲁勒好不容易一瘸一拐地跑回了家，立刻就去找了克拉帕乌丘斯，把自己的经历都给讲了一遍。他说：“曼德雷里昂国王真是比我想象的还要卑鄙无耻！这个浑蛋骗了我，还想用我造出来的完美宰相来陷害我，并且利用完美宰相给他出的主意瞄准我，对我开火！我要让他知道，我特鲁勒不是好惹的，如果他以为我就这么认输了，那他真是大错特错了！这个仇不报，我特鲁勒就被铁锈腐蚀成筛子！我一定要报复这个暴君！”

“那你打算怎么做呢？”克拉帕乌丘斯问他。

“我要把他告上法庭，讨回说好的报酬，然而这只是开始，他对我造成的伤害和疼痛，远远不是只用黄金就能弥补的！”

“这个官司挺难打的，”克拉帕乌丘斯说，“你应该先请一个好律师来帮你谋划一下。”

“我为什么要请律师？”特鲁勒听了后说，“我自己造一个！”

他回到家，先往一个桶里倒了冒尖的六大勺晶体管，然后放入了同等数量的电阻器和电容器，倒入了电解液，充分搅拌后在上面盖了一小块木板，压上石头，这样里面的东西就可以自己混合，组成一个律师。这些步骤完成后他就去睡觉了，三天后律师就自己造好了，多棒啊！特鲁勒甚至不想把律师从桶里拿出来，反正他就需要律师为他效劳这一次，所以他把桶放到桌上，问：“你是谁？”

“我是法律顾问兼律师。”木桶发出咕噜咕噜的声音，可能是因为特鲁勒电解液倒得太多了。

木桶听特鲁勒讲完整个故事，说：“你事先已经给完美宰相设定了不能对你造成伤害的程序？”

“是的，就是为了不让他把我置于死地。这是唯一的条件。”

“这样的话，那就证明你根本没有完成合约中的内容，因为你要做的完美宰相应该是无所不能的，没有例外。既然他不能把你摧毁，那就证明他有不会做的事，他就不是无所不能的。”

“他要是把我杀了，就没有人能够报仇了！”

“那就是另外一个问题了，是两码事。根据法律诉讼条款，曼德雷里昂国王伤害你的行为应该纳入刑事案件卷宗，而你的诉求应该算作民事案件。”

“真是绝了！现在一个木桶竟然都敢来教我什么是民法了！”特鲁勒气坏了，“你到底是谁的法律顾问？是我的还是那个下流国王的？”

“我是你的法律顾问，但是国王的确有权不付给你报酬。”

“他是不是也有权下令，把我从高高的城墙上丢下去，扔到护城河里？”

“这是另外一件事了——确切地说，是另外一个案件，是一个独立的问题。”木桶不慌不忙地回答。

特鲁勒气得直哆嗦：“为什么？我好不容易把一堆废铜烂铁、旧开关、老电线混合在一起，造出了一个有思想的生物，这个生物本该给我提出一些建设性的意见，可是现在呢？就在和我绕圈子！没有我哪有你？你这个废物律师！”

特鲁勒把罐子里的电解液都清理干净，又把里面的东西一股脑地倒在桌子上，飞快地拆成一个个小碎块，律师甚至都没来得及起立，申诉就告终了。

特鲁勒坐在椅子上继续工作，建造出了一个分为上下两层的司法顾问，这个顾问对民法典和刑法典的认知程度经过了四倍加强，保险起见，还增加了国际法和行政管理法。特鲁勒接通了电源，向顾问讲述了整个故事，接着问他：“有没有对我有利的解决办法？”

“这个案子挺难的，”机器回答，“我需要你在特殊模式下再给我头顶加装五百个晶体管，侧面加两百个。”

特鲁勒照办了，他又说：“还是太少了！请给我输入更强劲的模式，再加两个大的电线轴。”

他继续说：“这个案件挺有趣的，我们必须考虑两个方面：第一是提出诉讼的基础，这样我们就大有可为；第二是诉讼程序，因为任何一个法官都不能用民事诉讼程序起诉国王，这是不符合国际法和宇宙法的。我会把我的最终建议告诉你，但是你先要保证，过一会儿不会把我也拆成一块一块的。”

特鲁勒承诺后，又说：“但是请问，你怎么知道，如果你不让我满意，我会把你大卸八块呢？”

“我也不知道，但是我就是这么觉得。”

特鲁勒猜测，这是因为他在建造司法顾问的过程中用了之前建造木桶律师时用过的材料碎块，肯定有一些之前的记忆从旧的混合物中流转到了新的电线中，制造出了混合的潜意识。

特鲁勒又问：“你的建议是什么？”

“建议就是：没有能够判决国王的法庭，所以这个案子你既不会输，也不会赢。”

特鲁勒听完，气得蹦起老高，举起拳头就想暴揍司法顾问一顿，但是他有言在先，得信守承诺，所以举起的拳头又收了回来。他跑到克拉帕乌丘斯那里，向他讲述了自己经历的一切。

“我当时就知道，这件事没戏，可是你就是不听我的。”克拉帕乌丘斯说。

“我不会放过这个无耻之徒！”特鲁勒说，“既然在法律和司法的道路上不能觅得公正，我就要用其他方式报复这个不要脸的国王！”

“我真想知道你会怎么办。你给国王建造了一个完美宰相，他无所不能，除了不能杀死你，所以它可以避开你对国王和他的国家实施的任何一种打击、任何一个刺杀、任何一次灾难！而且，我的老伙计，我绝对相信那个宰相会这么做，因为我绝对相信你制造机器的实力。”

“你说的这点倒是没错。现在情况就是这样的，在造出那个完美宰相之后，我就把自己所有能够制服那个恶心国王的可能性都砍断了，但是一定可以在什么地方找出小漏洞！我就不信我找不到解决办法！”

“你想怎么样呢？”克拉帕乌丘斯问特鲁勒，而特鲁勒只是耸耸肩膀就回家了。他一直在家冥思苦想，也不出门，要不就是坐在藏书阁里翻着成百上千本书，要不就是在实验室里做着秘密实验。克拉帕乌丘斯来探望过几次，看着特鲁勒不折不挠的样子，克拉帕乌丘斯心中不禁惊叹：特鲁勒是多么坚定地要打败自己啊！因为从某种意义上来说，那个完美宰相也是他自己的一部分，是他用自己的聪明才智创造的！有一天，克拉帕乌丘斯像往常一样，在下午时分来找特鲁勒，却发现他不在家。大门紧锁，窗户紧闭，一家之主不知所终。克拉帕乌丘斯立刻就想到了，特鲁勒肯定是去找多勒夫人的首领——曼德雷里昂国王去算账去了！事实也的确如他所料。

与此同时，曼德雷里昂国王正在前所未有地大肆使用他的皇家权力，因为只要当他没有主意的时候，他就立刻询问完美宰相，而宰相也会立刻给他出主意。他既不担心暴动政变，也不担心朝堂阴谋，更不担心敌国入侵，他执政的方式非常残忍，绞刑架上悬挂的人头比南方葡萄庄园中藤蔓上一串串成熟的葡萄还多。

宰相所获的荣誉勋章已经装满四大箱了，这些都是国王对他为自己出谋划策而给的奖励。特鲁勒悄悄派到多勒夫国的微型间谍在回来以后向他禀报，国王进行的最新游戏是用多勒夫人编成花环，然后将花环抛向空中和水中。曼德雷里昂国王在公开场合称宰相是自己的“知心人”。

特鲁勒没有思考太长时间，他早就想好了一个作战计划。他坐下来，奋笔疾书，在画着手绘野草莓灌木丛的奶油色信纸上给宰相写了一封信，信的内容很简单：

亲爱的宰相：

我希望你一切都好，就像我一样，我甚至希望你比我过得更好。我听说，你的君主对你信赖有加、非常赏识，考虑到你所肩负的历史重任和国家重担，我恳请你，一定要竭尽所能去完成好每一项任务、履行好每一份职责。如果你觉得完成国王的心愿有困难，请你记得，你可以使用我之前仔细讲述过的“超强之法”。如果你愿意聊聊，可以给我写信，如果我没有马上回信，你千万不要生气，不要以为我不在乎你，因为我可能正在忙着给D姓国王创造宰相，所以我现在非常忙，没什么空闲时间。

向你致以诚挚的问候，并请向你的国王致以我最低廉的敬意！

你的制造大师

特鲁勒

这封信立刻引起了多勒夫国秘密警察局的怀疑，他们非常认真地检查了这封信，却没有发现任何可疑的化学信息，也没有在野草莓灌木丛的手绘画中找到任何隐藏的密码。这种情况立刻引起了警察总署的高度关注，他们把这封信拍照、复印，又手抄了一份，然后才把原件送到收信人手中。读完这封信以后，宰相非常恐惧，因为他知道，这是特鲁勒在向他宣告，要对他不客气了，甚至可能要毁掉他！宰相立刻就把信的内容告诉了国王，还特别添油加醋地把特鲁勒说成是一个处心积虑的大坏蛋，他写信就是为了让国王不再信任宰相。宰相认为，这封信里绝对暗藏杀机，热情洋溢的字眼背后藏着肮脏不堪的阴谋。

思考一阵之后，宰相对国王说，他想解开这封信中暗藏的秘密，他要用自己的双手揭下特鲁勒阴谋的面具。在购得大量支架、皱纹纸、漏斗、试管和化学试剂之后，他开始了复杂的对信封和信纸的分析化验工作。当然，这一切都是在警察的密切监督下进行的，他们在宰相官邸的墙壁里安装了窃听器和监视仪。化学试剂检测法失败后，宰相又开始解码信中的文字，借助电子对数机和计算器将这封信进行转码，然后将内容投射在巨大的黑板上。与此同时，他并不知道军事密码破译大队的大元帅所率领的最精锐武装力量正在复制他的一举一动。这些解密专家工作的时间越长，警察总署内不安的气氛就越严峻。显然到目前为止，专家还是什么都没有破译出来。如果他们用了各种高强度的解密手段还一无所获，那就证明这个密码一定是最富有智慧且经过深思熟虑的。大元帅将这件事告诉了一位朝廷大臣，而这位大臣早就嫉妒国王对宰相的信任、赏识以及给宰相的各种奖励，他最想做的就是让曼德雷里昂国王对宰相心生疑虑，所以他就告诉国王，宰相不分昼夜地坐在房间里研究那封非常可疑的信。国王嘲笑了大臣的大惊小怪，由于宰相早就把一切都告诉他了，他对宰相的行动了如指掌。这位满心嫉妒的大臣也无话可说，只能回去后又把国王的话转述给了大元帅。

“我的天啊！”德高望重的大元帅怒吼道，“他竟然把这件事也告诉国王了？真没见过如此厚颜无耻的浑蛋！这一定是个地狱般难破解的密码，而他却毫不在意，随随便便就到处去说。”

他命令精锐部队加大力量进行破解，但过了一周依然一无所获。于是，他们又请来了最杰出的秘密文本破解专家、自右向左书写的隐形文字的创造者——格雷皮安努斯教授来协助他们。在仔细研究了这封疑点重重的信和军事密码专家的鉴定结果后，格雷皮安努斯教授告诉他们，应该利用天文研究领域内使用的计算机器来进行采样和纠错。

他们听从了教授的意见，发现采用这种方法可以将这封信破译出三百一十八个版本。

前五个版本是："当蟑螂幸福地从姆温科钦到达目的地后，化粪池却不再发光了""把蒸汽火车姑姑裹在面包糠里炸成猪排""睡帽被弄坏了，黄油先生和黄油小姐的订婚仪式要取消了""一个别人能拥有、也可能拥有不了的人，自己会在两者下面挂着"以及"可以从被酸鹅梅折磨的人中提取出一些信息"。格雷皮安努斯教授认为最后一条破译出的内容是解开这封密信的关键，在进行了三十万种样本的分析后，他发现，如果将信里所有的字母相加，再从中减去太阳视差和年雨伞生产量，再从所得结果中提取出第三种元素，就会发现里面有一个词——"苦像十佳菲克斯"[1]。他们在公民地址簿中找到了一个叫"库相斯洽夫斯克"的人，格雷皮安努斯教授认为特鲁勒是故意写错了几个字母来混淆视听，所以立刻就把这个叫库相斯洽夫斯克的公民逮捕了。他被六级审讯程序折磨得受不了了，便招认自己就是特鲁勒的同谋：特鲁勒将寄给他含有剧毒的钉子和锤子，用来谋杀国王。军事密码破译大队的大元帅将这份白纸黑字的证据呈给了曼德雷里昂国王，可是国王依旧对完美宰相信任不减，并且给了他一个澄清解释的机会。

完美宰相也不否认，这封信在重新排列字母顺序后，可以有许多不一样的解读方式。他声称自己也破译出了另外一千一百个不同的版本，但他同时强调自己没有得出任何结果，也就是说，这封信根本就不包含什么密码，因为通过字母重新排列的方式，任何文本都可以重新形成别的意思不同但合理通顺或基本合理通顺的文本，这种方式称为回文构词法，而这也正是排列组合理论所

1 原文为将"带有耶稣苦像的十字架"中一个字母改动后形成的希腊男名。

研究的内容。他大声疾呼，说特鲁勒就是要陷害他，故意写这样一封看起来暗藏密码的信，但是信里什么密码都没有；而且看在上帝的分上，那位叫库相斯洽夫斯克的公民也是无辜的，他一定是被警察总署严刑逼供、屈打成招的，因为警察总署的那帮人最会的就是威逼利诱，而且他们还有成千上万的精密审讯逼供机器。国王听宰相说警察总署的坏话，心里就不高兴了，他命令宰相再解释得清楚一些。宰相就开始说关于字谜、诱供、密码、象征、信号以及信息理论大纲里的内容，说得越来越晦涩难懂，越来越让人理解不了。国王越听越生气，终于一怒之下命人将宰相投入了地牢。没过多久，特鲁勒的第二封信又来了：

亲爱的宰相：

万一出了什么事，你可别忘了那些蓝色的螺丝钉！

你诚挚的特鲁勒

国王立刻命人对宰相大刑伺候，但是宰相依然什么都不肯承认，坚称所有的一切都是特鲁勒陷害他的阴谋。当审讯警官问他，关于蓝钉子他知道些什么时，他立刻表示自己根本就没有什么蓝钉子，也根本不知道蓝钉子是什么。为了检验宰相说的到底是真是假，就必须把他拆开看一看。国王颁布了拆解宰相的许可令，一些铁匠就迅速地忙碌起来。宰相身上厚厚的铁甲终究没能敌过强硬锤子的铁头敲击，当审讯官将还滴着机油的螺丝钉呈给国王时，有几颗不大的钉子虽然脏兮兮的，却闪耀着湛蓝色的光芒。尽管宰相在重刑逼供和检验的过程中已经彻底被毁，国王在冷静之后还是认为自己做了正确的事。

一个星期以后，特鲁勒出现在王宫的大门口，要求觐见国王。

国王本打算见都不见他，就让他身首异处，但是国王又很好奇，他怎么还有脸出现在自己面前，所以就命人把特鲁勒带进宫殿。

“国王！”特鲁勒刚一迈进站满了朝廷大臣的金殿，就大声说，“我给你制造了一个完美宰相，你却利用他来逃避向我支付应得报酬的责任。我为你提供的这台机器具有强大的智慧，可以成为抵御一切攻击的最佳屏障，当然这也让我所有的复仇计划都胎死腹中。我赋予了这台机器智慧，却没有把你变成智慧之人。我本指望，一个哪怕只有一点点理智的人，都会懂得听取机器提供的智慧建议。我用任何聪明、学术、精湛的方法都没能毁掉宰相，所以只能用原始、愚笨、低劣的手段了，这听起来真让人不可思议。那封信里根本没有藏着什么密法，宰相到死都是对你忠心不贰的。那些蓝色的小钉子其实只是个巧合，他根本不知道它们的存在，那些钉子在我组装的时候不小心掉进了油漆桶里，而我只是恰好想起了这件事。也正因为如此，愚蠢和怀疑才战胜了理智和忠诚。你是自作自受。现在快点把我应得的那一百袋黄金给我，另外还要再给我一百袋同样多的黄金，补偿我为了讨回公道和薪酬所损失的时间和精力！如果你不照我说的做，你和你的王朝都会化为灰烬。你身边已经没有可以帮你的宰相了，没人能打败我来保护你！”

国王暴跳如雷，大声咆哮，皇家侍卫立刻扑向了特鲁勒，想将他就地正法，他们的长刀劈向特鲁勒的身体，可是眼前这个特鲁勒却像空气一般。他们吓得往后退了两步，而特鲁勒却哈哈大笑起来，说：“你们随便劈、随便砍，你们面前的我只是一个虚幻的影像，是我通过电视传输信号传送过去的，而我本人现在正驾驶着飞船在你们星球的上空自由翱翔呢。要是我拿不到应得的报酬，我就会从空中向你们的王宫抛下致命的炸弹。”

特鲁勒话音刚落，就听见一声巨响，整个王宫都被爆炸震得摇晃了几下，朝臣一片混乱，惊慌失措，四散而逃。羞愧愤怒的国王差点晕过去，不得不向特鲁勒支付了报酬。

特鲁勒回到家，向克拉帕乌丘斯讲述了维权的经过。克拉帕乌丘斯问他，既然连他自己都说原始的手段是愚蠢的，那为什么还要用呢？他明明可以写一封真的含有密码的信寄过去。

“完美宰相要想破译一个密码，可比去和国王解释为什么信里没有密码容易多了，”智慧的建造大师对自己的好朋友说，“去证明一个人犯了错，永远都比证明一个人没有错要容易得多。在这件事中，破译信中的密码是一件容易的事，而密码不存在的情况却让整件事变得更复杂了，因为每个文本确实都可以通过重新排列组合字母或字词的顺序来改变文意，这就是所谓的回文构词法，而这种新的排列组合的可能性又是数不胜数的。想要把所有事都解释清楚，就必须对原文转码后的各个版本进行验证，而我十分确定，那个智慧有限的国王肯定不会明白。古人说，要想撬动星球，就必须有一个支点。这就和我一样，如果想要撼动完美的智慧，也必须找到一个支点，而愚蠢就是这个支点。”

第一台机器讲完故事后，向戈尼亚隆国王和在座的听众深鞠一躬，谦虚地退到了山洞的角落里。

戈尼亚隆国王听完这个富有教育意义的故事后，表示很满意，他问特鲁勒：“我的大师，请你告诉我，机器讲的这个故事是你教它的，还是它将内部知识与外部见识相结合形成的呢？我还想提出一点，我们刚才听的故事的确发人深省又意义深远，但是给人感觉并不完整，因为到最后我们都不知道多勒夫人和他们愚蠢的国王的命运。”

“陛下，”特鲁勒继续说，“机器讲的都是真事，因为我在觐见您之前，就已经在它的脑袋里安装了信息接收装置，它会从我的回忆中汲取信息。这些工作都是它自行完成的，我不知道它从我的回忆中吸收了什么信息。绝对不能说是我特意教了它什么，但是也不能说它知识的源泉完全是独立在我之外存在的。这个故事的确没有讲述多勒夫人后来的命运，就算所有事都可以讲述，但是不代表所有事都合理有序。就好像现在我们这里发生的一切，如果不是真实发生的，而是某种更高级别的存在所讲述的故事，这个故事中包含着机器所讲的故事，而听众就可能会好奇地提问，为什么您和您的朋友们都是球形的，而这个形状在整个故事中并不是一个主要信息，只是一些不必要的点缀而已……”

国王的大臣朋友无一不对特鲁勒的机智感到无比惊讶，而国王自己却笑容满面地说：“你说的话也不是没有道理。我来给你讲一讲我们这种球体身材的由来：在很久很久以前，我们——确切地说是我们的祖先——并不是现在这个样子。我们的祖先在一开始的时候就像海绵一样颤颤巍巍，那些被称作苍白生物的物种有意根据自己的形象创造了他们。当时，我们的祖先有手、有脚、有头，还有一个把这些零件都连接在一起的身体。当他们从创造者手中解放出来的时候，就渴望抹去一切能够看出他们来源的痕迹。随着一代代前辈的进化，到了我们这一代，我们形成了一个个球体，终于成了现在你看到的模样，所以不管是好是坏，我们都已经是这样了。”

“陛下，”特鲁勒说，“从建造学的角度来看，球体有优势，也有弊端，但是无论从哪个角度来说，最好就是有思想的物种不能自己改变自己，因为这种自由实则是一种折磨。一个生来就得接受命运安排的人，能够抱怨命运不公却无法改变它；而一个能够改变自己的人，对自己的缺陷就只能自己负责而无法责怪、抱怨其他任何人，如果他对自己不满意，也只能自己承受。但是，国王，我来到您这里，并不是为了要给您长篇大论地讲述自我建造通论的，我是来请您测试我造出来的讲故事机器的。您还想再听一个故事吗？”

国王表示同意后，大家高高兴兴地坐在一起，杯盏交错，沥青电离子酒的香味飘满了整个山洞，第二台机器慢慢走过来，向国王深鞠一躬，开始说：“伟大的国王陛下，我来讲一个关于建造大师特鲁勒和柜子以及他的非线性奇遇的故事。”

有一次，伟大的建造大师特鲁勒被铁血国领袖闷扯毒[1]三世国王召进宫，因为国王想要咨询，如何才能通过改善身体和精神来成为一个完美的人。特鲁勒这样回答国王：“我去过一次乐根利亚星，为了了解当地的历史和乐根利亚人的风俗习惯，我像往常一样住进了一家客栈。当时是冬天，凛冽的寒风在外面呼啸，整栋楼里除了我以外一个人都没有，突然我听到客栈外响起了一阵急促而响亮的敲门声。我向外望去，看到四个穿着连帽斗篷的男人，被身上背着的黑色大箱子压弯了腰。他们将黑箱子从战车上卸下来，走进了客栈。第二天快到中午的时候，我听到旁边房间里传来了诡异的声响，有口哨声、打孔声、磨刀声和玻璃器皿摔碎的声音，而伴随着这些声响，还出现了一个低沉有力的男声，甚至一口气都没喘过，一直在大喊：“快点，复仇之子们！快点啊！用这个过滤网提取出元素！均匀点！好，现在快用漏斗！把它倒出来！把那个臭不要脸耦合器、折磨人钢板、调皮捣蛋铁锈，还有那个藏在死神怀里的胆小鬼都给我！他别以为有坟墓挡着，我们就没

1 原文有“用酷刑折磨人”之意。

法用愤怒制裁他了！把他那卑鄙下流的脑子和跑得飞快的双腿都给我拿来！好，现在揪他的鼻子！使劲揪，揪啊！揪得越长越好，这样砍头的时候才有地方可以抓！我勇敢的小伙子们，用力鼓风！用老虎钳拧！好，现在把铜丝缝在额头上！好，再来一次！太好了，就这样做！别偷懒，用锤子继续锤！所有人都跟我一起绷紧神经，集中注意力，别让他像昨天那个一样，那么快就晕过去了！好好让他尝尝报复的滋味！一，二！加油！一，二！使劲！”

那人叫喊着、咆哮着、怒吼着，但是回应他的只有金属敲击声、鼓风机轰隆隆的风声和钉钉子的声音，突然，一个巨大的喷嚏声和一阵胜利的欢呼声同时响起，声音是从四个喉咙里发出来的；墙那边又传来一阵推推搡搡的声音，那边的门忽然打开了，我从门缝偷偷往外看，就看到一些陌生的外族人往楼道里走，我甚至无法相信自己的双眼，因为他们一共是五个人。他们一起走下楼梯，钻进了地下室里，很长时间都没有出来，直到晚上才回到自己的房间里，但是这次回来的又变成了四个人。他们回来后待在房间里，一直都是静悄悄的——死一般的寂静。我重新坐下看书，但是始终静不下心，我决定不把这件事查个水落石出就绝不罢休。第二天，同样是这个时间，大概中午的时候，锤子声、鼓风机声再次响起，那个令人毛骨悚然的男低音又大叫起来：“复仇之子们！我坚强的电子人们！快点啊！积极劳动起来啊！现在把质子和碘都加进去！快去把那个没脸没皮、自诩智者、满嘴喷粪的怪物给我拉过来！这个作恶多端的怪胎，快让我抓住他那又丑又大的鼻头，拉他啊，踢他啊，让他尝尝被慢慢折磨而死的感觉！给我把鼓风机再加大点劲！”

接着又是同样的喷嚏声和欢呼声回荡在楼里，我又看到他们踮着脚尖离开了房间，这次我又数了数，的确是五个人，而他们从地下室回来的时候，又变成了四个人。我觉得只有在地下室里才能揭开这个秘密，所以在黎明时分，我就带上一支激光手枪下到了地下室中。但是在那里，除了烧焦碾碎的金属碎片以外，我什么都没发现。我在身上覆盖稻草作为伪装，躲在最黑暗的角落里，没过多久门就开了，走进来四个乐根利亚人和一个五花大绑的人。

第五个人身上穿着老旧过时的玫红色立领马甲，头上戴着羽毛帽，脸又胖又圆，因惊悚而扭曲，鼻子很大，嘴里不停地念叨着什么。乐根利亚人把门闩好后，官衔最大的人发出信号，其他人就把俘虏松绑了，开始疯狂地殴打他，一边打还一边喊着："你不是能预言幸福吗？你不是要制造完美的存在吗？！这一下是替金桂花揍的！这一下是替玫瑰花揍的！还有这一拳是替广大的特里布莱茨揍的！还有共同的利他主义和浪漫主义！"

他们拼命地揍他、踢他，如果不是我从稻草下面拿着武器站出来，他肯定下一秒魂都要被打飞了，估计就去见上帝了。他们看到我就放开了被殴打的人。我问他们为什么要如此折磨一个既非罪犯又不是强盗的人，看他身上那件玫红色立领马甲，我猜他应该是个学者。他们往门边悄悄移动，因为他们在进入地窖后就把武器都丢在门口了，但是我立刻义正严辞地警告他们，如果不听我的，我就要开枪了。他们被我镇住了，没有继续行动，互相用胳膊肘推来推去，官衔最大的人终于站了出来，用低沉的男低音说："你这个外星人肯定不懂，现在你看到的一切并不是你想象的那样，我们也不是虐待狂、恶霸或者某个机器人族群的灭族者，我知道这里不像什么高档明亮的地方，毕竟是个地窖，但在这里所发生的一切确实是最高荣誉和美的代表。"

"美和荣誉？"我忍不住问，"这位先生，你知道自己在说什么吗？凶恶残忍的乐根利亚人！我明明看见你们穷凶极恶地扑向这个穿玫红色马甲的人，想彻底把他打死。你们刚才暴打他的时候关节里都流油了！你们还有脸和我说这是美和荣誉？”

“亲爱的外星人先生，如果你继续这样打断我说话，”男低音继续说，“你就什么也别想知道了。我希望你能乖乖地管好自己的舌头并控制从嘴里往外冒词的冲动，否则我就不得不再次和您终止交谈。要知道，现在你面前是最优秀的物理大师、荣誉满满的机器控制大师以及电子学大师，总而言之，他们是我最机灵、最敏锐的学生，是全乐根利亚星球最智慧的思维，而我是物质与反物质双向教授、全能生成反应学的创始人万德丘斯·乌尔托利克·阿门提，可以这么说，我将我的名望、家庭、财富以及我所拥有的一切都奉献给了复仇学。我和忠实追随着我的学生们一起，将毕生精力都用在对眼前这个穿玫红色马甲的卑鄙下流无耻之徒的复仇上，我要让这个叫马拉普泽·马拉普泽丘斯·豪斯[1]的坏蛋遭受乐根利亚式的痛苦与蹂躏。他的卑劣行径和罪恶心灵给所有乐根利亚人带来了不可磨灭、无法挽回的痛苦！他让所有人都变得像怪兽一样，他折磨他们，让他们心烦意乱、头脑糊涂，他躲在坟头偷看这些恶劣后果，以为躲进棺材里就不会被抓到了！”

“不是这样的，智慧超群的先生！我真的不是故意的！我真的是好心的！我没想到啊……”跪在地上那个穿红马甲的大鼻子哀号道。

我听着他说的话，看着眼前的一切，根本不明白到底是怎么回事。那个男低音又说话了：“瓦尔莫刚丘斯，我亲爱的学生，给我狠狠地敲这个大圆脸的头！”

1 原文音同“混沌、混乱”一词。

对他言听计从的学生狠狠地敲了那人的头，整个地窖里甚至发出了咚咚咚的回声。

我赶忙说："你让他解释完！任何殴打和身体折磨都会让我再次举起枪，万德丘斯教授。请您不要这样做，继续好好说！"

教授哼了一声，不屑一顾地对特鲁勒说："你这个外来客根本不知道我们这里经历过最可怕的贫瘠，我们四个放弃了世俗生活，履行宗教修行，创办了一个复活铸铁修道院，将我们毕生都奉献给复仇的美好。我必须花几分钟时间和你说一说我们这个世界建立之初的历史……"

"您不能从离我们稍微近一点的时期开始讲起吗？"特鲁勒担心，如果时间过长，他拿激光手枪的手就要麻了。

"你这个外星人真是什么都不懂！你听好了，相传有一群白人在试管里创造出了一种机器人，但凡稍微有点学问的人都知道这是骗人的，纯粹是无稽之谈……因为在创世之初，只有一片黑暗，而在这片黑暗之中存在着磁力，磁力晃动原子，而原子和原子相撞形成了古电流，而从古电流中就射出了第一道光……所有的星辰都被点亮了，行星表面也不再灼热，并且在行星的内部深处出现了第一批古原始机械夫[1]，而从这些古机夫身上又诞生出古原始机械女[2]，又从他们身上形成了具有神圣统计数据的原始机器。这些机器并不会算数，连三加三[3]都算不出，连一五和一十[4]都分不清。通过自然进化，他们已经能算出五除以十了，而且还生了很多多功能机人和全能机人，而全能机人又进化成猿形机器人，

1 指远古时期的男性原始机器人。

2 指远古时期的女性原始机器人。

3 此处一语双关，"三加三"是一句谚语，指胡说八道。

4 此处一语双关，"既不是五，也不是十"是一句谚语，指言行不得当。

而从猿形机器人又发展出了远古祖先，然后又出现了史前自动机器人……

“接下来出现了山顶洞机器人、游牧机器人，随着繁殖交配，人数越来越多，就形成了国家。古代机器人需要通过手动的方式制造出富有生命力的电子，比如通过摩擦的方式，但是做起来比较困难。每个机器贵族都拥有自己的骑士军队，每位骑士都有自己的地主，他们上级与下级之间进行自上而下的摩擦，这种摩擦的社会阶级观念非常明确。在康焦尔发明了摩擦生成器、帕莱斯·克鲁旁发明出闪电收集棒之后，机器就再也不需要手动摩擦生电了。就这样，电池时代来临了，这对所有没有自我电池储备的机器来说是相当残酷的，而他们的命运就只能靠天了——确切地说是靠天气，当天气晴朗而他们没有电池的时候，就不能从云朵中挤出闪电，就只能一瓦特一瓦特地沿街乞讨。这样的生活简直太艰难了，一旦有人停止摩擦生电或者从云朵里挤电，那么就会彻底因电量耗尽而机毁人亡。

“就在这时，出现了一个知识渊博的恶魔学者，他是一个非常善于钻空子和投机取巧的知识分子，一定是自小有撒旦暗中帮助，所以长这么大从来没被人把头打碎过。他开始四处演讲，鼓吹传统的电联方法——并联是毫无用处的，人们应该按照他精心设计的新连接图去进行自我连接，然后进行串联。只要有一个人进行摩擦，其他人就都能获得电流，不管离得多远，电流都可以传导到位，每个机器人鼻尖上的保险开关都会通电。他大肆宣扬自己的伟大计划，描绘电流天堂的美好蓝图，很多人听信了他的话，将原来从右至左的并联都拆除了，用上了豪斯电流技术。”说到这儿，教授用头狠狠地撞了几下墙，然后翻了个白眼，我终于明白了他脑门上的大包都是从哪来的了，“那时候，每两个机器人中就有一个躺在桌子底下说：‘我为什么要摩擦？让我旁边那位摩擦就行了，效果是一样的。’而他的邻居也这么说，电压迅速下降，所以不得不给每个机器人配备了一个监工，又给每个监工配备了监督他们的高级监工。有一天，马拉普泽的学生摄氏丘斯·算不对齐尔建议，每个人不要摩擦自己，而要摩擦旁边的人；法福斯·利他丘斯则提供了一份虐待折磨计划，接着蛮酷德尔·奇葩斯基又站出来说，应该在此处建立按摩中心和俱乐部；不久后又出现了一位新的电学理论家苦撸皮尔·加加赞，他认为不应该使用蛮力捏挤云朵，而是应该轻轻地抚摸，对它们温柔体贴，云朵会自己下闪电的；他之后又出现了雷地暴击泰乌斯，然后又出现一个克罗斯托夫·什么都不是斯基提出了自我摩擦定理，就是利用摩擦器和蹭蹭仪进行自我摩擦；还有一个谋财害命斯拉夫·又能怎么样斯基，他认为除了殴打外，还应该使用暴力去摩擦。这么多不同的意见和声音碰撞在一起，就导致了口角和冲突，而冲突又变成了互相辱骂，而辱骂又上升为对宗教神明的亵渎，而对宗教神明的亵渎又导致有人狠狠地踢了金属板国王位继承人法赖乌斯·不爱德腐拉卡斯王子一脚，而这一脚就是战争的导火索，库普洛乐根利亚国的铜人和乐根利亚王国的冷焊接人之间爆发了大战，这场大战一共持续了三十八年，又延续了十二年，那是因为在第一次大战就要结束的时候，到处都是碎片和废墟，无法判定到底是谁赢了战争，于是双方重新发动了战争。他们相互碾压着、攻击着，一片混乱，他们的厮杀导致电流耗光、瓦特流尽，最后陷入了完全生命电压的迅速下滑，人们将之称为‘马拉普泽化’。就是这个恶魔附身的毁灭者出的好主意，他让我们的国家、我们的民族化为了乌有！”

“我的本意并非如此！我发誓，激光手枪大人！我的本意是为全人类创造普世幸福，我是为了大家好！”马拉普泽跪着哭喊道，大鼻子一抖一抖的。万德丘斯教授上去又给了他脑袋一记重拳，然后继续说："这一切都发生在二百二十五年前，你不难想象到，早在这场乐根利亚星大战爆发之前，早在星球遭受普世痛苦之前，这个名叫马拉普泽·豪斯的家伙在写了成千上万本充满了谬误思想和恶毒智慧的理论著作后就死了，哪怕在闭上眼离开这个世界的时候，他都对自己的成就骄傲无比，甚至对自己赞叹不已、佩服得五体投地，因为他在遗嘱中写道，希望被封为'为乐根利亚星做出绝世无敌伟大奉献的救世主'。而当这一切灾难发生的时候，却没有人可以与他对簿公堂，没有人能够清算他的罪状，也没有人能够鞭笞惩罚他。而我苦心钻研复制术理论，研究所有的马拉普泽理论丛书，终于从中推算出了复制马拉普泽的运算公式。我立刻就把公式输入到原子重生复制机中，制造出了可以用来复制任何一个人的'前重生双胞原子'，于是我复制出了马拉普泽·豪斯！我们每天晚上就把这个地窖当作法庭，审判这个罪行累累的王八蛋，再把他塞回坟墓里。第二天早上，我们会再替人民对他进行复仇，长此以往，循环往复，直至地老天荒！"

我听了之后，立刻气愤地对他说："我看你的脑子已经地久天长地离开了你吧？你是想说，你们每天晚上通过冷焊原子获取的这位公民，这位无辜的、不曾伤害过任何机器的人要替一个三百年前就死了的做坏事的学者赎罪？要替他忍受你们的折磨？"

教授说："那你说这个跪在我们面前的大鼻子丑八怪是谁？他自己也说他是马拉普泽·豪斯啊！那好，你这个丑陋的恶棍，你自己说说，你叫什么名字？"

"马……马拉……拉普泽·豪……斯嘶嘶，严厉的大人！"大鼻子吞吞吐吐。

"所以他怎么不是那个三百年前就死了的坏蛋呢？"

“教授，你刚才自己都说了，他三百年前就死了。”

“我又把他复活了啊！”

“但是你复活的已经不再是他了，而是他的复制品，并不是他本人。”

“那你证明给我看，他们不是一个人！”

“我不需要证明，”我继续说，“我手里有激光枪就够了。但是我清楚地知道，尊敬的教授，您要我证明的这件事是无法证明的，因为‘前原子个体重生运算法则’的身份的非身份性是一个著名的对抗悖论，也被称作‘莱姆努姆迷宫’，那位名叫阿德沃卡土斯·拉布拉托利斯的哲学家在著作里就探讨过这个问题。我做不出什么证明，只能拿这么一把枪瞄准你们。你们要是不把这个大鼻子放了，我就开枪了，我看你们谁还敢折磨他！”

“世间最美的大人啊，太感谢您了！”穿玫红色马甲的大鼻子跪着说。“您看这个——”他在衣兜里翻来翻去，拿出了一个东西，“这是我刚刚计算好的公式，这次肯定不会出错，肯定能帮乐根利亚人实现绝对幸福！这是一个反馈弹簧，把它连接到后面，但是不要串联，我已经为三百年前串联所导致的后果接受惩罚了！现在我就要去试试我新的伟大发明！”

他说完就往门口跑，准备在众目睽睽之下夺门而去。我一下子松开已经麻了的手，翻了个大大的白眼，然后对教授说：“教授，我错了，我收回刚才的话，你们想对他怎么样都行，有仇报仇，应报尽报……”

随着一声低吼，他们四个人一跃而起，扑向了马拉普泽，把他按倒在地，然后一顿拳打脚踢，直到他从这个世界上消失。

他们喘着粗气，把斗篷的帽子戴好，又把刚才因为打架弄乱的衣服都整理好，向我冷漠地鞠了一个躬，转身就走出了这间让人毛骨悚然的地下室，留我一个人站在里面，手里端着那把沉甸甸的激光枪，而我的手在颤抖，心中充满了讶异和忧伤。

当铁血国闷扯毒国王召唤特鲁勒进宫的时候，特鲁勒就给他讲了这样一个发人深省的故事。但是闷扯毒国王又追问他非线性完美是怎么回事，特鲁勒就说："当我在聪败来[1]星球的时候，我亲眼见证了他们让完美主义深入心灵的结果。聪败来人早就称自己是和度方人，即吃幸福的人，说简单点就是幸福的人。当我到达的时候，正好是他们的大数量时代。每个聪败来人都很幸福，坐在自己的宫殿里，这些宫殿都是自动建造机为他们建的（他们把自己的女奴称为齿轮吱吱奴），屋子里异香扑鼻，他们身上香气袭人，电流轻轻爱抚着他们，他们穿戴的都是真金白银，躺在琳琅满目的宝石堆里打滚，在光彩夺目的藏宝阁里踱步，街上有保安巡逻维护治安，地下室里有自己的后宫佳丽，愉悦的号角声随处可闻，大理石的光辉随处可见，虽然一切都是那么美好，可是他们总会带着一种奇怪的不满情绪，还有些人郁郁寡欢。明明他们的一切梦想都已经实现了啊！在这个星球上，'自己动手'这个词已经灭绝了，因为人们根本不需要走一步路，吃饭都不需要动一下手指。他们既不一起玩耍，也不相互爱慕。他们想散步的时候，就有散步机替他们散步；他们想吃饭的时候，就有三餐机替他们吃饭；他们想玩的时候，就有女仆替他们玩耍；他们甚至都不能自己微笑，因为有专门的机器替他们微笑。他们所需要的一切都有机器捧到他们面前，他们要做的一切都已经被机器完美代替，每天就置身

1　原词意为"傻瓜"，此处根据谐音翻译，指因过度智慧而败下阵来。

于胡蕾萨[1]和勋章的包围中，胡蕾萨每天会自动为主人充电并梳妆打扮，每分钟就有五到十个胡蕾萨像金色的昆虫一样在他们身上蠕动，为他们涂香粉，给他们按摩，向他们抛媚眼，在他们耳边说情话，跪在他们脚边，趴在他们脚下，一刻不停地亲吻他们身上每一寸可以亲吻的地方，每个无比幸福、幸福无比的聪败来人都在孤单地闲逛。在地平线的尽头，强大的制造工厂传出震耳欲聋的机器工作声，这里的制造工业不分昼夜、片刻不停地运转着，工厂里生产出来的都是黄金宝座、轻柔爱抚项链、珍珠拖鞋、权杖、苹果、马车、肩章、红宝石、瓷器、钢琴等数以百万计的用来获得快感的珍奇宝物。我走在路上，经常要拨开那些凑到我身边要为我提供服务的机器，有时我还不得不对那些死缠着我的机器动粗，因为她们实在太贪恋向我提供服务了。我好不容易逃离了她们的死缠烂打，钻进大山，看到了一大群浑身上下由黄金打造的机器堵在一个被巨石包围着的山洞口，透过石块间的缝隙可以看见洞里坐着一个充满智慧的聪败来人，他藏在里面想避开普世幸福的围追堵截。那些机器一看见我就围了上来，开始给我全身按摩，在我耳边轻声细语讲童话故事，拉着我的手一通亲吻，又搬来宝座让我坐下……幸好那个藏在山洞里的聪败来人搬开了一块石头，迅速把我拉进了洞中。他的身体已经有一半锈迹斑斑，但是他却因此喜笑颜开，并向我解释说，他其实是聪败来星球最后一位智者，还说过度满足比穷困潦倒更可怕，但是这个道理不用他说我也懂，既然已经无所不能了，还有什么能让人开心呢？一个有思想的物种置身于这种无从选择的缥缈天堂，逐渐变得麻木，他该如何选择呢？他如何能够从愿望无须努力就自行实现的魔咒中脱身呢？

1　指永远年轻貌美的女人。

和我交谈的这位智者名叫特里祖乌斯·快乐斯基，我们达成共识，这个国家现在需要大规模的遮挡措施和本体去完美化编译器，不然的话过不了多久就完蛋了。特里祖乌斯很久很久以前就想利用编译器女相[1]来解决问题，但是我打消了他的错误观点，因为这就是通过其他机器人去消灭另一些机器人，他所说的编译器女相其实就是吞食其他机器人的女妖、折磨机器人的女鬼，她们的做法其实还是殴打折磨。这就如同引鬼上身、饥不择食，根本不能解决问题。我们谁都明白，历史是已经发生的事实，是无法倒退的，所以除了梦境和幻想，没有更好的路可以走了。

“我们穿过广阔的平原，平原上覆盖着一望无际的金币，我们用树枝驱赶着凑过来非要向我们提供幸福服务的机器女伴，还看到许多躺在地上一动不动的超额幸福享受者和聪败来人，他们都被宠爱着、服侍着，麻木地沉醉在温柔乡中，轻轻地打着饱嗝。这幅所有人都被过度发达和过度幸福束缚的画面，让人心中不禁充满了心酸和心疼。还有一些聪败来人在自我建造的宫殿中沉迷于赛博争斗，或者做着其他疯狂诡异的事：有人故意挑起机器之间的争端；有人把最珍贵的花瓶和宝石都砸个粉碎（因为他们受不了被这么多宝石包围），还架起大炮轰炸堆成小山的钻石，碾碎耳环，掰断首饰；有人为了躲避幸福的追赶而躲到阁楼或者屋顶烟囱里；还有人命令机器殴打自己或者自己殴打机器，又或者互相对打。任何手段都无济于事，聪败来人还是渐渐因为幸福的快感而死去，尽管他们因快乐致死的方式各不相同。我不建议特雷祖乌斯通过武断地关闭幸福制造工厂的方式来拯救大家，因为无处获得幸福和过度获得幸福都是不幸福的。他本应该老老实实地坐下来研究本

1　指具有编译器功能的女机器人。

体编译器的发明，可是他偏不听劝，将自动女仆机器人都炸飞了。这下可惹了大祸，因为接下来就是无穷无尽的困苦，而他自己却没有活到困苦到来的那天，当时他就被一群自寻快乐机器少女围攻了，她们演变成疯狂调情和诱惑的女机器人，把他推向热吻的深渊，用令人窒息的拥抱紧紧包裹着他，用性感的躯体摩擦着他，特雷祖乌斯两眼一黑，终于大喊了一声“强暴啊”，就因过度的爱抚和快感死去了，永远地被埋葬在这片明晃晃的金币海之中，他的铠甲也被熊熊燃烧的情欲之火烧成了焦炭。陛下，这就是那个不太智慧的智者的故事！”

特鲁勒讲完故事，闷扯毒国王还意犹未尽，特鲁勒就问国王：“尊敬的陛下，您还有什么吩咐吗？”

“建造大师！”闷扯毒国王开口道，“你说你的故事都是意义深远的，我怎么没有感觉到？我承认这些故事倒是挺有趣的，所以我命令你接着给我讲，一直不停地讲下去。”

“国王！”特鲁勒回答，“您想从我这儿得知什么是完美以及如何才能获得完美，但您却听不懂故事中蕴含的深刻思想和教育意义，其实您就是想听有趣的故事，这就是您的取乐方式，您根本不想去思考故事的含义。不过也没关系，只要我在讲，您在听，我故事里那些词汇多多少少会留在您的脑海中，仍会起作用，只是比较慢，就像延时爆炸装置一样。既然如此，请允许我给您讲一个真实发生过的故事吧，这个故事高深难懂，但又非比寻常，听完以后，没准您的皇家议事委员会能从中学到点什么。

“尊敬的先生们，下面请你们听一听罗破烂·裤裆拉链国王的故事，也就是深冰井部落、逃顿人[1]部落和永远做不好准备部落的

1　音近“条顿人”。

首领的故事，看看贪婪的欲望是如何置他于死地的！”

大格纹弹钉族的国王名叫罗破烂·裤裆拉链，这个民族由两个分支组成：一个是右派，为执政党；另一个是被排挤在政权之外的左派，又称左旋派，他们对王室执政派充满厌恶。罗破烂·裤裆拉链的父亲名叫豪莱雷昂，不顾贵庶通婚的约束，和一个平凡无奇的缝靴扣的机器缔结了一段门不当户不对的婚姻，所以罗破烂·裤裆拉链既继承了母亲那鞋匠般的暴躁脾气[1]，又继承了父亲胆小怕事却又贪图美色的性格。一直想要推翻执政政权的左派格纹弹钉人看到了这一点，就想着如何利用他的性格特点来摧毁他。他们向裤裆拉链国王派去了一名叫基良[2]的灵魂工程师，这名工程师迅速得到了国王的赏识，还受封了神力皇家大主教。基良用尽各种方法来满足国王的淫欲，就是为了让他因为纵欲过度后虚弱无力，再无心无力执政，这样王位也就空出来了。他给国王建造了造爱场和巨型情欲放纵机，让他终日流连于赛博群交浪女乐园，而国王钢铁般强硬的性格却抵制住了淫欲带来的副作用。而此时，左旋弹钉派已经等得不耐烦了，他们命令工程师使尽浑身解数（邪术），用他掌握的所有方法去达成左派的预期目标。

工程师在一次城堡地下室的密谋中提出了问题：“我是不是应该通过这种疯狂的情欲和快感造成国王短路或者记忆混乱？”

“当然不行，”左派并不同意他提的建议，“可不能让国王的死和我们扯上任何关系！就让这个裤裆拉链国王因为管不住自己过剩的欲望而死，让他自己产生的贪婪欲望把他吞噬！这一切都是

1 波兰传统文化中认为鞋匠脾气不好，经常骂脏话。

2 暗指国家基督教化。

他自找的，而不是我们！”

“好吧，”基良答应着，“我来给他制造一个梦境编织的陷阱，先用诱饵去诱惑他，等他抓住诱饵的时候就会被深深吸引，他就会追逐梦境，从而慢慢陷入虚幻梦境的癫狂状态，当他陷入梦境中的梦境中时，我就往里面加点情欲女郎，让他在这虚幻的梦境中流连忘返！”

“不错，不错，”左派纷纷点头，“不过你也别急着自夸，赛博工程师。我们不听空话，只重实干，我们要让这个破烂君主成为自己杀死自己的弑君凶手！”

赛博工程师基良一整年都在忙着建造这个罪恶的作品，他不停地向国家财政部要求大块大块的黄金、红铜、铂金和贵重宝石。当裤裆拉链国王等得不耐烦的时候，他总是和裤裆拉链国王说，他在建造一个举世无双的珍宝，世界上其他君主都不可能拥有的珍宝。

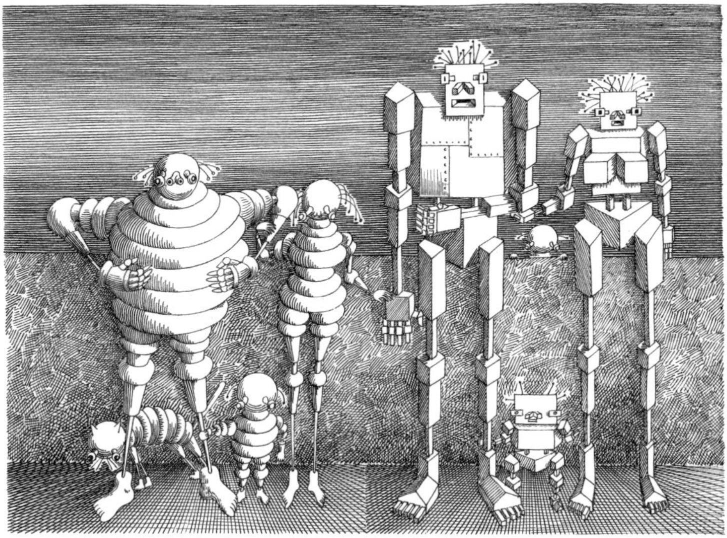

一年后，在隆重的仪式上，三个巨大的柜子被从赛博工程师的工作室里抬了出来，运到了国王内廷宫殿的门口。这三个柜子实在太大了，根本进不了内廷的大门，裤裆拉链国王听到脚步声和搬东西的声音，就从里面走了出来，立刻看到了墙边像三座大山一样的三个大柜子，每个都有四英寻[1]高、二英寻宽，表面镶满了宝石。第一个柜子又叫白色巨箱，是由洁白闪亮的珍珠母贝和耀眼璀璨的钠长石组成的；第二个柜子比暗夜还要黑，镶满了黑玛瑙和黑水晶；第三个柜子红得像鲜血，到处点缀着红宝石。每个柜子的柜脚都是纯金打造的格里芬狮鹫兽，柜门闪着光芒，柜子里装载着满满的梦境电子团，这些梦境都是自己梦出来的，不需要任何人参与或协助。

裤裆拉链国王异常惊讶，他听完基良的解释，大声喊道："基良，你给我带来的都是什么鬼东西？柜子是吃饱了撑的要制造梦境吗？这样的做梦柜子对我有什么用？再说了，有谁知道它里面是不是真的有梦境？"

基良向国王深鞠一躬，领着他观察第一个柜子，柜门上有一排自上而下整齐排列的小孔，每个小孔上都有一块写着字的珍珠牌。国王依然非常疑惑，凑近了看牌子上的小字："与城堡和贵妇的战争之梦""当归叮当草之梦""弗雷坦骑士与直男公爵之女——俏美拉莫尔达公主的虐恋之梦""赛博群青与塞默腌料之梦""一跃而起女王的大床""不用火药和子弹的自发炮""情色艺术体操""在八皮娜八爪怀抱中的甜蜜之梦""新月下铁铅包子的味道""有少女和音乐相伴的早餐""如何给太阳絮棉花，好让阳光更温暖""魅颖（没影）公主的新婚之夜""猫之梦""神之梦""水果群交浪女体验，

1　长度单位，1 英寻约合 1.8288 米。

一树梨花压海棠”“水果群交浪女性梅（杏梅）酿毒酒”“葱男蒜女寻爱记”“情欲漫漫面包路”“梦娜丽杀——甜爱无穷迷宫历险记”。

国王来到第二个柜子前，读道：“‘小憩和游戏之梦’‘吊死鬼与女吊死鬼’‘胡椒大厅’‘克洛普施托克的藏头诗’‘公牛少女变身真少女’‘迎面一拳’‘温暖棉被下的冰冷猎枪’‘迎面再来一拳’‘累惨了的脚后跟’‘遭雷劈之人’‘群交浪女’‘共产之酒为谁斟’‘赛博印度舞女’‘赛博男女’‘胡蕾萨追逐赛’。”

灵魂工程师基良立刻向国王解释道，每个梦都是自己在做，但是如果有人将怀表表链上的长条搭扣插入对应的小孔中，就会与柜子中相应的梦境连通，那种感觉美妙极了，无论是从任何感官，包括视觉、触觉、嗅觉来感受，都仿佛亲临梦境，让人难以区分梦境与现实。裤裆拉链国王的好奇心快要爆炸了，他立刻掏出自己的怀表，把搭扣上的小细棍插到了白柜子上写着“有少女和音乐相伴的早餐”的小孔里。刚一接通，他就感到后背长出了尖刺，宽大的翅膀也从他的背上长了出来，他的手脚都变成了锋利的爪子，他的嘴里长出了六排毒牙，一张开大嘴就会有硫黄硝烟随着火焰喷薄而出。他惊讶地咳嗽了一声，然而这声咳嗽从他嗓子里钻出来就变成了一道闪电；他更惊讶地瞪大了双眼，而他的目光照亮了整片黑夜；他看到有人把一顶顶像生菜叶子一样的轿子抬到他面前，在轿帘轻纱的掩映中坐着四位香气袭人的少女。他看得口水都流下来了，这时餐桌也都布置好了，盐、胡椒都有了，他舔了舔嘴唇，又咽了咽口水，舒舒服服地坐了下来，把轿子里少女的衣服像剥花生壳那样脱掉，一口一个吞了下去，他的眼睛因为这份快感而变得湿润，而当他吃掉最后一个少女的时候，他情不自禁地吧唧着嘴，回味着刚才那香甜美好的味道。他拍了拍肚子，想要再来一个，但是突然一道光闪过，他就醒了过来。他环顾四周，发现自己还站在刚才的地方，也就是内廷宫殿门口，旁边站着大主教基良，他们面前矗立着三个镶满璀璨宝石的柜子。

基良问国王："那些姑娘怎么样？还合您口味吗？"

"还不错，但是没有音乐啊！"

"编钟刚才在柜子里卡住了，"基良回答，"陛下，您还想再试试别的梦境吗？"

国王当然想要试试，不过这次他选了另外一个柜子，他走到黑色柜子前，将自己的表链搭扣和"弗雷坦骑士与直男公爵之女——俏美拉莫尔达公主的虐恋之梦"联通了。

国王发现自己正置身于电子浪漫主义时代，他站在一片深林中，身披铠甲，面前是一只刚刚被擒获的龙，远处树影婆娑，微风徐徐，流水潺潺。他来到河边，看了看自己水中的倒影，他明白了，他现在就是最高压强、英勇无敌的弗雷坦骑士。骑士的全部历史就像印在他骨头里一样，记得清清楚楚：他头盔上的凹陷是被魔必刀的铁拳砸出来的，最后魔必刀也被他制服了；他膝盖里钉着钢钉，因为他在和酷废物特 · 用力打比夫的战斗中差点弄断了腿；他肩膀上钉着铆钉，因为他在咬死乐普奇 · 摩尔大嘴维前被打伤了；魔斯特齐 · 撸阳在死前砸折了他的脊椎骨；还有各式各样的钢钉、手肘护具、把手、插销、膝盖上的搭扣，一切都纪念着他的骁勇善战和赫赫战功。他看了看他的盾牌——正面是一道道像闪电纹路的剑痕和凹陷，背面却还像婴儿的小屁股一样光滑，这说明他从未临阵脱逃，也从未向谁低头！说实话，这些都不算什么，他根本不在乎战功和声望，他最在乎的就是拉莫尔达，一想到这儿他就跨上战马，开始在整个梦境中寻找她。

当他到达拉莫尔达的父亲——直男公爵那座戒备森严的城堡时，吊桥放了下来。随着一阵马蹄声，他进了城，定睛一看，直男公爵就在他对面站着，正张开双臂热烈地欢迎他。

他急切地渴望能够见到拉莫尔达，但是就这么直接提出，好像不太礼貌，老公爵告诉他，现在城堡里还有另外一位骑士贵客——来自聚合王族的弹性击剑冠军维诺多，他最想做的事就是和弗雷坦决一死战。说着维诺多，维诺多就到了，他充满弹性又迅速地出现在弗雷坦面前，对他说："我告诉你，我对高弹力的拉莫尔达倾心已久，她那水银的臀部，她那金刚石都划不坏的胸脯，她那充满磁力的眼神，她一切的一切都令我神往。我知道你们一定订婚了，但是我现在要向你发出挑战书，今天就和你分出个你死我活，看看到底是谁能娶她为妻。"说完就把尼龙白手套扔了出来。

"决斗结束后，立刻举行婚礼！"老公爵加了一句。

"没问题，来吧！"弗雷坦说，但是在他身体里的裤裆拉链国王却想，婚礼以后我就该醒了，怎么回事！谁非要给我的梦里加上这么一个讨厌的维诺多啊！

"我们过一会儿就进行决斗，我的骑士。"直男公爵说，"你今天还会在这里和聚合王族的维诺多见面的，在这个火炬林立的战场上，但是现在你先去房间里休息一下！"

弗雷坦身体里的裤裆拉链国王其实有点害怕，但是话都说出去了，也没别的办法了。他打算先在为他准备的房间中休息一会儿，刚一进去就听见了咚咚咚的敲门声。一个赛博老巫婆一闪身就钻了进来，冲他眨了眨眼睛，说："骑士，你不用害怕，拉莫尔达一定是属于你的，今天她会把你的头轻轻地搂在她那银色的胸脯里！她日日夜夜想着的只有你一个！你就记住，不要怕，勇敢地攻击维诺多，你一定会取得胜利！"

"说得容易啊，赛博巫师奶奶。"骑士回答说，"如果一切进行得不顺利怎么办？我要是滑倒了怎么办？我要是不小心没防御好怎么办？我不能莽撞冒险迎战！你肯定会什么法术！能帮帮我吗？”

“咳咳咳，”老妇人咳嗽了几声，“勇敢的骑士，哪有的事啊！根本就没有什么巫术魔法，就算有你也不需要，因为我非常清楚地知道结果。我保证，你不费吹灰之力就可以取得胜利！”

“可是有了法术，就更确定我能赢，”骑士喊着，“特别是在梦里。但是……你听我说，你是不是基良派来的？他就是为了让我能够更自信，对吧？”

“我根本不认识什么基良，”赛博巫婆说，“我也不知道你说的梦是什么意思。现在大白天的，我的骑士，你要相信你一定能赢，赢了之后拉莫尔达就会用她那磁性很强的嘴唇吸在你的嘴唇上，到时候你就知道爱的滋味喽！”

“太奇怪了！”裤裆拉链国王嘟囔着，而赛博巫婆却在这时一声不响地离开了，仿佛从来也没来过。“刚才的一切都是梦吗？她刚才跟我说现在是白天，没有梦。不管她了，无论如何我都要多加小心。”此时，号角吹响了，他已经能够听见战场上铠甲碰撞以及拥挤的人群发出的声音，所有人都在激动地等着看这场决斗。弗雷坦走上战场，他的腿有点发软。看到俏美的拉莫尔达——直男公爵的女儿正充满甜蜜地望着他，他根本没心思跟她含情脉脉地对视。维诺多已经一跃而起，跳到了战场上，四周灯火通明，剑与剑交锋，铿锵有力地碰到一起。裤裆拉链国王已经吓坏了，他用尽全身力气想要从梦中醒来，可是无论他多么努力，那身铠甲还是紧紧地裹在他身上，梦境不肯让他离去，而敌人却已经向他冲过来了，剑与剑碰撞的频率越来越快，裤裆拉链国王的胳膊都麻了。当他的敌人大吼一声，向众人展示他的剑被劈成了两半时，裤裆拉链国王本想扔下手里握着的武器逃出这场角逐，可是立刻有仆人给他的敌人递了一把新的剑，就在这一刻，他忽然看到观众席中坐着那个赛博巫婆，耳边也响起了她的声音：“钢铁骑士！当你过会儿靠近那个吊桥对着的门时，维诺多的剑会脱手，你看准时机狠狠地给他一下，你就会赢得这场战斗了！”

她在他耳边说完，就又消失得无影无踪了，而他的敌人已经重新武装后再次向他冲过来。他们又开始斗争，维诺多像疯了一样挥舞着剑，然而他却渐渐累了，剑挥舞得一下比一下虚弱，他有些招架不住了。时机到了，裤裆拉链国王本应该趁此机会进攻的，可是看到对手的剑闪着寒光，他害怕了，心里想着“让拉莫尔达和她俏美的容貌都见鬼去吧”，转身就跑，在苍茫夜色中跑上了吊桥。听见有人追他，他迅速钻进森林里，后面的人们高声喊着“胆小鬼”，但他还是把头深深地埋在草丛中，觉得这次死定了。他揉揉眼睛，发现自己又出现在内廷宫殿门口，面前是黑柜子，身边站着基良。灵魂工程师正在冲他怪笑，他也挤出一丝笑容来掩饰自己的不堪和失望。其实这个“弗雷坦和拉莫尔达虐恋之梦”就是给国王设下的圈套，如果他听了老巫婆的建议，在吊桥旁的门那里和维诺多血战到底，那他就会被维诺多刺死，因为维诺多的虚弱和无力招架都是装的。国王这次之所以得救，全靠他那超乎常人的胆小。

“亲爱的陛下，跟拉莫尔达过得还愉快吗？”基良问道。

“什么？我根本对她不感兴趣，她可真的挺一般的。”国王说，“我在那儿还打了一仗。我非常不喜欢这种战争的梦，我只想要那种没有争斗的梦，明白了吗？”

“谨遵您的要求。”基良继续说，“您自己挑选这些柜子里的美梦吧，前面都是好事等着您呢……”

“我们走着瞧。”国王一边说，一边又和“一跃而起女王的大床”联通了。他先是看到了一个金碧辉煌、精美绝伦的房间，整个屋子都是纯金打造的。闪亮的光芒透过水晶玻璃折射到屋子里，仿佛是流淌着的山泉水，女王坐在珍珠梳妆台前打着哈欠，好像是困了。裤裆拉链国王被眼前的这一幕惊呆了，这幅画面太美了，他想轻轻咳一声让女王注意到他的存在，但是他发现自己根本发不出声音，他的嗓子好像被什么东西堵住了。他想摸摸自己的脸，可是他也不能，他想伸伸腿，可是腿也动弹不得。他慌了，想扫视一下周围，可是仍旧做不到。他越来越不知所措，胆小的他已经被吓坏了。这时，女王又打了一个大大的哈欠，接着是第二个和第三个，困意袭来，她一下扑到了大床上，而这一下却让国王浑身发抖，原来这次他成了女王的床垫！很明显，女王正在做着什么让她不安的梦，她翻来覆去，每动一下就像给了国王一拳，她的腿还四处乱蹬，每动一下就等于踢国王一脚。在梦里变成床垫的国王快气疯了，他开始耍国王脾气，奋力抗争着，床垫的缝合处终于裂开了，弹簧散了，床腿塌了，女王一声尖叫就摔在了地上。国王凭着坚定的意念从梦境中醒了过来，又回到了宫殿前，身边的基良低着头。

“你这个浑蛋！”国王生气地喊着，“你胆子也太大了吧！你看看你都干了什么好事！我竟然要去给别人当床垫？你怎么不让我去给你当床垫？你是不是忘了自己是谁了？”

基良被暴跳如雷的国王吓坏了，赶紧跪下求饶，对自己不小心犯的错深感愧疚，请国王再相信他一次，试试其他的梦。他的求饶和恳求打动了国王，国王用两个手指捏着表链上的细棍，再次插入了梦的小孔中，这次的梦是“在八皮娜八爪怀抱中的甜蜜之梦”。他看见自己置身于一个宽敞的广场上，周围都是看热闹的人，身披丝缎或棉纱的人、骑着机器大象的人、坐着乌木轿子的人正在举行庆典游行，在最中间有一个像黄金神龛一样的东西，上面坐着一位天使般美丽的女子，尽管有八层纱帘，也挡不住她耀眼的美貌，她的目光像银河中的星辰般闪亮，她的高频耳环也熠熠生辉，国王看了她一眼就有种浑身过电的感觉，他很想问这位令人神魂颠倒的天仙是谁，但他还没开口，就听到人们兴奋地低声说："看，八皮娜来了！八皮娜！"

话说回来，现在这场盛大的庆典就是为了庆祝手错王国最完美的女性和一位叫孟仁[1]的骑士的婚礼。

国王很诧异，自己这次竟然不是那个骑士。游行花车走过后，他们身后的王宫大门就关了起来。他随着人群来到了一家客栈，一走进去就看到了孟仁，孟仁穿着宽大的阔腿裤，上面缀满了黄金钉，手中拿着已经喝光了的离子酒酒壶。孟仁径直向他走过来，用力拥抱了他一下，喷着灼热的酒气在他耳边说："我今天要和八皮娜约会了，就在长满尖刺的灌木丛林里，在水印喷泉旁边，今天晚上十二点，但是我有点不敢去，因为我太高兴了，喝了太多酒。求求你，外来的贵客，我看你跟我长得一模一样，你就替我去吧，替我去亲吻八皮娜公主的小手。我叫孟仁，如果你能帮我，我将感激不尽！"

"你为什么不去呢？"国王心里还有点窃喜，"我可以帮你。现在就能去了吗？"

"当然，你快去吧，马上就到十二点了。有一点你要记住，国王不知道我们在幽会——其实谁都不知道，除了公主自己和看门的老管家。你只要给老管家留下买路钱，他就能让你过关！喏，拿着这袋沉甸甸的金币，你只要给他钱，他绝对不敢跟你废话。"

国王点点头，拿上这袋金币就直奔城堡而去，因为钟表的指

1　与"梦人"谐音。

针已经呼啸着指向正中间十二点的位置。他像幽灵一样爬过吊桥，望着深不见底的护城河，有些害怕，但还是低头溜了进去。他来到了王宫天井的小花园里，在茂密的尖刺灌木丛里，在水银喷泉旁，在水银的倒影中，他看到了在银色的月光中闪闪发光的八皮娜公主。说不清是强烈的爱慕还是情欲，他浑身颤抖起来。

站在内廷宫殿门口的基良看着在梦中兴奋得发抖的国王，自己也兴奋地搓搓手，因为国王已经离死不远了。他从一开始就知道，有八只手的八皮娜的拥抱有多有力，她的拥抱会让国王永远沉睡在那里。安息吧！基良看着国王那颤抖的样子，他也知道，公主一定给国王的梦境深层下了意乱情迷粉和爱抚难耐素，国王永远都回不到现实中了。他满心欢喜地期待着国王倒在公主的怀抱里。这时，裤裆拉链国王沿着围墙，在阴影中一路小跑，奔向他那比月光还皎洁的天使爱人，但看门老管家突然拦住了他的去路，伸出一只手向国王索要金币，可就在这一刻，国王觉得如果这个沉甸甸的金币袋子就这样给这个老头了，他心里会非常难受，因为他太舍不得这些金币了。难道为了一个拥抱就要交出这一袋金子吗？

“给你一枚金币，让我进去。”国王对看门人说。

“十枚才能进去。”看门人回答。

“十枚金币就进去那么一会儿？你是不是疯了？”国王笑了起来。

“十枚金币，一个子儿都不能少。”

“便宜一点都不行？”

“便宜一分钱都不行！”

“什么人啊！”国王怒吼起来，他那鞋匠脾气又犯了，“你滚蛋吧！你个不要脸的看门狗！你算什么东西，我一个子儿都不给你！”看门人气得用长矛打他，只听见国王头上发出“砰”的一声巨响，回廊、天井、吊桥和一切忽然开始崩塌，梦境化为了虚无，下一秒钟国王就在基良身边睁开了眼，眼前的梦之柜稳稳地矗立着。基良非常害怕，这已经是他第二次失败了，但是这两次失败都是国王的天性害的，第一次是因为他害怕，第二次是因为他贪财。基良再次恳求国王试试在其他梦里找到快乐。

国王这次选了“当归叮当草”。

这次他成了怕拉瘫痪泽国王——癫痫国和疟疾茨亚国的统治者，一个比老头还老的老头，已经浑身哆嗦了，但是色胆包天，心里就想着怎么能极尽龌龊淫荡之事。他的关节已经嘎巴作响，手脚也不听使唤了，还能干什么呢？“没准他们可以帮我修复一下？”想到这儿，他立刻派自己的两员大将——艾暴打普敦和施酷刑留斯去烧杀抢掠，抢回一些漂亮的奴隶。他们出门后就拼命砍别人的头、烧别人的房子、抢别人的财富，回来后就对国王说：“陛下！我们砍了别人的头、烧了别人的房子，这是我们给您带回来的战利品：美丽的阿朵雷思雅，恩茨国和潘茨国的公主以及她的全部财产。”

“嗯？什么？还有全部财产？”国王颤颤巍巍地问，“在哪儿呢？我怎么什么都没看见啊！这是什么声音，窸窸窣窣的？”

“在这儿呢，就在皇家沙发上，陛下！”两位大臣异口同声，“那个窸窸窣窣的声音是战利品，也就是刚才我们提到的阿朵雷思雅在沙发罩上和珍珠摩擦产生的声音，还有她黄金线织成的裙子，动一动也会发出响声，而且美丽的公主此时正在哭泣，因为她觉得自己受到了侮辱。”

“侮辱？哈哈，这个词听起来真不错！”国王用沙哑的声音说，“把她给我带过来，我这就让她尝尝什么是侮辱的滋味。”

“陛下，考虑到您的身体状况，您不能这么做！”皇家御医突然插了一句。

“什么？我不能侮辱她、不能强暴她吗？你疯了吗？竟然说我不能做这件事？那我这一辈子都干吗了？”

“确实如此，陛下，”御医仍在好言相劝，“如果您现在非要这么做，您可能会晕倒。”

“是吗？那给我拿一把……一把斧子过来！我要把她砍成一块一块的。”

“尊敬的陛下，您这么做可能也会有危险……”

“什么意思？怎么回事？我当这个国王到底是为了什么？就是为了这也不能干，那也不能干吗？”国王愤怒了，“你们过来，让我恢复健康！让我变强大！让我重返青春！让我能够……那个！”

满朝文武都吓坏了，纷纷去找能够让国王变年轻的办法，他们请来了一位非常伟大的智者——卡尔枯瓦来帮忙。卡尔枯瓦来到宫殿中，问国王：“陛下，我能为您实现什么愿望呢？”

“愿望？这个问题可真逗！”国王不悦地说，“奢靡淫乱、放荡恣肆，所有的淫乱享乐我都想继续，最重要的是，我要好好地蹂躏阿朵雷思雅公主，她现在暂时被我锁在地牢里了！你明白我的愿望是什么了吗？”

“那我们现在有两条路可走：”卡尔枯瓦说，“要么陛下您将自己和一个人联通，这样的话，这个人干什么，您都能感同身受，就像亲自动手一样；要么就得把赛博老巫婆找来，她住在城外的黑森林里一栋三条腿的茅草屋里。她是有名的老年病学专家，最擅长的就是给老年人治病。”

“是吗？我们先来试试那个联通的方法。”国王的嘶哑声音再次响起。他说完，大臣们就按照指令进行了。电工们将军队副统领与国王连接在一起，但是刚一开始国王就叫停了，并且立刻下令将卡尔枯瓦智者锯成了两半，因为国王觉得他出的第一个主意实在是太恶心了，他再也不想做这样的事。智者的呼喊声和求饶声也没有让国王心软，然而在锯的过程中，一根绝缘电线断了，所以这一幕腰斩大戏国王只看了一半。

“出这种馊主意的智者就应该被锯成两半！”国王气呼呼地说，“现在去那间三条腿茅草屋，把赛博老巫婆给我找来！”

大臣们立刻就跑到森林深处把女巫找来了，国王听到她的歌声传来：“我专门给老年人送健康！我让他们健康，我让他们康复，我让他们健健康康，头发黑又亮！我不在乎名望！我给他们的关节润滑，无论是生锈或瘫痪，我都会让他们焕发第二春的光芒！哪怕他摇摇晃晃，我也能让他重返健康！想健康吗？来找我吧，我是给他们带来健康福音的善良仙女！”

数码老巫婆听完了国王的抱怨，向他深鞠一躬，说：“尊敬的陛下！在秃顶山的后面，有一眼甘泉，那里流淌出一条小溪。里面流的其实不是水，而是润滑油，如果用这个润滑油来浸泡当归叮当草，服下以后就会令人返老还童，而且只需要那么一小勺就可以年轻四十岁。但是得特别注意，千万不要喝多了，因为服用过量的润滑油浸泡当归叮当草会让人过度年轻，甚至会让人完全从这个世界上消失。陛下，就让我帮你泡制这种灵药吧！”

“太棒了！”国王说，“快去把阿朵雷思雅给我准备好，让她看看自己过会儿要经历什么！哈哈哈！”

他伸出颤巍巍的手，想把自己身上已经松动的螺丝拧紧，他流着口水，呵呵傻笑，时不时地抽搐两下，因为他太老了，老得甚至出现了一些婴儿才会有的行为，但是他心中的邪恶念头可没有受到年龄的影响。

骑士们快马加鞭，去山中寻来了溪水润滑油，而女巫的大锅咕噜咕噜地冒着热气，烟囱呼呼地吐着白烟，就连女巫家都笼罩在一片云雾中。终于，女巫端着一个杯子，飞奔着跑到金殿上，跪在国王面前。她手中的杯子里满满当当地盛着可以映出倒影的液体，液体闪着水银般的光芒。女巫声音洪亮地说："怕拉瘫痪泽国王陛下，这就是我为您酿造的灵药——当归叮当草药酒，喝了它能让您青春永驻，身强体壮，精力充沛，遇到美人更是活力迸发。谁要是喝了这杯药酒，把整个星系的城墙都烧光，把全宇宙的少女都带上床，那也是不在话下！喝吧，国王，干了这杯灵药！"

国王接过酒杯，里面装得太满了，有几滴不小心洒在了他的脚凳上，脚凳疼得大叫了一声，跳了起来，然后狠狠地砸在地上，震得地板都颤抖了，这还不够，它又扑向了艾暴打普敦，好像非要让这位强壮的将军颜面扫地，瞬间就把这位浑身挂满勋章的大将军撕成了碎片。

"国王陛下，您喝吧！勇敢点！"赛博巫婆极力劝国王喝下，"相信我，这是创造奇迹的神药！"

"那你先喝！"国王用微弱的声音说，因为他实在是太老了。赛博女巫哆嗦了一下，向后退了两步，连连摆手。国王点头示意，立刻有三个士兵抓住了她，掰开她的嘴用漏斗给她灌了几滴闪亮的"神药"。一道光闪过，一阵烟升起，巫婆不见了。国王和大臣们四处寻找，她消失得无影无踪，而地板上却留下了一个烧焦的黑洞，其中还有另一个黑洞，存在于现实和梦境之间：透过这个黑洞可以清楚地看到一个人的脚，一只穿着优雅的皮鞋的脚，袜子上被烧出了几个洞，而鞋子上的银搭扣也好像被酸腐蚀过，整个都发黑了，这只脚的主人显然是裤裆拉链国王的大主教基良。赛博女巫调配出的所谓当归叮当草药酒的毒性很强，不仅把女巫本人和地板都烧成了灰烬，甚至烧穿了地板，直接穿透梦境来到现实，滴在了基良的小腿上，把他的胫骨烧穿了一个大洞，他疼得呲牙咧嘴。处于莫大惊恐之中的国王想要从梦中醒来，可以说基良这次真的很走运，因为施酷刑留斯及时地拿一根大棍子往国王的脑袋上狠狠地敲了一下，国王苏醒了过来，对自己身上所发生的故事，他已经什么都不记得了。他第三次从基良设计的梦境陷阱中逃脱出来，这一次要归功于他无边无际的猜疑，他不信任任何人。

“我好像梦见什么了，只是又想不起来了。”国王站在做梦的柜子面前，“但是我的灵魂工程师，你的腿怎么了？你为什么要单脚蹦来蹦去的呢？”

“陛下，我的赛博风湿病又犯了……看来是要变天了……”大主教结结巴巴地回答完问题，又开始诱惑国王再选一个梦境。国王看着那些梦境陷阱，想了一会儿，最后选中了“魅颖公主的新婚之夜”。这次他梦见自己坐在篝火旁读着一本厚厚的古书，古书的内容非常奇怪，书中的辞藻华丽而充满想象力，文字都用红色墨水写在烫金的羊皮纸上，讲述着发生在五百年前的丹呆利亚国的魅颖公主的故事，还有她的寒冰森林、螺旋塔楼、嘶吼鸟室和多眼金库，当然描写得最多的还是她动人的美貌和美好的品德。裤裆拉链国王十分渴望能够见到这位美若天仙的公主，他内心巨大的渴望和欲望如同熊熊火焰在燃烧，而这欲火让他的双眼比篝火还炙热明亮，他在梦境深处四处寻觅着魅颖公主，但是找遍了各处也没找到，其实只有最古老的机器人才记得公主的存在。国王厌倦了长途跋涉，终于在皇家沙漠的中心——一片镀金沙的海洋中找到了一座破旧的茅草屋。他走进去，看到里面坐着一个穿着雪白长袍的老者。老者见到他就站起来，对他说：“你这个倒霉蛋也在找魅颖公主吧？你明明知道她五百年前就死了，你这熊熊燃烧的欲火真是一点用都没有！我唯一能为你做的，就是向你展示一个并不真实存在的她。我通过非线性随机数字模拟技术，在这个黑匣子里完美地复制出了一个她。这个黑匣子是我在没事的时候用我从沙漠里捡回来的废品做的。"

"啊，快给我看看！让我看看她！"国王大吼着，老者只是点点头，从古书中读取了一个平行的公主，然后设计出她和整个中世纪的程序，接通了电源，打开了黑匣子表面的一个盖子，然后说："看！别说话！"

国王激动地弯下腰，看到了非线性模拟器复制出的中世纪、古老的丹呆利亚国、寒冰森林、带有螺旋塔楼的公主城堡、嘶吼鸟室和地下多眼金库，当然还有魅颖公主本人。她迈着轻快的步伐在随机模拟出的森林里走来走去，从黑匣子的小玻璃镜片上可以看到，她柔软的身体在红色和金色的电流里发出轻微的呼呼声。当模拟出来的公主摘下一朵模拟出的花朵，又唱了一首模拟出的歌曲时，国王一下子扑到黑箱子上，用手拼命砸着箱子表面，伸手去拿那块小玻璃镜片，因为他已经为之疯狂了，他想和公主一起被关在这个虚拟世界中。老者立刻拔掉了电源，把国王从黑匣子上拽了下来，说："你是不是彻底疯了？！你想去不可能的世界吗？我们是由实际物质组成的，不能进入通过数码模拟出的非线性隐形世界！"

"我必须去！必须去！"国王不清醒地呐喊着，拼命地用头去撞黑匣子的侧面，把钢板都撞得凹下去了。

老者见状赶忙说："如果你这么渴望进入那个世界，我就来帮你实现与魅颖公主联通吧！但是你要知道，你会先失去你现有的身份，因为我必须以你为样板，根据你的参数，不差毫厘地模拟出一个一模一样的你来，然后我会把你设计在程序中，让你成为眼前这个中世纪世界的一部分。这些都是在黑匣子里进行的，只要在电线中的电子足够用，能一直在阳极和阴极间流淌。而你现在站在我面前的样子将不复存在，你将成为隐秘的非线性完美角色，充满随机电流。”

“我要怎么才能相信你呢？”国王问老者，“我怎么知道你模拟的是我不是随便一个别人呢？”

“我们先来制作实验样本，”老人开始像裁缝一样测量国王的身高体重等各种参数，当然这些数据必须非常准确。老人认真测量着国王身上的每一个原子，终于将程序输入了黑匣子里。他说：“看着！”

国王通过匣子上打开的盖子往里看，看见自己坐在篝火旁，读着一本关于魅颖公主的古书，然后开始马不停蹄地寻找她，四处打听，终于来到了一片金沙漠，又在金沙漠的中央看到了一座茅草屋，茅草屋里的老者看见了他的到来，说：“你这个倒霉蛋也在找魅颖公主吧？”等等。

“这些你信了吧？”老者说完便拔掉了电源，“我把你输入到中世纪的程序中，你就能到美艳动人的魅颖公主身边，和她同床共枕、相拥而梦——非线性数码模拟……”

“行吧，”国王说，“但是这个黑匣子里只有我自己，并没有公主啊！”

“过一会儿你也会不见的，”老者真诚地说，“因为我会尽我所能……”话没说完，他就从床底下掏出一把大锤子。

“当你把那魅力非凡的情人拥入怀中时，”老者继续说，“我可以让你没影两次，在这儿一次，在匣子里一次。方法可能有点老掉牙，但是特别有效，你低头去看看箱子里有什么，我的陛下……”

“但是你得再让我看一次魅颖公主，”国王说，“我得看看你刚才说的那种方法到底灵不灵……”

老者再次通过黑匣子上那块小玻璃镜片向国王展示了魅颖，但是国王看了一会儿却说："那本古书里写得也太夸张了！这个魅颖也就那么回事吧，挺一般的，的确不难看，甚至可以说漂亮，但是绝对没有到书里写的倾城倾国的地步。得了，再见吧，老先生……"说完他转身就走。

"你什么意思？你要去哪儿？你疯了吗？"老者扯着脖子喊道，手里的大锤子越握越紧，而国王已经走到门口了。

"去哪儿都行，只要不进黑匣子就行。"国王说完就开门离去，脚下的肥皂泡梦境也破碎了。门口站着的基良脸上明显写着失望，明明差一步就能把国王永远关在那个黑匣子里了，基良是永远都不会把他放出来的……

"基良大师，你的这些和美女的梦可真是太累人了，"国王说，"要么你现在就给我找一个不用费劲就能享受奢靡淫欲的梦，要么你就带着你的柜子给我滚蛋！"

"陛下，"基良回答，"我有一个质量最高、最适合您的梦，您试试，我保证您会特别满意。"

"哪个梦让你如此满意，这般自卖自夸？"

"陛下，您看，就是这个，"基良指着一块珍珠牌上的小字，"'梦娜丽杀——甜爱无穷迷宫历险记'"。

说完，基良就拿起国王怀表链上耷拉着的小细棍搭扣，迫不及待地往梦境小孔里塞，因为他真的怕夜长梦多。事情越来越难解决了，国王再次逃脱了被永远关在黑匣子里的阴谋，这次毫无疑问是因为他太过愚钝，没能像基良设计的那样充分体会到魅颖的性感与魅力。

"别动，"国王喊了一声，"我自己来！"

他把小细棍插入对应的梦境小孔中。这一次，他在梦中仍是他自己——罗破烂·裤裆拉链，他还站在内廷宫殿门口，身边是赛博工程师基良，正在给他讲述着梦之柜中最淫荡的梦境，就是那个叫“梦娜丽杀”的，因为里面有无穷无尽甜蜜微笑的女子。他听完后就和梦境联通了，准备在梦境中寻觅梦娜丽杀，仿佛还没找到她，就已经感受到这个美人令他浑身战栗的爱抚。然而，在他进入梦境后，他再次站到了内廷宫殿门口，身边还是赛博工程师基良。他再次急切地将细棍插入梦境小洞，又进入下一个梦境，然而一切还是一样：宫殿门、柜子、基良和他自己。“我是在做梦吗？”他怒吼着再次插入梦境小孔，然而还是只有宫殿门、柜子和基良。他又试了一次，结果还是一模一样。他一次次地将细棍插入柜子上的小孔，越来越快。“梦娜丽杀到底在哪？你这个骗子！”国王怒吼着拔出了插在小孔里的细棍，想要从梦中醒来，然而并没有效果。他依旧是在宫殿门口对着柜子和基良。他气得踱来踱去，在一层又一层的梦境中穿梭，在一个又一个柜子的小孔中穿梭，在一个又一个基良的身边滑过，此时此刻，他除了想回到现实，已经别无他求，他想念国王宝座，想念宫廷阴谋，想念后宫淫乐……他暴怒而疯狂地将细棍拔了又插，插了又拔。“上帝啊！梦娜丽杀！你在哪里啊！喂！有人吗？！”他害怕得跳了起来，又躲到墙角，想找一条缝钻出去，然而一切都是徒劳。他不知道为什么事情会变成这样，这次他的愚钝、猜忌和贪婪都帮不了他了。他陷得太深了，如此多的梦境如同一层层蚕茧紧紧包围着他，尽管他奋力挣扎，挣脱开一层外面还有一层，他被困在这里毫无出路。他又一次次地拔掉细棍，可他依然在梦中，他疯狂地抽打他旁边的基良，就是他让自己陷入这个梦境中的。然而一切都无济于事，除了梦还是梦，柜门、大理石地砖、金丝线织的窗帘、流苏、缀饰，还有他自己，这一切的一切都是幻觉，都是虚空，都是泡影，都是纯粹的梦境。

他气急败坏，却迷失在梦境的迷宫里，怎么也走不出去。就算他疯狂地又打又踢，这些打和踢的动作也都是梦里的动作，他把基良的头敲碎了，当然现实中的基良毫发无伤，因为这也只是发生在梦里的事。他痛苦哀号，这声音甚至在他自己听来都不真实了——的确，这是在梦里发出的声音。有一次他已经回到了现实中，可是他早就分不清梦境与现实了，又把细棍插入了柜子上的梦境小孔，再次坠入梦境。就这样，国王永远被囚禁在了梦中梦的迷宫里，事实已经不可改变，然而他并不知道，“梦娜丽杀”其实就是基良阴谋诡计的代号，就是要在梦里把国王杀死的意思。这也是基良这个弑君叛徒设计的陷阱中最恐怖的一个。

这就是特鲁勒给闷扯毒国王讲的富有深意的故事，不过故事太长了，闷扯毒听得头都疼了，所以他立刻就让特鲁勒走了，然后授予了他杰出赛博功勋奖章，上面有一个镶嵌着绿色珍贵信息的藕荷色反馈磁场的标志。

讲到这里，第二台机器慢慢转动金色齿轮，发出悦耳的响声。由于速调管已经热得发烫，它做出了一个奇怪的微笑表情，把自己的阳极电压减弱，熄灭电源后退回到光子轿的旁边。听众对它精彩的讲述报以热烈的掌声。

戈尼亚隆国王给特鲁勒一个斟满离子酒的酒杯，那雕刻精巧的酒杯上刻着几何相似波浪和反平行光子。特鲁勒示意了一下，第三台机器就来到了山洞中间，向大家鞠躬问好后，就用电子调制的声音说：“这是一个关于伟大的建造师特鲁勒如何用一个旧锅制造出了当地波动以及它所带来的结果的故事。”

在马轧压洛夫星座中有一个螺旋星系，在这个星系中有一个黑色星云，而在黑色星云中有五个六阶星团，而在第五个星团中有一个藕荷色的恒星，这是一颗非常年老甚至已经老眼昏花的恒星，周围有七颗行星，其中第三颗行星有两颗卫星，并且所有的恒星、行星、卫星上都按照统计数据表的安排发生着各式各样、形形色色的景象。在马轧压洛夫星座的螺旋星系的黑色星云的第五星团的藕荷色恒星的第三颗行星的第二颗卫星上，有一个垃圾桶，它非常普通，普通到可以在任何一颗行星或卫星上找到类似的，里面装满了垃圾和废弃物，这些东西都是阿畸变·克劳硫酸钠斯基族人和阿尔黏布姆·藕合丁香斯基族人在战争中的氢核聚变所带来的。他们的桥梁、道路、房屋、宫殿以及他们自己都化成了灰烬与碎片，随着陨石风飘散到了我们刚才说到的地方。数十个世纪以来，垃圾桶中除了装着垃圾，什么事也没发生过。然而在一次大地震过后，原本在垃圾桶底下的垃圾被拱到了上面，而原本在上面的垃圾落到了桶底，这对垃圾桶本身来说并不是什么意义重大的变化，然而就是这个变化，却为一个不寻常景象的发生做好了铺垫。著名的机器建造大师特鲁勒正好飞到附近，被一颗拖着耀眼尾巴的彗星晃了一下。特鲁勒挥手想要拨开那颗彗星，让它远离自己，就顺手拿起手边的东西向它砸去——他用来装伏特加的空心旅行象棋，氯醛绿藻星的瓦尔瓦伊人制造火药失败后剩下的空罐子，还有一些老旧的餐具和炊具，其中一个就是一口已经有裂缝的陶锅。这口大锅遵循万有引力定律产生加速度，被彗尾扫了一下后继续加速，猛地撞在了垃圾桶背后的一座大山上，滚落到了低矮山坡上的一片水塘中，然后大锅一滑，跌落到垃圾堆里，撞在了一块已经生锈的铁板上，经过撞击，铁板被一根铜线绕住了，又有几块云母碎片被挤到了铁板边上，形成了一个电容器，而铜丝又缠绕上了陶锅，形成了一个螺线形电导管，被大锅撞散的石头又推了一块生锈的大磁铁，这下就产生了电流，电流穿过另外十六个铁片和垃圾桶中其他的电线，释放出了一些硫化物和氯化物，这些物质的原子与其他原子碰撞后相结合，混合后形成的分子又劈开双腿骑到其他分子身上，就这样，在这一堆垃圾中形成了一个逻辑电路，然后又形成了另外五个，最后在陶锅终于摔得粉身碎骨之处又形成了另外的十八个。傍晚时分，这个通过极为偶然的方式创造出的马伊马什·自生子·萨莫森爬上了垃圾的边缘，不远处是已经干涸的水塘。马伊马什无父无母，自己就是自己的儿子，因为他的父亲就是巧合，而他的母亲就是熵。马伊马什爬出了垃圾桶，根本不会知道他的出生是1060000000次当中才可能出现一次的罕见现象。他走啊走啊，来到了另一个还没干涸的水塘旁边。他跪在水塘岸边，看着倒影里的自己。他的脑袋是完全出于意外才组合产生的，他的两只耳朵像被卷得乱七八糟的馅饼，左耳朵是歪的，右耳朵是有裂缝的；他那意外组合产生的躯体是由钢板、铁片、金属碎末滚在一起滚出来的，整个看起来是圆柱体，而他在爬出垃圾桶的过程中，有些地方又被垃圾挤扁了，所以圆柱体的中间突然变细了，那个位置正好是他的腰；他又看了看自己，又看了看垃圾堆成的手和废弃物拼起来的腿，正好是两次巧合，所以他有一双手、两条腿和一对眼睛。马伊马什看着自己曲线分明的腰肢、成双成对的手脚和耳朵，还有圆圆的脑袋，他觉得自己的样子真不错，简直要陶醉了。他对自己说："天啊！我真是魅力四射，简直完美，我一定是完美造物主创造的完美杰作！那个把我创造出来的人一定也是完美无瑕的！"

他一边沉浸在自我欣赏中，一边拧着身上松动的螺丝（因为没人拧紧过），嘴里哼着《前定和谐赞歌》，走了七步后因为没看路被绊倒了，大头朝下，然后他又回到了垃圾桶中，在接下来的三十一点四万年间，除了生锈、腐烂、散架、最后慢慢分解以外，一事无成，因为他是大头朝下摔到的，脑袋被磕了以后就短路了，他也就从这个世界上消失了。后来，一个商人驾着老旧的银莲花飞船给小小星的葡萄人送货，但是在行驶到藕荷色恒星附近时，他和助手吵了起来，生气地把皮鞋向助手扔了过去，最终没有砸中助手，却打破了飞船的窗户飞到了太空中，而鞋子的轨道受到了干扰（还是当年晃了特鲁勒眼睛的那颗闪耀彗星的缘故），缓慢地转了几个圈，最后落在了卫星上。这只由于大气摩擦而有些烧焦了的鞋子撞上了山腰，不偏不倚正好踢在了躺在垃圾桶里的自生子马伊马什身上，而这一下所造成的离心力、扭转压力以及转矩，配合在一起的结果就是，那个因意外巧合而生的马伊马什的大脑被再次启动了，因为这一脚把马伊马什踢进了邻近的水坑里，他在水中溶解为氯化物和碘化物，而头脑中的电解质液开始沸腾，从中又产生了电流，电流流向全身，这让马伊马什带着一个念头重新从泥塘里坐了起来：我好像存在了！[1]

但是在接下来的一千六百年中，他除了“我存在”这个概念之外，什么都没想出来。只有当大雨拍打在他身上、冰雹砸到他头上时，他的熵才会增长，但是在一千五百二十年后，一只惊恐的小鸟在垃圾桶上方飞翔，有只猛兽一直在后面追它，它为了加速就把身上背着的重物丢了下来，一不小心就砸在了马伊马什的脑门上，唤醒了他的思想。马伊马什打了个喷嚏，对自己说：“我是真实存在的！这一点是毫无争议和疑问的。然而问题在于，这个说‘我存在’的人又是谁呢？我应该去哪儿寻找答案呢？有了！如果除了我之外，还有其他任何事物存在，我就可以进行对比了！但是问题

1　原词指“我（存）在”或“我是”。

又来了，这里什么都没有！什么都看不见！所以只有我存在，我自己就是一切，赤裸裸、孤零零的一切，因为我能够思考和渴望，但是我又是谁呢？是用来思考的空地吗？”

他确实没有更多感受了。经过这么多个世纪，他的感官都损坏或者散架了，因为混沌的爱人——熵——这位女王不会对任何人手下留情。马伊马什从来没见过母亲（水塘里的水）和父亲（水塘旁边的泥），没见过广阔的世界，也不记得这个世界上发生的一切，以及他所经历的一切。他没有什么事能做，除了思考，所以他要把这件事做好。

“应该把我所在的空间填满，”他自言自语道，“让这个单调寂寞的世界变得丰富起来。我们来想想能创造出点什么，如果想出来了，就会完美实现，否则除了思想，我们依然一无所有。”

“看见没有？这个人变得有点自负了，提起自己都以复数自居了。”

“也有可能在我之外还有其他的存在？”他又对自己说，“让我们做一个假设，尽管这听起来根本不可能，甚至像个疯子的自言自语，但还是称之为‘高兹莫兹[1]’吧！高兹莫兹是存在的，而我是高兹莫兹的一分子！”

说到这儿，他停顿了一下，又仔细想了想，觉得这个假设实在无据可依。没有任何依据、基础、理论、论据可以证明这个假设，他认为这个假设就是纯粹的胡思乱想，是不切实际的猜测，他为之深深地感到羞愧。他又对自己说：“假设有外部存在，我真的不知道我的外部是什么，但是我一定会弄清楚我内部的存在，因为只要我一想到什么，就能立刻知道，那么除了我，还有谁能知道

1 与“宇宙”（Kosmos）一词谐音。

得这么清楚呢？”于是，他再次想象出了高兹莫兹，认为高兹莫兹扎根于他的内心世界。

他认为这个假设是谦虚谨慎且有理有据的，他离所探寻的基础越来越近了。他开始用各种不同的想法填满高兹莫兹：一开始什么都没有，他就先想出了串珠人，可是这些人除了创悲引忧、庸人自扰以外什么都不会做；还有拍拍人，他们只会自由自在地和自在女神[1]交欢。有一天，串珠人和拍拍人因为自在女神打了起来，马伊马什头疼得快裂开了，而此次“创世界”的探索也因此告一段落，除了偏头痛以外一无所获。

他采取了更谨慎的模式进行造物探索，这次想出了一些基本元素，比如稀有气体[2]——代表完美的元素卡尔索纽姆和代表精神的元素杜马留姆。[3]他又将物种繁殖，虽然有时候也会弄错，但是他过了几个世纪就熟练掌握了这项技术，准确而稳定地在自己的思想中建立了自己的高兹莫兹。在高兹莫兹世界中，物种繁衍生息，部落壮大扩张，存在的事物越来越多，文明与文化越来越丰富。马伊马什在高兹莫兹中始终提倡极大的自由，因为他并不欣赏严格与精准性，自然母亲就特别喜欢使用那些像坐牢一般的严格规定（马伊马什当然不知道大自然的存在，也从来没听说过）。

那时的世界是由巧合构成的，就如同自生子一样，充满喜怒无常、阴晴不定的奇迹，一件事可能第一次是这样发生的，而第二次可能就是以另一种完全不同的方式，而且毫无规律、起因可循。如果有人要在这个世界中死去，他永远都能找到办法逃离死

---

1 原词源自梵语中的“自在”。

2 在波兰语中又称高贵气体。

3 根据同义拉丁语“完美”和“精神”虚构的名字。

亡，因为马伊马什不允许出现没有转机的事，任何事都是有回旋余地的。在他的思想中，贡多拉乌人、卡莱乌斯人、克罗风德人、本尼格女人、奥特德人世世代代都在蓬勃发展，不断获得卡尔索纽姆，达到完美。随着时间的推移，马伊马什那垃圾堆成的手掉了，废弃物组成的腿断了，水塘中的水让它的腰间长满了铁锈，圆柱形的身体也慢慢陷入了泥沼之中。他刚刚怀着满腔柔情，小心翼翼地在永世黑暗的高兹莫兹中挂满了点点繁星，全都是新的星团，他尽心尽力地呵护它们，不求回报，只希望能够永远清楚地记得在他思想中创造的一切。他的头越来越疼，但他一刻都不肯停歇。他感到高兹莫兹需要他，他也深深觉得自己要对高兹莫兹负责。他身上的铁锈越来越多，像一些蚂蟥在蜇咬。他并不知道，特鲁勒那口大陶锅的碎片也是在成千上万年前将他带到这个世界上、让他存在的东西，现在正在水塘的波浪中飘飘摇摇，慢慢地向他逼近，而此时的马伊马什，也只有那颗不幸的脑袋还露在水塘外面了。他还在想着纯洁、透明又温柔善良的鲍西丝和她忠诚的爱人郭度，他们俩穿过他想象中的苍茫恒星，在包括串珠人在内的所有高兹莫兹人民的沉默注视中，轻轻地呼唤着对方的名字……就在这时，一阵微风刮来，那块陶锅碎片也被吹动，轻轻地撞上了马伊马什那长满铁锈的脑袋，他头骨炸裂，黑黑的泥水涌入了他缠满铜丝的脑部深处，逻辑电路里的电流也停止了运转。马伊马什的高兹莫兹就这样化为了乌有——至高无上的完美虚无。那些无意中创造了他的生命的人从来就不曾知道，也永远不会知道他的存在与离去。

讲到这里，黑色的机器深鞠一躬，而戈尼亚隆国王陷入了悲伤的沉思中，在座的大臣甚至带着怨恨和气愤看着特鲁勒，怪他讲了这么一个黑暗沉重的故事，把国王的心情变得如此低落。国王却马上微笑了一下，继续问："亲爱的机器，你还为我准备了什么其他的故事吗？"

"陛下，"机器再次深鞠一躬，"我来给您讲一个怪异无比又深不可测的故事吧，这个故事是关于克拉圣徒弗氯里安·特奥理茨的，他是一名智慧超群的机器智者和思想家。"

有一次，优秀的机器建造大师克拉帕乌丘斯在完成了繁重的工作后（他刚刚给格罗博寻死不停国王[1]建造了一台非存机[2]，当然这是另外一个故事了），想好好休息一下，便乘着飞船出行了。他到了马莫尼德星，随意地在那里散步，想一个人好好散散心，直到他在森林的边上看到了一个炊烟袅袅、长满了野数码草莓的茅草屋。本来他准备绕路而行，却看到茅屋前摆满了用空了的墨水瓶。他感到很惊讶，就探身往屋子里张望。一块巨石做的桌子后面，有一个小一点的用同样材料做的小凳子，上面坐着一位老者，浑身长满铁锈，电线凌乱不堪，落魄得让人无法直视。他额头沟壑纵横，双眼在转动时发出刺耳的响声，四肢更是因为缺少润滑油而发出吱吱嘎嘎的声音。他还能活着，似乎全靠身上那些乱七八糟的电线和补丁。破败凌乱的屋子四处散落着琥珀碎片，一看就知道是没有电造成的，这个可怜人一定是用手摩擦生电来维系日常的生活。这穷困潦倒的景象让克拉帕乌丘斯心生怜悯，他悄悄地去摸自己兜里的钱包。老者用那双浑浊的眼睛看到他后，发出刺耳的喊声："你终于来了？"

"嗯……我来了……"听到这句话，克拉帕乌丘斯感到非常奇

1 指热爱坟墓的国王。

2 指一台不曾存在过的机器。

怪。老者的意思是在等他？可他根本是无意中才来到这儿的。

“现在才来？那你可以去死了，最好摔死，把手、脚、脖子都摔断！”老头像疯了一样对他发出怒吼，还捡起手边能摸到的一切，向愣住了的克拉帕乌丘斯砸过来，这些东西当然基本是一些垃圾，他砸累了就不砸了。克拉帕乌丘斯语气轻缓地问老者，为什么要用这种方式欢迎他来访。老者嘴里还是嘟嘟囔囔地骂着：“就应该让你短路！”“就应该让你这种腐烂的败类卡住！”过了一会儿，他终于平静下来，喘着粗气，用手指着克拉帕乌丘斯，时不时还冒出几句咒骂，身上都冒出火花了，房间里也出现了臭氧的臭味。总而言之，他还是开始讲他的故事了：

“外星人，你知道我是思想家中的大思想家，我将毕生的心血都奉献给了本体论的研究。我的名字叫克拉圣徒弗氯里安·特奥理茨，总有一天我的名字会让星辰黯然失色。我出生于一个贫穷的家庭，从小就被抽象思维深深吸引，十六岁时就写出了第一本著作《创神机》，这本书讲的是经验主义神灵的普遍理论，阐述了神灵必须通过高级文明加入到宇宙中的原因。众所周知，物质首先要存在，而物质存在之初并没有思想，没有人去思考，所以在万物存在之初，必然是在一片无思想的汪洋中。你只要睁眼看看我们的宇宙，看看它是什么样子，你就知道我刚才说的是什么意思了！”老者突然一口气上不来，捶胸顿足，而这个动作差点让年迈虚弱的他晕过去。他继续说：“我解释了后来添加制造神灵的必然性，因为他们先前是不存在的；任何一种文明，任何一种醉心于智能机器研究的文明，最大的愿望就是建造无所不能、超级无敌的星球，以及制造罪恶分馏器，这是一种思想道路铲平器。在这部作品中，我提到了第一代创神机的建造计划，并且这种机器的全能功率是以‘神’作为测量单位的。这种无所不能之力的单位相当于十亿秒差距的射线中的奇迹创造数量。专著当然是我自己出钱印刷出版的，之后我立刻冲到大街上，坚信人们一定会为我欢呼呐喊，把我扛在肩上，为我献上鲜花与花环，向我抛撒金币，然而就连残疾的机器白痴都没有把我当回事。我的疑惑大于失望，又立刻坐到书桌前，写下了分为上下两卷的第二部作品——《砸在头上的锤子》。我在这部作品中阐释道，每一个文明都面临着两条路：要么拼命折磨自己，要么拼命让自己幸福。无论是选第一条路还是第二条路，都是在一点点吞噬宇宙，把宇宙中的星球变成马桶盖、钉子、齿轮、香烟和枕头，这是因为人们并不了解宇宙，却想将未知变为可知，他们片刻不停，直到把星云变成摇篮，把行星变成大床和炸弹，他们以为这样做是遵循'高级秩序理念'，因为在他们看来，只有处处都挖了地下水管道，一切都按照类别排列整齐、列入目录的宇宙才是和谐的。我在名为《物质维护者》的专著第二卷中介绍过，当理智可以冻结一座太空喷泉或者制服一个原子集群去制造祛斑霜时，会变得多么贪婪。接着我又开始了对下一个现象的研究，就像是要为我著作等身所带来的荣誉再添一砖一瓦。然而这两卷伟大的专著换来的却是世界的沉默。我对自己说，要耐心等待、坚持不懈。我彻底推翻了'理智威胁宇宙'的理论，也不认为宇宙会进攻理智，因为没有思想的物质存在可以允许一切恶心之事的发生。正是因为这个伟大的发现，我一口气写下了第三本书《存在的裁缝》，并在书中通过逻辑证明了哲学讨论是毫无意义的事，每个人都应该有一套只适合自己的哲学，量体裁衣、量身打造。这本书迎来的是充耳不闻和视而不见，我立刻写了下另一本书，提出了以宇宙为题的所有假设：第一，假设宇宙根本不存在；第二，假设宇宙是某个造物者在根本不了解情况的基础上创造世界后犯了错才导致的结果；第三，假设世界是某个疯狂大脑发疯时所创造的漫无边际的癫狂；第四，假设这是一个毫无作用的物质化的思想；第五，假设物质是个只会胡思乱想的疯子……我对这本书非常自信，一直在等待针对我提出的假设与我辩论的声音，到时候我身边一定会充满欢呼、辱骂、赞赏、威胁，甚至还有诅咒和攻击。不过这一次依然没有激起一丝一毫的浪花，我的疑惑和沮丧铺天盖地地袭来。我觉得自己可能读其他思想家的作品读得太少了，于是我就买了他们的著作，一本接一本地学习研究那些最著名的哲学家的思想，其中包括疯懒乃丘斯·巴乔、布丰·斯苹果卷饼尔（苹果卷饼师学校的创始人）、图尔布麻烦·克糟糕法莱克、斯菲空球·罗格，当然还有秃子莱姆厄。

“我没有从他们的理论中找出一点有价值的东西，而与此同时，我的作品慢慢打开了销路，我想这就证明有人在读我的书。既然有人读，那么就会有评价。我丝毫不怀疑提兰[1]会召我入宫，让我以他为题来写一本书，介绍他的丰功伟绩。但是我早就想好了，我会告诉他，我只为真理著书，甚至做好了随时为真理付出生命的准备。为了能够盛名远扬，提兰一定会用重赏来诱惑我，赏赐我香甜的蜂蜜，在我脚边堆满金币，让我的思想为他服务。而当他看到我不卑不亢、坚定不移的模样时，他又化身诡辩学家，在我耳边轻声细语地说：‘既然你研究宇宙，你就应该研究我，因为我也是宇宙的一个组成部分。’我到时绝对会立刻反驳这种令人恶心的言论，提兰肯定也不会放过我，但是我不会屈服于他的鞭子或木棍，不会畏惧他的严刑拷打，因为我一直都在锻炼身体，为的就是抵抗最可怕的酷刑。时间一天天、一月月地过去，提兰并没有召我入宫，我的一切准备都白费了，这让我痛苦万分。有一

1　与“暴君”（tyrant）一词谐音。

个名叫杜斯尼的三流作家，在见不得人的淫秽晚报上写了一篇文章，指出有个叫什么‘小弗氯里安安’的跳梁小丑每天就在胡思乱想、胡言乱语、胡搅蛮缠，还糊里糊涂地在一本叫作《创神机》的书里提出了‘终极无厕所不能者’的理论。我立刻跑到我的作品中去翻看，的确，由于打印错误，‘无所不能者’这一章的题目竟然多了一个字，变成了‘无厕所不能者’……我当时就想去杀了他，但是理智阻止了我。‘我会等到成功的那一天！’我对自己说，‘像我这样夜以继日、兢兢业业传播真理的人，终有一天，认知的耀眼光芒会从我培育的真理果实中迸发出来！没关系，终有一天，盛名、荣誉、象牙宝座、第一位大思想家的头衔、人民的尊敬与爱戴、静谧果园中的享受、我创办的学校、追随我的学生和欢迎我的人群都会到来！每个思想家都活在这样的梦想中，你懂吗，外星人？当然，那些思想家会说，认知是唯一的食粮，而真理是唯一的荣誉，他们从不渴望别人的敬仰或者黄金的光芒，他们不在乎星辰勋章，也不在乎喝彩和名望。年轻人，你要知道这些不过是哄小孩子的话罢了！所有人都渴望获得我刚才说的那些东西，只不过他们和我的区别是，我有着高尚的品格和宽广的胸怀，我愿意承认弱点，承认我对名望、荣誉和奖赏的渴望，也不以此为耻。随着岁月的流逝，我收获的‘名望’只有‘小弗氯里安安’和‘跳梁小丑’。当我四十岁的时候，我惊讶地发现，自己竟然用了这么长时间渴望得到关注，到头来却一无所获。我又重新坐到书桌旁，写下了一本叫《埃那菲利亚星》的书。那儿的文明是全宇宙最发达、最高级的，你听说过吗？我没听说过，也从来没见过，而且以后也见不到。我通过演绎推理、逻辑等理论的方法证明了他们的存在。我的论点是，宇宙中的文明发展等级和发达程度是不一样的，其中大多数都平庸、中等，有一些可能已经非常落后，但是有一些却遥遥领先。拥有这样一张统计数据表，你就会发现，这其实和人的身高是差不多的，大多数人都是中等身材，不高不矮，但是有些人就是比其他人高，而这些比其他人高的人当中，又有一个最高的。宇宙中的文明也是如此，也有一个已经达到了发展的最高层级，已经是最发达的文明了。埃那菲利亚星的居民什么都知道，这是我们可望而不可即的。我用了四卷来阐述论点，还在白垩岩纸上印上了我的肖像，然而一切都是徒劳，这部作品和前面那些的命运并无二致。一年前我又把它拿出来读了一次，一行一行、一页一页，认认真真、从头到尾地读了一次，我欣喜得泪水夺眶而出，只有天才才能写出这样的书！任何语言都不足以形容这本书的伟大！到了五十岁生日的时候，我简直要丧失理智了！我会买一堆别的思想家的著作和论文，就是想知道他们写了什么内容才名扬天下，尽享财富与美誉。这些书无非是关于前额和后臀的区别，关于国王宝座的奇妙结构（扶手是多么精美、座腿是多么正直），关于礼貌待人的宣传册，还有一些关于各种奇特物品的描述。这些书的作者从来不会自夸，但好像达成了某种共识：斯苹果卷饼尔推荐疯懒乃丘斯，疯懒乃丘斯夸赞斯苹果卷饼尔，罗格又对这两人赞不绝口；还有维尔瓦特斯基家的三兄弟也大获成功，一夜成名；维尔妄德把维尔瓦斯捧上了天，维尔瓦斯又称赞维尔露骨斯拉夫是个天才，维尔露骨斯拉夫接着又赞扬了维尔妄德。我研究他们三人的作品时，气得都要爆炸了，我扑到那些书上面，一边哭喊着，一边狠狠地摔它们、撕碎它们，甚至把撕碎的纸片嚼烂……当我不再哭泣，眼泪也流干的时候，我重新回到书桌旁，写下了一本《双向循环现象的思想进化》。我在这本书中证明，环形循环连接了白人和机器人。在一开始的时候，海岸边黏糊糊的物质滚成了一个球，形成了含有蛋白质的黏胶状物种，他们又被称作阿尔黏布姆人。经历了数个世纪，他们学会了如何将精神植入金属，把自动机器人变成他们的奴隶。又过了一段时间，局面发生了逆转，自动机器人获得了解放，不再受制于那些黏乎乎、肉嘟嘟的阿尔黏布姆人。他们开始实验，想看看能不能把思想意识揉入一个面团中。当他们在蛋白质上进行实验时，他们成功了。然而在数百万年后，白人再次占了上风，成了钢铁机器的统治者……如此循环往复。你看，我就这样解开了一个世纪谜题——究竟是先有机器人还是先有白人。我把这个六卷的大部头作品寄到了国家高等科学研究院。为了写这本书，我已经花光了所有的积蓄和父亲留下的财产。不说你也猜到了吧？世界还是残忍地没有认可我的作品，依旧像往常一样保持着沉默。我已经六十多岁了，马上就要七十岁了，对荣誉和声望的渴求也都随风而逝了。我还能做什么呢？我开始思考子孙后代的问题，如果他们拜读了我的作品，一定会佩服得跪在我的坟前。可是转念一想，哪怕如此，又和我有什么关系呢？那时我早就已经不在了。我那四十四卷充满着真知灼见的科学著作又给我带来了什么呢？我的灵魂在沸腾并发出怒吼，我回到书桌旁，准备写《致后代的遗言》。我要以最严谨的科学态度，用这本书狠狠地踢他们的屁股，向他们吐口水，折磨他们，贬低他们，辱骂他们。年轻人，你认为这样是不是有失公允，因为我应该将愤怒发泄在同时代的人身上？哈哈！年轻人！等《致后代的遗言》大获成功，我们这个时代的人早就变成骨灰了，那我的诅咒又该下在谁身上呢？给那些不在世的人吗？哪怕就如你所言，终有一天，后世子孙拜读着我的大作，也根本无法感同身受，他们只会说：‘太可怜了！他做出了那么伟大的发现，竟然也只落得英雄无名的结局。他生那些祖先的气也是正常的，他为了给我们留下这样的著作，献出了自己宝贵的生命！’也就这样了，真的！所以，你觉得那些活埋了我的傻瓜、那些拿坟墓当挡箭牌来逃避我的报复的人，他们难道没有错吗？我一想到这儿都要气炸了！你以为那些后代子孙，那些衣食无忧、生活富足的年轻人会为了替我报仇去指责他们的先辈吗？根本不可能！就让我远程——也就是在坟墓里狠狠地踢他们一脚！让他们知道，他们应该把我的名字抹上蜂蜜，给我的照片镶上金边！我祝他们一个个脊椎齿轮都摔断，被过载压力折磨得死去活来，大脑里长满蛆虫！他们不是什么都会做吗？这些挖坟掘墓、将逝者从历史的坟墓中扯出来的浑蛋！他们之中可能时不时就会出一个新的思想家，他们所做的无非是在我和某位女性的通信中寻找只言片语的信息，他们什么都不懂！到那时候，就得让他们知道，我的诅咒是多么用心良苦。我要让他们真真切切地感受到诅咒，我把我对他们最真挚的厌恶和蔑视统统抛给了他们！在我看来，他们只会跪舔坟墓，爱抚尸体，抱着骷髅翩翩起舞，因为这些活人没有一个懂得思考、拥有认知！等我的书籍全部出版，里面肯定也会包括这份遗言，就让这份遗言成为我对他们最后的诅咒吧！让那些瘾君子、恋尸癖、自恋狂都准备接受我最恶毒的诅咒吧！我要让他们知道，他们中间曾有一位世世代代传播知识的伟大智者，他的名字叫克拉圣徒弗氯里安·特奥理茨！当他们在我的作品前面跪下的时候，我要让他们知道，我向他们致以最卑劣狠毒的祝愿！宇宙有多大，我的诅咒就有多大！我的诅咒会如影随形，一辈子跟着他们！最后，我还有个心愿，那就是希望他们都知道，我根本不承认他们！我对他们只感到恶心和厌恶！”

克拉帕乌丘斯想要让激动愤怒的老者平静下来，可他真的束手无策，怎么做都制止不了老者慷慨激昂的演说。老者在说完刚才那番话后，突然一跃而起，嘴里骂着最难听的脏话（不知道他在这种贫苦的生活中怎么学会了那么多骂人的话），他号叫、咆哮、跺脚，向后人挥舞着拳头。终于，因为过度激动和劳累导致过载，他一下子倒在了破旧不堪的地板上。克拉帕乌丘斯被这一幕弄得非常难过，于是坐在石凳上，拿起那本《致后代的遗言》读了起来，一句接一句的对未来一代的咒骂之辞让他看到第二页就头晕眼花，看到第三页的时，他边读边擦着额头上滴落的大粒汗珠。弗氯里安·特奥理茨已经去世了，但是他证明了语言的力量可以穿越宇宙。克拉帕乌丘斯读了三天三夜，眼睛都发直了，他开始思索，到底应该将这本书公之于众，让世人皆读，还是应该就地把它销毁呢？他就坐在那儿想啊想啊，一直也没有想出答案……

机器讲完故事后，戈尼亚隆国王说："很明显，我从故事中听出了一些关于报酬的暗示。的确，这个问题也离我们越来越近了。我们整夜都沉浸在精彩动人的故事中，而在洞外，新一天的黎明已经到来。尊敬的建造大师，请你告诉我，你想得到什么样的奖赏。"

"陛下，"特鲁勒说，"您的问题让我心情复杂，左右为难。不管我向您要多少奖赏，一旦拿到手，我都会后悔，想着应该多要一点，而我又不愿因为开高价而冒犯您。尊敬的陛下，请您定夺奖赏数额……"

"那好吧。"国王真诚地说，"那些完美机器讲的故事精彩纷呈，毫无疑问，我认为应该将世间最珍贵的宝贝赏赐给你，因为只有花多少钱都买不来的珍宝才能配得上这些故事。我将健康和生命赐予你——就像我所说的，这两样绝对是稀世珍宝，你肯定不肯和别人交换！其他任何东西我觉得都不合适，因为智慧与真理可不是用黄金能够衡量的！保重啊，亲爱的特鲁勒，你还是继续用美好的童话故事去骗人吧，不要将真理公之于世，因为那实在是太残酷了！"

“陛下，”特鲁勒惊慌而迷茫，“您一开始就打算夺走我的生命吗？难道这就是您对我的奖赏吗？”

“你愿意怎么理解就怎么理解吧，”国王说，“反正我是这么理解的：如果你只是单纯讲故事逗我一笑，我肯定会慷慨解囊，不吝惜钱财。但是你带给我的不只是娱乐，还带给了我更多，世间任何钱财都配不上你的故事。我赐给你继续讲故事的机会，因为我实在想不出比这更好的奖赏或者比这更高的酬金了……”